현대시와 젠더의식

현대시와 젠더의식

윤혜옥

역락

머리말

이 책은 한국의 대표적인 여성시인인 문정희와 김혜순의 시에 나타난 페미니즘을 연구함으로써 한국 페미니즘 시의 주요 쟁점과 미학적 원리를 밝히고자 하였다. 두 시인의 시는 페미니즘적 특성 외에도 다양한 주제와 경향을 보여주고 있지만, 이 책에서는 페미니즘적 시를 주요 대상으로 삼았다. 특히 젠더의식을 중심으로 두 시인의 시세계를 비교·연구함으로써 페미니즘 1세대와 2세대의 차이를 규명하고자 하였다.

문정희 시인은 페미니즘 시의 선두세대로서, 가부장적 사회의 폭력에 대한 예리한 성찰을 보여주었으며 건강한 관능을 통해 여성적 정체성을 탐구해 왔다. 그 다음 세대인 김혜순 시인은 '또하나의문화' 동인으로 활동하면서 여성적 글쓰기에 관한 새로운 인식과 언술방식을 보여줌으로써 한국 페미니즘 시의 질적 전환을 가져왔다. 문정희와 김혜순의 이러한 시적 탐구는 한국 여성시의 풍요로운 지반을 형성하는 데 중요한 기초가 된다.

그런데 두 시인의 작품세계는 세대적 차이 외에도 여성의 몸에 대한 인식, 현실인식, 언술방식 등에서 여러모로 대조적인 면모를 지니고 있기도 하다. 이 책은 그에 주목하고, 두 시인이 지닌 젠더의식의 변별적인 지점들을 연구하고자 하였다. 여기에서 젠더의식이란 젠더정체성을 인식하고 실천하는 과정들을 의미한다. 두 시인의 젠더의식을 비교하고 작품을 분석하는 것은 한국 페미니즘 시의 흐름과 스펙트럼을 두루 탐사하고 이를 통해 두 시인의 문학사적 위치를 자리매김하는 일이 될 것이다.

전통적으로 여성의 개념은 남성에 대한 타자로서의 여성이다. 이것은 가부장제가 요구하고 규범화한 전형적 여성성이다. 가부장제 사회에서 남성성은 정상적 인간성을 지닌 우월한 성이 되고, 여성성은 인간성, 곧 남성성을 결핍한 열등한 성으로 규정하였다.

이러한 가부장적 체제에 맞서 서구에서 페미니즘 운동이 일기 시작한 것은 18세기 무렵이지만, 한국에서는 1920년대에 페미니즘적 인식이 맹아를 보이기 시작했다. 그 후로 점진적인 진전을 보이다가 한국의 페미니즘 시가 본격화된 것은 1980년대였다. 1990년대에 이르면서는 한국 여성시의 발전이 중심적인 문화현상으로 부각되었다. 그리고 2000년대 이후 한국 페미니즘 시는 매우 다양한 모습으로 여성적 정체성을 형성해가고 있다.

이 글이 한국 페미니즘 시에서 특히 문정희와 김혜순에 주목한 것은 먼저 두 시인이 여성시의 뚜렷한 문제의식과 뛰어난 시적 성취를 보여주고 있기 때문이다. 또한 두 시인은 페미니즘의 이념을 공유하면서도 젠더의식을 드러내는 시세계의 특징에서는 차이가 두드러지기 때문에 두 시인에 대한 비교·분석은 한국 여성시의 지형도를 전체적으로 그리는 데 유용한 작업이 될 수 있다.

문정희는 한국 현대시에서 페미니즘을 본격화한 선두세대이다. 문정희의 시는 초기에는 여성으로서 감수해야 하는 가부장제 사회의 폭압을 투영하였고, 1980년대는 사람들과의 삶 속에 왜곡되어 있는 폭력들을 성찰하였다. 1990년대는 유쾌한 관능미로 세상을 풍자하였고, 2000년대는 남성들과의 관계를 새롭게 모색한다.

이처럼 문정희 시의 내용적 변화는 시대에 따라 뚜렷하게 나타나는 편이다. 그러나 시적 형식이나 언술방식의 측면에서는 기존의 남성언어와 분명한 차별화를 보이지는 않는다. 비교적 서정시의 전통에 친연하며 현실인식을 명료한 언어로 전달하기 때문이다. 또한 환유적 언술방식을 극대화한 탈주적 글쓰기보다는 은유적 언술방식을 통해 사유를 전달하는 쪽을 선호한다. 이 점에서는 여성적 글쓰기의 독자적인 언술방식에 천착하는 김혜순과 차이를 보인다.

김혜순의 시들은 페미니즘적 인식 못지않게 여성의 육체에서 흘러나오는 새로운 언어를 발견하는 데 관심을 기울인다. 김혜순이 지향하는 '몸으로 글쓰기'는 여성만이 향유할 수 있는 육체적 경험인 월경, 임신, 출산, 수유 등을 통한 여성 언어의 창조이다. 이러한 여성의 경험을 기존의 서정시적 문법이나 관습적 틀에 집어넣는 것이 아니라 자아의 변경에서 끊임없이 이동시킨다. 결국 부재의 지점으로까지 나아가는 역동적 과정 속에서 몸으로 글쓰기가 이루어지는 것이다. 이는 곧 몸 자체로 글을 쓰는 자기진술이 된다. 이처럼 '몸으로 글쓰기'라는 독특한 시적 인식과 언술방식은 김혜순의 초기시부터 일관되게 나타난다.

이와 같이 문정희와 김혜순은 한국 페미니즘 시의 1세대와 2세대로서 각자의 개성적인 젠더의식을 보여주고, 서로 다른 시적 전략을 구사한다. 이러한 차이를 비교·분석하기 위해 이 책은 두 시인의 젠더의식을 크게 세 가지 차원에서 고찰하였다. 몸에 관한 인식, 여성의 현실인식, 그리고 시적 형식과 언술방식이 그에 해당한다. 여성의 몸은 여성의 경험과 연관되어 여성성을 잘 드러낼 수 있다. 그리고 여성들이 자기표현을 하기 위해서는 현실인식의 변화가 있어야 하고, 언어 또한 바뀌어야 인식의 변화도 가능하다. 이렇듯 이 세 가지 차원은 서로 유기적으로 연결되어 있어서 두 시인의 젠더의식을 전체적으로 규명할 수 있었다. 또한 이를 통해 서정적 문법과 해체적 문법 사이에 가로 놓인 한국 여성시의 풍요로운 성취를 확인할 수 있었다.

이 책은 문정희와 김혜순의 시 전편을 대상으로 하되 특히 두 시인의 다작의 시들 중에서 페미니즘과 관련 있는 작품을 중심으로 논의를 전개하였다.

문정희는 한국 페미니즘 시의 제1세대 시인으로서 그녀의 시에서는 가부장적 사회의 모순과 그에 대한 투쟁 등이 생생히 드러난다. 문정희는 가부장적 사회에서 여성의 존재론적 위치를 직시하고 활동한 선두세대로서 비로소 '여류'라는 수식어가 떨어지도록 만든 시인이기도 하다. 특히 문정희의 장시집인 『아우내의 새』는 이러한 주제의식을 선명하게 보여주고 있다. 이는 사회 비판, 여성 독립, 여성적 자아의 발견 등 페미니즘의 첫 단초를 만들기 위한 노력의 결과물이다. 하지만 한국의 페미니즘 1세대에 속하는 다른 여성 시인들처럼 문정희의 시도 메시지 중심인 경우가 대부분이어서 문체적 혁신이나 여성시의 독자적 화법을 발견했다고 보기는 어렵다. 이전의 서정적인 전통에 비교적 친연한 문정희의 시세계는 언술방식에 있어서는 남성시인들의 시와 뚜렷한 변별성을 보여주지 않는다.

김혜순은 한국 페미니즘 시의 제2세대 시인으로서 초기시와 후기시를 분리해서 살펴야 한다. 초기시에서는 가부장적 갈등이 보이지만 1990년대 이후가 되면 독자적인 언술방식에 대한 해체적인 화법이 생긴다. 한국에서 진정한 의미의 여성적 글쓰기 화법의 발견은 1990년대 이후 김혜순에 의해 이루어진다고 볼 수 있다. 해체주의의 영향을 받은 김혜순의 언술방식은 문체 자체가 여성적 글쓰기의 체현이 되고 있다. 김혜순의 시에서는 화법, 문체, 형식 등에 대한 고민이 1세대의 시와 확연한 차이를 보인다. 남성에 대한 투쟁이라기보다 여성 자체의 여성성을 풍요롭게 개발하고 그것이 문체와 하나로 합일되는 것으로 나타난다.

이렇듯 한국 페미니즘 시의 흐름에서 문정희, 김혜순은 세대별 차이를 보이는 중요 시인임에도 아직까지 두 시인만의 작품을 비교·분석한 논의는 이루어지지 않았다. 이에 이 책은 문정희와 김혜순의 시세계를 젠더의식을 중심으로 비교·분석하였다. 이를 위해 엘레인 쇼월터의 「황무지에 있는 페미니스트 비평」에 나오는 네 가지 구분 모델과 여성문학비평의 이론을 참고하였다. 먼저 이 두 시인의 시에 나타난 젠더의식이 어떠한 공통점과 변별성을 갖고 있는지를 살피고, 이를 토대로 작품을 분석하였다.

이 책은 필자의 박사학위 논문을 수정·보완한 것으로 아직도 부족한 점이 많다. 이 책을 계기로 현대시와 젠더의식에 대한 다양한 논의들의 시발점이 될 수 있을 것으로 기대해 본다. 필자도 앞으로 더욱 열정적인 연구를 통해 보완하고 확장해 갈 것이다.

이 글을 완성하는 동안 큰 버팀목이 되어주신 나희덕 지도교수님을 비롯하여 <현대문학 세미나>를 이끌어 주시고 학문의 기층을 다져 주신 오문석 교수님, 김형중 교수님, 김혜영 교수님, 이장욱 교수님 외 많은 분들께 깊은 감사의 마음을 올린다. 아울러 이 책이 나올 수 있도록 도움을 주신 도서출판 역락 선생님들께도 감사드리며, 학문에 집중할 수 있도록 한결같은 마음으로 배려하고 격려해준 남편 천대식, 아들 웅희, 딸 진희에게도 고마움을 전한다.

그리고 아낌없는 사랑을 베풀어 주신 지금은 먼 곳에 계신 두 분, 아버지, 어머니께 이 책을 바친다.

2015년 12월
윤혜옥

▌차례▐

현대시와 젠더의식

- 페미니즘 시와 젠더의식
- 문정희 시와 젠더의식
- 김혜순 시와 젠더의식
- 문정희와 김혜순 시의 젠더의식 비교
- 젠더의식과 여성시의 미학

페미니즘 시와 젠더의식

1 페미니즘 문학비평과 여성적 글쓰기

페미니즘 문학비평1)은 여성이 사회구조에서 뿐만 아니라 문학과 비평의 영역에서도 남성과 평등한 위치에 서 있지 못하다는 인식, 즉 문학비평 안에서 나타나고 있는 성차별주의에 대한 자각과 검증과 비판에서 시작된다.2) 페미니즘 문학비평은 페미니즘 이론과 마찬가지로 여성억압과 그 해결방법을 인식하는 시각에 따라서 이론적이고 정치적인 차이를 보이고 있는데, 엘레인 쇼왈터가 말한 "본질적으로 마르크스주의적인 영국 페미니즘 비평은 정치적 압제를 강조하고, 본질적으로 심리분석적인 프랑스 페미니즘 비평은 정신적 억압을 강조한다"3)는 이와 같은 맥락에서이다.

페미니즘 비평은 크게 초기 여성 시학이 정립된 영미 페미니즘 비평과 여성적 글쓰기를 통해 여성성의 긍정적인 재현을 모색하는 프랑스 페미니즘 비평으로 나눌 수 있다. 이 두 비평은 전후 관계를 보이고 있으며, 프랑스 페미니즘 문학비평이 영미 페미니즘 비평의 한계를 극복하려는 노력으로 볼 수 있다.

먼저 영미 문화권의 페미니즘 이론은 문학작품 속에 나타나 있는 왜곡된 여성상을 바로잡는 여성 이미지 비평과 여성작가의 텍스트 속에 나타나 있는 여성의 경험 자체에 권위를 부여하고 여성문학 고유의 영역을 확립하려는 노력으로 전개되었다. 이러한 영미 페미니즘 비평은 케이트 밀렛, 엘레인 쇼월터, 샌드라 길버트와 수잔 구바 등에 의해 형성되었다. 이들은 언어적·철학적으로 접근하는 프랑스 페미니즘과는 달리 일상적이고 경험적인 사회적 존재로서의 여성에 1차적 관심을 갖는다.

서구 페미니즘 운동의 제2의 물결은 1960년대에 미국을 중심으로 일어났다. 1920년대에 여성의 투표권이 쟁취된 후, 1960년대에 다시금 페미니즘이 서방 세계에서 중요한 정치적 세력으로 부상했다. 1963년 출간된 베티 프리단(Bety Friedan)의 『여성의 신비』는 페미니즘의 제2의 물결 운동에 시동을 건 책이다.

그 후 출간된 케이트 밀렛(Kate Millett)의 『성의 정치학』(1969)은 급진적인 페미니즘의 경향을 표출한다. 이 책은 문학 외적 요소인 사회적인 갈등, 문화적인 혼돈, 감정적인 좌절 등의 열기가 드디어 문학 비평계에 침투하여 문학을 별개의 실체로 보는 종래의 문학관을 동요시켰다. 『성의 정치학』은 일체의 남녀 사이의 관계를 정치적인 행위로 규정하고 이를 증명하기 위하여 문학 텍스트상에 드러난 남녀 간의 관계를 묘사한 부분을 분석했다. 문학 텍스트를 사회문화적인 견지에서 분석하여 기존의 여성에 대한 사회 인습이 비인간적이고 부당함을 노도 같은 어조로 분석하였다. 사회의 정치적인 변화를 꾀하는 페미니스트 비평가들은 문학비평을 정치적 목적을 지닌 문화영역으로까지 확장시키는데, 이에 케이트 밀렛이 주도적인 역할을 했다.[4]

1970년대 이후에는 여성의 이미지 연구에서 벗어나서 여성작가의 작품을 여성중심적인 시각에서 고찰하려는 노력으로 발전하였다. 페미니즘의 2단계라고 할 수 있는 이런 흐름은 남성들의 전유물처럼 여겨져 왔던 기존의 글쓰기의 관습 속에 묻혀 있는 여성 작가들의 위대한 작품들을 발견하고 그 속에 녹아 있는 여성작가만의 독특한 경험과 특성을 가치 있게 평가하는 데에 그 목적이 있다.

엘레인 쇼왈터(Elaine Showalter)는 「황무지에 있는 페미니스트 비평」에서 여성이 무엇을 느끼고 경험하는지 제대로 알기 위해서 페미니스트 비평가는 여성의 글쓰기를 연구하는 <여성 비평>을 지향해야 하며, 그래야만 여성 독자로서의 페미니스트 비평가는 여성작가의 텍스트에서 그러한 여성들만의 경험을 직접 읽어낼 수 있다고 말한다.[5] 또한 쇼왈터는 이 논문에서 페미니즘 문학 비평 이론의 틀을 구성한다. 즉 여성의 저술에 대한 이론으로 생물학적, 언어학적, 심리분석적, 그리고 문화적인 네 가지의 구분 모델들을 이용한다. 각각은 여성작가와 여성의 텍스트의 특질을 정의하고 구별한다.

쇼왈터에 따르면 생물학적 접근 방법은 해부학이 곧 텍스트성이 된다는 관점으로 여성과 남성의 글쓰기의 차이가 신체에서 비롯된다는 것이다. 쇼왈터는 18세기와 19세기 초 여성작가들의 문학적 창조가 흔히 출산에 비유되고 있는 점을 하나의 예로 들고 있다. 또 언어학적 이론에 대해서도 여성적인 의식을 표현할 수 있는 언어가 불충분하다는 것 자체가 문제가 아니라 여성들이 주체적인 언어를 가질 수 없도록 강요당해왔다는 점이 문제라고 지적한다. 이러한 침묵들은 여성적인 의식이 드러나는 공간이 아니라 바로 언어의 감옥에 갇혀 보이지 않는 은신처이므로 여성적 글쓰기의 중요한 역할이 이러한 억압받는 여성의 언어를 찾아내는 일이라고 주장한다. 쇼왈터는 무엇보다 정신분석학적 비평이 다양한 문화적 환경 속에서 생산된 여성적 글쓰기 사이의 유사점들을 강조해주기는 하지만 역사적 변화, 민족적 차이, 혹은 생산적·경제적 요소들을 형성하는 힘들을 설명해 주지는 못하므로 문화적인 이론 모델이 필요하다고 생각한다. 따라서 쇼왈터는 집단적 공동체험에 관한 인류학적 모델을 발전시킨 에드윈 아드너와 클리포프 거츠의 문화 이론을 여성비평 실천에 적합하다고 말한다. 이때 쇼왈터가 차용한 것은 아드너가 보여준 지배집단과 침묵집단 사이의 관계이다. 아드너의 분석에 따르면 여성은 지배집단인 남성의 통제에 따라 자신들을 주체적으로 표현할 언어를 갖지 못한 침묵집단이다. 이 부분이 아드너의 용어로 <황무지>의 영역이다.

쇼왈터에게 있어서 이 황무지 영역은 정신적으로, 경험적으로, 또 형이상학적으로 여성들이 공유하는 문화로서 남성들에게 금지되어 있는 문화영역이다. 남성의 관점에서 볼 때 이 황무지 영역은 오직 상상만이 가능한 영역이고 경험이 불가능하다. 그러나 페미니스트 비평가들에게는 이 황무지 영역이야말로 보이지 않던 것을 보이게 하고 침묵했던 것을 말하게 하는 가능성의 공간이다. 또한 여성적 존재를 상징적으로 가능케 하는 영역인 동시에 프랑스 페미니스트들이 여성의 차이에 대한 이론적 근거로 삼고 있는 공간이기도 하다. 물론 쇼왈터에게 있어 여성적 텍스트의 개념은 이 황무지 영역에만 고정적으로 위치해 있는 것은 아니다. 여성적 텍스트는 유희하는 추상적 개념의 유동적 상태이기도 하다.[6]

1985년 산드라 길버트(Sandra M Gilbet)와 수잔 구바(Susan Guber)에 의해서 『여성들에 의한 노튼 문학선집』(1985)이 출간됨으로써 페미니즘 문학론은 좀 더 확고하게 자리를 잡는다. 이와 같이 영미 문화권의 페미니즘

이론은 문학작품 속에 나타난 가부장적 이데올로기에 대한 비판이나 성차별에 대한 비판에서 출발해서 1970년대 중반에 이르러서는 그동안 경시되어 왔던 여성작가들의 문학전통을 수립하려는 여성 중심 비평으로 전환되었다.

다음으로 프랑스 페미니즘 문학이론은 1970년대까지는 영미의 이론과 별 차이가 없었다. 그러나 1970년대 이후의 프랑스 페미니스트들은 포스트구조주의 혹은 해체주의 사상가들의 영향을 받게 되면서 이제까지의 페미니즘 문학 운동에 대한 반성과 새로운 방법론을 도출하려는 노력을 기울였다. 이들은 문학작품에 나타난 왜곡된 여성의 이미지나 여성 고유의 경험을 탐구하는 대신 언어와 철학 그리고 정신분석학에 관심을 기울였다.

프랑스 페미니즘은 자율적이고 안정된 자기정체성을 지닌 주체 개념을 가부장제의 이데올로기적 구성물로 보고 이것을 해체하는 데 일차적인 관심을 기울인다. 이들은 서구 형이상학의 전통이 그동안 자기 동일성을 가진 보편적인 개인이라는 개념을 확보하기 위해서 비합리성, 감수성, 성욕, 무의식 등 합리적인 의식으로 설명되지 않는 부분들을 '여성적인 것'으로 규정하여 배제시켜 왔다고 전제한다. 또한 여성적인 것을 언제나 열등한 것으로 인식하는 이성중심주의적 사고와 '정체성', '자아'라는 개념들로 표상되는 진리와 실재에 대한 믿음을 남근이성중심주의(Phallogcentrism)로 파악하고 해체하려고 한다.

프랑스 페미니스트들은 데리다(Jacques Derrida)나 라캉(Jacques Lacan) 등의 포스트구조주의자들로부터 이론적 토대가 되는 사상을 채택하였다. 이 데리다와 라캉은 프로이트의 정신분석학을 이어받아 변형시켰다.

프로이트는 성이 생물학적인 것이 아니라 사회적으로 구성되는 것이라 주장하며 무의식 이론을 적용한다. 프로이트는 성이 선천적인 본능이 아니며, 아이들은 양성으로 태어나며, 다양한 형태로 왜곡되어 있다고 말한다.

프로이트는 양성적인 유아에서 단일한 성정체성을 획득한 성인이 되기 위해 거쳐야하는 심리과정의 역할로 거세 개념을 사용한다. 아이들에게 최초의 절대적 사랑의 대상은 어머니이다. 발달의 가장 초기 단계인 전오이디푸스 단계에서 아이는 어머니의 육체가 자신의 육체와 공존하며 자신이 느끼는 자기애적 쾌락이나 충만함과 분리될 수 없는 상태에 있다고 느낀다. 나에 대한 의식이 생겨나기 위해서는 나와 다른 타자에 대한 인식이 있어야 하는데 이 최초의 나르시시즘적 사랑으로부터 벗어나게 해주는 기제가 필요하며 이 문제 해결이 '오이디푸스 콤플렉스'이다.

자기정체성을 획득하기 위해서 어머니로부터 분리가 필요하다. 남자아이들은 아버지에 의해 행해지는 거세에 대한 외상적 공포로 인해 거세 환상에 사로잡히고 어머니에 대한 근친상간적 욕망을 억압하고 권위와 도덕법을 상징하는 아버지와 자신을 동일시한다. 오이디푸스적 갈등은 해결되고 남자아이는 정상적인 능동적 남성정체성을 확보하게 되는 것이다. 반면에 여자아이는 자신이 이미 거세되어 남근을 갖고 있지 않다는 것을 발견하고, 이러한 결핍의 인식이 여자아이에게 정신적 외상이 되면서 육체적으로 열등한 원인이 어머니에게 있다고 어머니를 비난한다. 그리고 아버지가 남근 대신 아이를 제공해줄 수 있을 것이라 생각하고 아버지를 욕망한다. 이것이 여자아이가 수동적 여성성을 소유하게 되는 과정이다.

또한 오이디푸스 단계의 아이가 억압하는 여러 형태의 욕망들 특히 어머니에 대한 근친상간적 욕망은 무의식의 토대를 형성한다. 무의식은 의식적인 성 정체성을 와해시킬 수 있는 잠재적인 힘으로 항상 남아 있게 된다. 이러한 무의식의 두 가지 기제는 압축(condensation)[7]과 전치(displacement)[8]이다.

　여기에서 의식적이고 사회적인 성 정체성이 안정된 것이 아니라는 프로이트의 지적은 페미니스트들에게 환영 받고 있으나, 프로이트의 설명 방식은 생물학적 차이, 심지어 생물학적 불평등의 구조에 의지하여 비난을 받는다. 이처럼 프로이트의 정신분석은 성 심리학적인 사회화 이론으로서 페미니즘 이론의 기초학문들 중 하나이지만, 동시에 가부장제적인 학문으로서 페미니즘 이론의 비판의 표적이 되기도 한다.[9]

　데리다는 당시까지 완고한 위치에 있던 프로이트의 학설을 뒤집는다. 그는 프로이트의 『토템과 타부』에서 자식이 저지르는 최초의 부친살해 대목[10]을 변형[11]시킨다. 그리고 "이러한 사이비 사건이 허구적 서사성의 지표, 즉 허구적 서사인 동시에 허구로서의 서사를 내장한다"고 주장한다. 이것은 법의 기원인 동시에 문학의 기원이 된다. 페미니즘에 있어서 '아버지' 역할[12]은 지배체제의 언어를 상징하며, 여기에서 데리다가 주장하는 해체이론의 기본 전략은 지배체제 내부에서 지배체제의 언어를 사용하며 그 체제 자체를 '해체' 하는 것이다. 그는 플라톤과 아리스토텔레스 이후의 서구 사상의 근본 구도로 작용해 온 이분법적 체제를 부정하고 두 대립항 사이의 서열과 경계를 해체하기 위해 노력하며, 그 대립항이 사실은 상호 보존적 관계에 놓여 있다고 주장한다. 데리다의 견해에 따르면 페미니즘이 남성 지배문화를 전복시키고 그 자리에 대신 들어서는 작업은 필연적으로 또 하나의 억압적 지배 이데올로기를 만드는 것이다.

한편 라캉[13]의 심리분석 이론은 주체의 문제와 사회 속에서의 인간의 위치, 인간과 언어의 관계에 대한 프로이트의 사상을 재해석한 것이다. 라캉은 개체의 진정한 주체성은 의식적인 자아가 아니라 무의식에 있으며, 무의식은 언어처럼 구조화되어 있다고 말한다. 또한 언어는 주체의 끝없는 욕망으로부터 생겨나는 환유적인 치환과 은유적인 응축에 의한 의미들의 역동적인 생산물이라고 한다.[14]

라캉은 남성성 혹은 여성성이란 해부학적으로, 운명으로 정해진 게 아니라 남성과 여성이 자기 동일화 과정에서 동일한 정도로 취할 수 있으며, 여성에게는 스스로 남성적 주체로 위치 지을 수 있는 가능성이 미결 상태로 남아 있다고 한다. 성관계의 방식에도 남성의 팔루스적인 향유는 늘 타자로 나아갈 수 없는 자기만족일 뿐인데 반해 여성의 성적 향유는 또 다른 절정의 차원을 열어주는데, 이것은 여성을 '자기 스스로 부재하게끔, 즉 주체로서는 부재의 상태인 것으로' 만들어 준다는 것이다. 이 때문에 여성은 신비한 사랑을 할 수 있는 능력이 있으며, 중세의 여성 신비주의자들의 무아경의 글들에서 이러한 사랑의 표현이 발견된다고 한다. 이러한 신비주의 담론은 히스테리 여성 환자의 담론과 동일하게 여겨질 수 있고, 이 담론은 팔루스 저편에 있는 '여성적인 담론'이라고 말한다. 아울러 이러한 저술들을 타자로의 통로를 열어주는 신비주의적인 분출물이라고 한다.[15]

이러한 라캉의 이론으로부터 프랑스 페미니즘 여성 이론가들 중 가장 영향력이 큰 루스 이리가라이, 줄리아 크리스테바와 엘렌 식수 등은 각기 상이한 결과를 이끌어내고 있다. 크리스테바는 프로이트와 라캉으로부터 영향을 받아 자신의 문학이론을 발전시킨 후 이것을 요청하는 동시에 실재화하였다. 반면 이리가라이는 정신분석 자체에 대한

정신분석적 해체를 시도하고 있다. 식수는 이와는 반대로 제도화된 정신분석을 거부한다.16)

　줄리아 크리스테바(Julia Kristeva)는 라캉이나 데리다보다도 훨씬 생물학적이고 물질적이며 사회적인 요소들을 자신의 이론에 포함시킨다. 크리스테바에게 정신분석이란 주체, 주체의 생성, 그리고 육체, 언어와 사회의 변증법으로부터 출발하는 의미의 이론이다. 또한 '상징적인 것'은 '정상적인' 소통 가능한 언어의 기능을 뜻하고 여기에는 시니피에, 즉 의미가 중요하다. 그러나 '시적 언어'에서 표현되는 '기호적인 것' 속에는 시니피앙, 물질적인 언어의 본체, 목소리, 울림, 음악적인 리듬이 문제가 된다. 기호적인 것 속에서 언어는 아직 대상들·충동들로부터 벗어나지 못하며, 시니피앙과의 시적 유희는 어린 시절의 경험이 실제화된 것으로 본다.

　크리스테바는 이러한 오이디푸스 이전 단계의 주체-객체, 그리고 시공간의 연속성을 플라톤에서 빌려온 개념인 코라(Chora)라는 용어로 특징짓는다. 그에 의하면, 근대 자본주의 사회는 의미 있는 구조들에 대한 시간(屍姦)적인 문서화를 통해, 그리고 그러한 구조들을 생겨나게 하고 또 다시 항상 새롭게 만들어 주는, 생생하고 충동적인 실제 행동에 대한 억압을 통해 부각된다고 한다.

　크리스테바는 억압된 오이디푸스 이전 단계 등의 대상을 언어의 영역으로 늘 새롭게 회복시켜줄 가능성을 지배 담론에 대립시키는데, 이러한 언어를 통해서 언어적인 질서가 변형될 수 있다고 한다. 이처럼 크리스테바는 '말하는 주체'의 재구성의 필요성을 역설하는데, 그 이유는 권위적이고 억압적인 현대 언어학의 철학적 기반을 벗어나기 위해서이다.17)

엘렌 식수(Helene Cixous)는 여성적 성욕 또는 여성성을 글쓰기를 통해서 재현할 수 있다고 주장한다. 여성적 글쓰기는 언어의 측면에서 페미니즘 시를 이해하고자 했던 시도이다. 이는 여성과 남성은 각기 다른 언어를 사용할지도 모르고 그렇다면 언어에 나타나는 성차들이 생물학, 사회학, 문화이론 등에 의해서 이론화 될 수 있을지도 모른다는 가설로부터 출발하였다. 특히 1980년대 들어서 프랑스 페미니즘은 여성문학의 차이성을 이론화하려는 시도에서 '여성적 글쓰기'란 여성이 리비도 에너지로부터 근원하는 문자 그대로의 '여성적 글쓰기'를 말한다. 엘렌 식수는 가부장적 역사에서 부차적인 항목으로 정의되어 주변으로 밀려나 버린 여성성을 새로이 복원해내면서 '여성적 글쓰기'를 해야 한다고 주장했다. 식수에 의하면 지배하는 방식보다는 양육하는 방식으로 사물을 지각하고 표현하는 능력을 보여주는 것이 여성다운 것이라고 했다.[18]

『메두사의 웃음』에서는 남근 중심적인 상징계와 구별되는 또 다른 질서를 제시한다. 이에 기초하여 여성의 글쓰기는 '고유성(the proper)'의 개념이 아니라 '허여성(the gift)'의 개념에 의해 특징지어진다.[19] 이러한 여성의 리비도적인 특징을 문학에 옮겨서 여성성을 결핍이나 부재로 묘사하기보다는 충만함, 창조적인 흘러넘침, 유희적인 잉여, 여성의 육체가 갖는 물질성으로 구체화한다.[20] 식수는 데리다의 해체론에서도 자신의 글쓰기가 지닌 정치성과의 유사성을 발견한다. 즉 억압을 해체하기 위해서 여성에게 사회적 그리고 언어적 관계를 재생산하는 일에 힘을 주기 위해서 글쓰기를 활용해야 한다고 주장한다.

루스 이리가라이(Luce Irigaray)는 서구 철학의 전통에서 성차의 개념이 은폐되어 왔다고 주장하면서 여성의 성은 이제까지 항상 결핍 내지는 부재로 특징지어져 왔기에 여성의 관점과 언어를 찾고 문화를 만들어 나가야 한다고 했다. 이리가레이는 여성적 글쓰기의 전략으로 단 하나의 주체인 '나'를 분산시키고 동음이의어를 사용해서 언어적 유희를 벌인다. 이때 상징질서의 거울은 충만한 자기반영적 이미지와 현존하는 남성 정체성을 비추는 반면에 여성적 글쓰기는 여성적 재현의 형태를 비추는 반사경에 비유할 수 있다. 반사경의 볼록한 표면은 왜곡된 이미지를 생산해내고 있는 남근 중심적인 담론이 만들어내는 나르시시즘적 반영들을 뒤엎기 때문이다.21)

위에서 살펴본 바와 같이 프랑스 페미니즘 문학이론은 실제비평과 사회이론운동에서 강점을 보이는 영미의 페미니즘 이론과는 달리 철학적이고 세련된 이론에서 강점을 보인다. 이처럼 페미니즘 문학이론은 다른 이론들과 대화적 관계를 통해서 발전되어 왔다. 그럼에도 불구하고 영미 페미니즘과 프랑스 페미니즘은 흑인과 제3세계 여성의 문제를 포괄하지 못했다고 지적을 받고 있다. 이것은 그동안 영미와 프랑스 페미니즘 이론이 모두 다 백인 여성들의 문제에만 국한된 결과일 것이다. 흑인 여성이나 제3세계 여성들은 페미니즘 문학이론 안에서도 소외를 받았다고 할 수 있다.

여성은 기존의 남성 중심적인 사회에서 언어의 풍부한 사용을 거절당했다. 이것은 생활상의 격리로 언어를 충분히 사용할 수 있는 기회가 박탈되어 왔으며, 침묵을 강요받고 완곡한 표현을 사용하도록 교육받아 온 데에 그 이유가 있다. 즉, 여성은 이러한 이유들로 인하여 스스로의 정신과 육체에 대해서 언어화하지 못했다. 인간이 어떠한 대상을 인식하는 데 언어가 중요한 기능을 수행해왔다는 것을 생각해 볼 때 이는 심각한 문제임에 틀림없다. 이러한 이유에서 여성의 언어는 가부장적 지배 질서 안에서의 억압을 드러내거나 폭로하며 동시에 이에 저항하는 언어가 된다.

이처럼 페미니즘 문학비평은 다양한 페미니즘 이론과 관련하여 서로 영향을 주고받으며 끊임없이 모색되고 진화한다. 1970년대 이후의 페미니즘 문학 이론은 단순한 여성의 이미지 연구에서 벗어나서 여성작가의 작품을 여성중심적인 시각에서 고찰하려는 노력으로 발전하였다. 페미니즘의 2단계라고 할 수 있는 이런 흐름은 남성들의 전유물처럼 여겨져 왔던 기존의 글쓰기의 관습 속에 묻혀 있는 여성 작가들의 위대한 작품들을 발견하고 그 속에 녹아 있는 여성 작가만의 독특한 경험과 특성을 가치 있게 평가하는 데에 그 목적이 있다.

엘레인 쇼왈터(Elaine Showalter)는 「황무지에 있는 페미니스트 비평」에서 페미니스트 비평을 두 가지 양식으로 분류하였다. "첫 번째 양식은 <독자로서의 여성>에 관한 것으로 <페미니스트 독해>, 혹은 <페미니스트 비평>이라고 부른다. 이는 문학에 있어서의 여성의 이미지들과 상투적인 유형들과 비평에 있어 여성에 관한 논의의 결여, 잘못된 생각들과 기호학적 체계에 있어 기호로서의 여성을 다루는 텍스트에 대한 페미니스트 독해를 제공한다. 두 번째 양식은 <작가로서의 여성>을 다루는 것으로 <여성 비평(gynocritics)>이란 용어를 만든다. 이는 그 연구 대상이 여성의 저술에 관한 역사, 스타일, 주제, 장르, 구조, 여성 창조력의 정신 역학, 개인이나 집단적인 여성 경력의 궤도 그리고 여성 문학전통의 진화와 법칙들이다. 쇼왈터는 페미니스트 비평과는 달리 여성비평은 많은 이론적인 가능성을 열어 주며, 여성의 저술을 본다는 것은 본질적인 차이의 문제이기 때문에 새로운 개념적인 중심으로 도약하게 하며, 우리 앞에 놓인 문제의 본질을 재정의하게 만든다."[22]고 말한다.

2. 한국 페미니즘 시의 전개 과정

지금까지 서양에서 영미 페미니즘과 프랑스 페미니즘이 각각 1세대와 2세대로서 전개되어온 과정을 살펴보았다. 그렇다면 한국의 페미니즘 시가 언제 시작되었고, 어떻게 전개되어 왔는지 각 시기별로 세분화하여 살펴보겠다.

우리나라는 갑신정변 이후 청일 전쟁에서 승리한 일본을 통하여 서구의 문화가 도입되었고, 이를 통해 진보적인 정신을 수용한 여성문학이 대두하게 되었다. 초기 여성문학가들은 일본 유학을 경험하면서, 여성도 인간으로서 살 권리와 자유를 가졌음을 자각하였고, 여성해방론과 계몽주의를 주창한 여성운동가들이었다. 1919년 3·1운동을 전후하여 개화기 신여성을 대표하는 3대 문인은 김명순, 나혜석, 김일엽이다.[23)

이렇듯 근대적 각성으로 출발한 1920년대의 페미니즘 시는 여성해방운동의 선구자로서 삶의 중요한 의미를 자유의 획득에 두었다.[24)] 이들은 시, 소설, 수필, 논설 등 전 장르의 글을 썼고, 전통사회의 유교적 여성관을 벗어나서 여성 해방과 자유연애사상, 개인주의를 주장하며 여성성을 부각시켰다.

김명순의 시세계는 자전적인 성격이 강하며, 신여성의 좌절과 비판적 입장, 모성에의 귀의와 기독교적 문학관, 일제 저항시, 민요조의 정형성 등으로 요약된다.[25)] 나혜석은 여성의식의 개혁과 사회제도의 합리화를 주장한 선각자로서, 낭만주의적 시와 여성해방과 자유의지를 주제로 한 뛰어난 산문도 썼다. 김일엽은 생의 좌절을 불교적 신앙으로 극복한 자신의 인생편력을 시조로 보여주고, 법문 형식의 산문도 발표했다. 초기시에 보여지는 내용과 형식미를 갖춘 아름다운 내면세계는 후기에 불교의 선적인 내용을 시화한 자전적인 깨달음의 세계로 변모한다.26) 이들 세 시인은 그들의 시를 통하여 여성의 선구적 사명을 적극적으로 주장했다.

1930년대 한국 페미니즘을 이끈 것은 노천명과 모윤숙이었다. 이들의 주체의식은 개인적 정서에서 민족의 장래와 현실문제로 확장되었으며, 두 사람 이외에도 본격적이고 다양한 시문학의 양상이 나타났다.27) 노천명은 단아하고 절제된 단시를 통해 "구상적이며, 개성을 내면화로 응결시킨 우리 시사에서 희귀한 존재"28)로 주목받았고, 모윤숙은 뜨거운 열정으로 민족과 사랑의 이원적인 기원을 줄기차게 노래하였다. 그녀의 시는 '민족'에서 출발하여 '님'의 낭만성에 머물다가 다시 '민족'으로 돌아가는 민족주의 경향을 보였다.29) 이 두 시인의 시세계는 후대에도 여성시의 큰 흐름으로 계승된다.

1940년대 전반기는 일제강점기로서 친일문학이 등장했다. 이 시기는 문학에서 일본어 사용이 강제되고 그 내용은 식민지 국책에 영합하는 것이어야 했다. 모윤숙과 노천명도 친일 행적으로부터 자유로울 수 없었으며, 이는 시대사적 비극이면서 민족의 비극이었다.30)

1945년 광복을 맞이한 후, 문학계는 좌·우익의 갈등과 혼란을 겪게 된다. 그리고 다시 1950년 6·25의 비극을 맞이한다. 전후의 혼란스러운 상황에서 1950년대 여성시의 대표적인 시인은 김남조와 홍윤숙이다. 6·25의 비극적 체험과 일제 36년의 식민지 체험으로 이들의 시에서는 허무와 절망, 패배주의가 깊게 배어 있다. 김남조는 인간생명의 유일성과 그 한계성에서 오는 허무의지를 신앙으로 극복하고자 하는 기도시의 형을 보여주면서 사랑과 생명에 대한 끈질긴 탐구를 모색한다.31) 홍윤숙의 시는 사색적이고 내면탐구적이며, 역사와 현실에 대한 비판적 목소리를 드러낸다. 또한 초기시의 감상성을 극복하고 여성 심리를 예리하게 표현하며, 인간존재의 근원적인 문제와 삶의 권태감, 도시문명에 대한 비판 등 현실인식을 풍자적으로 표출했다.[32]

1960년대는 4·19를 전후로 문학의 사회적 기능이 요구되던 때였으며, 훗날 『청미(靑眉)』로 이름을 바꾼 『돌과 사랑』과 『여류시』라는 동인지를 중심으로 여성 시인들의 창작활동이 활발해졌다.[33] 여성 시인들은 인간의 근원적인 고독과 허무감, 지향 없는 그리움과 일상사에 대한 깊은 탐구의 시선을 바탕으로 섬세한 감각과 세련된 언어를 구사하였다. 이 시기의 대표적인 시인으로는 허영자, 김지향, 김하림, 김여정, 임성숙, 김윤희, 김후란 등이 있다. 이 당시 많은 독자를 확보한 허영자는 시어의 과감한 절제와 전통적 이미지에 집착하여 사랑의 문제를 고통의식과 참회의식에 접맥[34]시켰고, 김후란은 사랑과 평화, 생명의 구원 등의 미학을 추구하며 건강하고 긍정적인 여성성을 보여주었다.

1970년대는 여성시의 새로운 분기점이 되는 시기로서 독립적인 여성 정체성을 확보한 페미니즘 시가 창작되었다. 이 시기의 여성시인들은 왜곡된 여성상과 사회가 요구하는 보수적이며 전통적인 여성의 분위기를 극복하며 하나의 보편적인 인간으로서의 세계를 만들어 나갔다. 또한 한국 문학이 양적으로나 질적으로 근본적인 변화를 보이는 시기인데, 이는 한글세대의 등장과 근대화의 전개, 발표 매체의 증가 등에 힘입은 것이다.[35] 이 시기의 대표적인 시인으로 강은교, 문정희, 김승희 등을 들 수 있다.

강은교의 초기시에는 허무의식과 존재에 대한 성찰이 두드러졌는데, 『빈자일기』 이후의 시에서는 역사와 현실인식에 기반을 둔 민중시의 경향이 강해졌다. 강은교는 역사와 삶의 현장에서 다양한 대상들을 발견하게 되면서 자신의 정체성을 '바리데기'로 규정하고 이를 시의 출발점으로 삼았다. '바리데기'는 고난을 희망으로 변화시키며 자신의 삶을 능동적으로 개척해 나가는 표상이다. 강은교는 '버림 받은 여자가 세상을 구원한다'는 고대의 바리데기 설화를 현대시에 차용하면서 가부장제의 실체를 환기시켰다. 강은교의 이같은 세계인식은 이후의 김혜순의 시에 나타나는 모성성과 맞닿아 있으며, 최근의 여성 시인에게 '치유와 구원의 여성성'으로 계승되고 있는 것으로 보인다.[36]

문정희는 1969년에 『월간문학』에 신인상을 받으며 등단하여, 1960년대 말 1970년대 초에 시작되어 현재에 이르기까지 남성의 가부장적 사회의 모순에 투쟁하는 여성시들을 왕성하게 펼쳐 보였다. 도전적 발상과 대담한 어조로 여성의 섹슈얼리티와 실존의 고뇌를 감각적으로 표현한 문정희는 사회비판, 여성독립, 여성적 자아의 발견 등 본격적인 페미니즘 문학의 단초를 제공한 시인으로 평가된다. 여성에 대한 불합리한 삶을 경험하면서 뉴욕에 가서 여성학에 대한 이론적인 공부를 한 문정희는 1990년대 이후에는 공격적이기보다는 화해로써 남성성을 수용하고 남성을 이해한다.

김승희의 시 세계는 내적 탐구와 현실비판, 신화적 세계관, 여성의식 등이 주조를 이루고 있다. 김승희는 자유로운 상상력과 지성적 탐색을 바탕으로 일상에 대한 성찰과 도전의식을 부각시키며, 능동적이고 주체적인 여성의 삶을 강조했다.

1970~80년대에 이르러 한국 여성시인들은 가부장적 사고방식에서 벗어나 여성의 주체성을 회복하기 위해 다양한 시적 전략들을 모색하며 여성적 글쓰기 방법에 주목했다. 같은 시기인 1970년대 이후에 영미 페미니즘은 여성의 이미지 연구에서 벗어나서 여성작가의 작품을

여성중심적인 시각에서 고찰하였다. 또한 기존의 글쓰기의 관습 속에 묻혀 있는 여성작가들의 작품들을 발견하여 여성 작가의 독특한 경험과 특성을 가치 있게 평가하였다. 그리고 프랑스 페미니즘은 포스트구조주의 혹은 해체주의 사상가들의 영향을 받아 이제까지의 페미니즘 문학 운동에 대한 반성과 새로운 방법론을 도출하였다. 그들은 문학 작품 속에 나타난 왜곡된 여성의 이미지나 여성 고유의 경험을 탐구하는 대신 언어와 철학 그리고 정신분석학에 관심을 두었다. 또한 자율적이고 안정된 자기 정체성을 지닌 주체개념을 가부장제의 이데올로기적 구성물로 보면서 이것을 해체하는 데 집중하던 시기였다.

1980년대 한국의 억압적 정치상황은 시인들로 하여금 더욱 강력한 역사의식으로 무장하게 만들었다. 이후에 전개되는 페미니즘은 이전 세대 여성시인들의 시와 매우 다른 양상으로 나타났다. 이 시기에 고정희, 최승자, 김혜순의 시에 나타난 여성의 젠더의식은 전통적 가부장제의 억압적 현실을 전복하고 육체 내부의 불온한 다성성을 폭발시키는 새로운 징후라고 할 수 있다.[37)]

고정희는 첫 시집 『누가 홀로 술틀을 밟고 있는가』부터 명확한 현실 인식을 보여주었다. 고정희는 사회변혁운동과 민중운동을 삶과 문학을 통해서 실천해가던 중 '민중'에게서도 여성은 소외되어 있다는 것을 깨닫게 되면서 여성 운동가로 거듭났다. 중기 이후 고정희의 시 작업은 민중해방과 여성해방을 통합하는데, 이러한 변화는 사회적 '소외'의 핵심이 여성문제에 있다는 것을 인식했기 때문이다. 고정희는 '또하나의문화'라는 페미니스트 동인을 만들어서 활발하게 활동했다.[38)]

최승자는 당시의 타락한 사회를 타락한 언어로 공격해야 한다고 생각했으며, 거칠고 급박한 호흡과 비어, 욕설 등의 언어로 시를 썼다.

이것은 남성중심사회의 모든 허위의식을 공격하기 위해서 사용한 전략적 언어 선택이었다.

김혜순은 현실의 모순된 제도와 이데올로기, 반인간적인 사회에 대해 좀 더 미학적인 방식으로 저항한다. 그는 '여성적 글쓰기'에 대한 메타적 창작을 병행하고 여성적 글쓰기 방식을 창작방법론으로 견지함으로써 가부장제와 남근중심주의에 문제를 제기했다. 특히 김혜순은 '몸'을 강조하며, 몸에 은폐된 폭력과 억압에 대한 시를 썼다. 이처럼 '몸'을 통한 사유는 이성중심주의적 사유체계 내에서 '정신'으로 존재해 왔던 남성성과 대립적인 의미에서의 '타자'에 주목하고, 결핍과 배제의 대상에 관심을 기울인다.

1990년대는 여성시의 약진이 돋보이는 시대였다. '여류'라는 꼬리표에 따라붙던 체념적이고 감상적이라는 부정적인 인식을 깨뜨리고 단순히 성적 정체성에 한정되지 않는 '여성성'의 의미를 발견한 시대였다. 1990년대의 여성시는 최영미, 신현림, 박서원, 김정란, 김언희 등의 시에 나타난 탈중심적이고 탈근대적인 상상력이 강세를 띠었다. 이들의 시는 여성의 몸을 둘러싼 과감한 성 담론을 통해 중심의 해체에 기여해 왔다. 그러면서 여성시의 상징적 의미를 변화시키고 세기말의 시적 담론의 주축을 이끌어 왔다. 여기에는 김승희, 김혜순 등 1980년대 여성시를 이끌었던 중견 시인들의 끊임없는 자기 갱신이 중요한 힘으로 작용했다.[39]

또한 여성성의 또 다른 탐색으로 에코페미니즘적 경향이 있다. 생태주의와 페미니즘을 결합시킨 에코페미니즘은 남성이 여성을 지배하는 것은 인간이 자연을 지배하는 것과 같은 논리임을 역설한다. 인간이 자연을 억압하지 않는 것과 남성이 여성을 동등한 주체로서 살아가는 것을 같은 논리로 바라보는 이런 관점은 페미니즘 시에 새로운 인식을 가져다주었다. 나희덕과 김선우의 시에서 이러한 에코페미니즘적 인식을 찾아볼 수 있다.

나희덕의 시는 생명의 본원에 대한 지향을 드러내면서 문명세계 속에서 경험하는 삶의 상처와 균열을 치유하고자 한다. 또한 자연에 대한 관찰을 토대로 언어의 침묵을 통과한 투명한 한순간을 보임으로써 삶의 비의적 의미를 드러낸다. 나희덕의 시는 세계를 향하여 스스로 마음을 열고 그 자체로 빛이자 어둠인 삶을 통째로 부둥켜안는다. 이 과정에서 억압과 희생과 지배와 폭력이 아닌 생태적 친연성과 대지의 모성성을 기반으로 한 생태적 상상력을 보여준다.

김선우는 만물의 근원인 자연성의 본질을 여성성과 동일시하며, 여성의 생명력에서 상처의 치유와 미래에 대한 희망을 찾았다. 최근에 이르러서는 사회의식, 공동체의식, 혁명의식 등이 여성성과 결합되기도 한다. 2000년대 이후 공동체의 논의에서 김선우의 사랑의 실천은 개인적인 에로스뿐만 아니라 사회적인 차원까지 포함한다.

지금까지 살펴본 것처럼 한국 현대 시사(詩史)에서 여성시인이 자기 정체성을 드러내기 시작하고 본격적인 페미니즘 시가 전개된 시기는 1970년대부터였다. 이 시기에 서구 페미니즘 이론이 우리나라에 소개되기 시작하였고, 1980년대에 이르러서는 각 대학에 여성학 강좌가 개설되는 등 이론적인 움직임이 활발해졌다. 또한 1980년대 후반 고조되었던 사회민주화 운동의 맥락에서 여성의 문제가 부각되고 페미니즘의 이론과 운동 역시 활발하게 전개되었다.[40]

오랫동안 한국 여성시는 많은 변화와 질곡 속에서 한국 시문학사의 방계영역으로 인식되거나 소외된 영역으로 존재해왔다. 그러나 1970년대의 문정희, 1980년대의 김혜순에 이르러서는 각각의 개성적인 방식으로 여성의 젠더의식을 뚜렷하게 반영하고 있다. 문정희는 페미니즘이 본격화되는 1세대로서, 김혜순은 페미니즘 2세대로서 매우 주목할 만한 시적 성과를 보여주고 있다. 그럼에도 불구하고 김혜순이 제일 많이 들어본 평론가의 말은 사회의 바다로 나오라는, 사회라는 바다에 이득이 되고 소통이 되는 시를 쓰라는 간곡한 권고였다고 한다.[41]

이러한 억압적 시각은 1990년대를 지나면서 억압된 것의 미학적, 지적, 여성적 승화 작업을 통해 빛을 발하기 시작했다. 여성 시인들은 억압에 대항하는 새로운 아방가르드적 언술을 개발하여 자신들의 육체성을 탐구하거나 근대가 버린 초월의 공간을 탐색하고 복원해냈다. 그들의 남근주의적 시각에 대한 항의는 당대뿐만 아니라, 그 이전까지의 모든 세대, 모든 시대의 억압에 항의하는 것이었다. 그 항의의 언술방식은 직접적이라기보다는 프리모던(가장 진보적이므로 가장 신화적인), 모던(장식하지 않으므로 가장 선명한), 포스트모던(한 여성임을 벗어나서 다성적인 여성의 목소리들을 동시 표출하는)을 모두 사용하는 탈근대적 방식의 언술을 개발한 것이다.[42] 여기에서 모던에 문정희를, 포스트모던에 김혜순을 대표적 여성시인으로 넣을 수 있는데, 두 시인의 90년대의 활동에서 페미니즘적 시각이 뚜렷하게 나타나 보인다.

이에 이 글에서는 페미니즘 문학이 본격화되는 시기를 70년대로, 다양한 방식으로 활발하게 전개되는 시기를 80년대로, 그 이후를 페미니즘 문학이 눈부시게 꽃피워 결실을 맺는 시기로 보았다. 그리고 각 시기에 문정희와 김혜순의 시에 주목하였다. 두 시인은 사회, 정치, 경제, 문화적 상황이 다른 창작의 첫 시기가 각각 10년대의 터울을 두고 시작되었고, 페미니즘 시의 발전 단계에서도 대표적인 시인들이며, 지금도 각자의 개성적인 스타일로 왕성한 페미니즘 시를 창작하고 있다. 이러한 이유로 두 시인의 젠더의식을 비교하고 작품을 분석하는 것은 한국 페미니즘 시의 세대적 차이를 해명하는 데 중요한 시사점을 제공할 것이다.

3. 젠더의식의 형성

그렇다면 페미니즘에서 논점이 되고 있는 젠더에 대한 개념을 살펴보자. 젠더(gender)[43]는 섹스(sex)와 구별되는 문화적인 성(性)을 의미한다. 선천적으로 결정된 성이 섹스라면 후천적으로 구성되는 성이 젠더이다. 보바르(Simone de Bauvoir)는 『제2의 성』에서 "여성은 태어나는 것이 아니라 만들어지는 것"이라고 했고, 케이트 밀렛(Kate Milett)은 『성의 정치학』에서 "태어날 때는 두 성 사이에 아무런 차이가 없다"고 했다. 보바르나 밀렛은 생물학적으로 타고난 섹스와 다르게 사회·문화적으로 획득된 젠더를 강조한 것이다.[44]

섹스와 젠더를 최초로 구분한 사람은 로버트 스톨러(Robert J. Stoller)이다. 스톨러는 그의 책 『섹스와 젠더(Sex and Gender)』(1968)에서 주로 남성 트랜스젠더 환자들을 중심으로 생물학적으로는 정상적인 남성이지만 심리적으로는 여성과 동일시하는 사람들을 연구했다. 이들은 자신이 남성의 육체에 갇힌 여성이라고 생각했는데, 육체와 정신이 분리될 수 있다는 것은 곧 '생물학적 성'과 '사회적 성'이 다르다는 것을 의미했다. 생물학적 성은 태어날 때 결정된 성이지만, 사회적인 성은 자라면서 형성되는 구성된 성이라는 것이다. 이에 따라 스톨러는 젠더정체성

은 생후의 심리적 영향에 따른 결과라고 주장하는데, 이는 성이 사회
적 습득물로서 남성의 생물학적 우월성을 주장할 수 없음을 의미한
다.45)

젠더에 대하여 가장 활발하게 논의하고 있는 주디스 버틀러(Judith Butler)
는 젠더가 성별화된(sexed) 몸이 갖고 있다고 가정되는 문화적 의미라면,
젠더가 섹스에서 따라나온 것이라고 할 수 없다고 말한다.46) 이러한
버틀러의 젠더 논의는 패러디적 정체성, 수행적 정체성, 법 앞에 (반복)
복종하는 정체성, 그리고 우울증적 정체성으로 나누어진다. 버틀러는
모든 정체성이 문화와 사회가 반복적으로 주입한 허구적 구성물이라
고 주장하며, 그런 의미에서 섹스나 섹슈얼리티도 젠더라고 말한다. 모
든 것은 법과 권력과 담론의 이차적 구성물이기 때문에 엄밀한 의미의
섹스, 젠더, 섹슈얼리티는 구분되지 않을 뿐더러 젠더도 명사로 고정하
거나 규정할 수 없다. 버틀러는 몸도, 정체성도, 욕망마저도 문화적 구
성물이라는 의미에서는 모두 젠더이고, 그런 젠더는 고정될 수 없어
자유롭게 부표하는 인공물이자 언제나 진행 중인 동사라고 본다.47)

더 나아가 김선희는 유전공학 기술에 의해 유전자를 디자인한 맞춤
아기가 가능하고 여러 개의 수정란 중에서 성별을 선택할 수 있는 첨
단 기술 시대의 테크놀로지에 의해서 이 구분이 해체되는 방식을 제시
한다. 또한 생물학적 성과 구분하여 사회적 성을 젠더로 표현한 이 구
분을 문제 삼는다. 그리고 생물학적 성과 사회적 성의 구분을 해체시
키는 주디스 버틀러의 논의를 받아들이면서 첨단기술시대에 테크놀로
지에 의해서도 이 구분이 해체되는 방식을 제시한다. 그 예로 유전공
학 기술에 의해 유전자를 디자인한 맞춤아기가 가능하고 여러 개의 수
정란 중에서 성별을 선택할 수 있게 된다면(성별도 기술을 이용한 선택의

문제가 되었다는 점에서) 사회·문화적 영향을 전혀 받지 않은 생물학적 성은 더 이상 존재하지 않게 될 것이라고 말한다. 이는 기술이 생물학적 성과 사회적 성의 경계를 해체하는 명백한 방식이기 때문이다.[48]

또한 여기에서 거론되고 있는 정체성이란 내가 누구인지를 스스로 규정하는 것으로서 한 개인이 생각하는 자신의 참모습이라 할 수 있다. 이는 스스로 자기 정체를 밝히는 자기 심문과 성찰의 능동적 과정이며 성격이나 취향, 가치관, 능력, 관심사뿐 아니라 인간관이나 세계관, 미래관에 이르기까지 지속적이고 통합적인 자아 개념을 형성하는 것이다.

> 정체성이라는 말은 1950년대 에릭 에릭슨(Erik Erikson)이 처음 사용했다. 정체성을 구성하는 요소는 생물학적·유전적인 것과 사회적·문화적인 것 두 종류가 있다. 전자의 경우 본질적으로 타고난 정체성이라는 의미가 강하고, 후자는 후천적으로 습득된 정체성이라는 의미가 강하다. 정체성은 타고났느냐 길들여졌느냐의 문제뿐 아니라 집단적인 것이냐 개별적인 것이냐의 관점으로 구분할 수 있다.
> 조나단 컬러(Jonathan Culler)는 『문학이론』에서 현대의 정체성 논의를 네 범주로 나누어 설명한다. 정체성에는 두 가지 큰 기준이 있는데, ① 집단적인 것이냐 개별적인 것이냐, ② 본질적으로 이미 결정되어 있는 것이냐, 아니면 항상 구성되는 과정 중에 있는 가변적인 것이냐가 그것이다. 집단 대 개인, 본질주의 대 구성주의라는 기준에 따라 정체성의 범주가 본질적 집단, 구성된 집단, 본질적 개인, 구성된 개인으로 나뉜다.[49]

그러나 주디스 버틀러는 젠더정체성에 대하여 '사람'이란 '젠더의 인식 가능성(gender intelligibility)'이라는 합의된 기준에 따라 젠더가 될 때에만 비로소 파악된다는 이유를 들어 정체성보다 젠더정체성 논의가 앞서야 한다고 주장한다.[50] 본질주의와 대립하는 현대의 구성주의 페미니즘은 본질적인 여성의 정체성이라는 전제에 의문을 제기하고, 여성들로서 인종, 계급, 나이, 민족, 섹슈얼리티라는 다양한 구성요소로 채워진 어떤 범주를 미리 가정하는 것을 잘못이라고 보는데, 이는 범주의 통일성이 등급 간의 더 심한 파편화를 가져올 수 있기 때문이다.[51] 주디스 버틀러는 정체성의 해체를 주장하며, 고정되지 않은 다양한 성을 추구한다.

정체성에 대한 관점은 집단에서 개인으로, 본질주의 관점에서 구성주의 관점으로 변모하여 왔다. 여성도 집단보다는 여성 내부의 다양한 차이와 특성들로 세분화되고, 그 세부 집단내의 여성도 본질적인 개별 정체성을 갖기보다는 행위에 따라 가변적으로 구성되고 소멸되는 정체성을 갖는 것으로 나타난다.

현대 페미니즘에서 젠더정체성의 문제는 여성성이라는 것이 본질적으로 존재하는지 아닌지의 쟁점으로 모아진다. 본질적인 여성성은 여성해방의 정치성을 말하는 데는 유용하지만 이론적으로 단일한 의미에 고정된다는 단점이 있고, 구성주의적 여성성은 다양한 해석의 가능성을 열어 주지만 페미니즘이라는 정치적 이슈를 이끌어 갈 단일한 주체의 입지를 불분명하거나 모호하게 만들 수 있다.

한국의 페미니즘 시에서도 이러한 젠더정체성의 변모과정을 볼 수 있다. 그중에서도 문정희와 김혜순은 전통적 유교질서에 관습화된 한국 사회의 중심에서 각자가 개성적인 시적 전략으로 젠더의식을 드러내고 있다.

주석

1) "페미니즘 문학비평이라는 용어에 대한 정의를 안네트 콜로드니는 '페미니즘 문학
비평이라는 말이 문학 연구에 적용되는 경우 ① 주제가 무엇이든 여성이 쓴 비평,
② 남성이 쓴 저서에 대하여 정치적 혹은 페미니즘 관점에서 쓴 비평, ③ 여성의
작품이나 일반적으로 여류작가에 대해서 여성이 쓴 비평을 포함하는 다양한 문맥
에서 사용된다.'라고 한다."(안네트 콜로드니, 서승옥 역, 「페미니스트 문학비평의
몇 가지 방향들」, 『페미니즘과 문학』, 문예출판사, 1988, p.56.)
   "페미니즘 비평은 페미니즘 운동의 커다란 흐름 속에서 진행된 문학비평 분야의
실천으로 이해하며, 조너선 컬러는 페미니즘 비평의 내용을 세 가지로 정리한다.
① 페미니즘 비평은 '여성'의 처지에서 텍스트를 읽는 것으로, 여성으로서 사회적
일상적으로 겪는 체험이 독서 행위에 의한 체험과 연속되어 있음을 밝힌다. 즉 여
성의 관심에 따라 작품 안의 여성을 중심으로 텍스트를 다시 읽음으로써 문학 텍
스트 안의 여성을 파악하는 방법이나 '여성의 이미지'를 비판하는 것이다. ② 여성
독자가 자신의 이해관계에 반하여 남자 등장인물의 처지에 동조하도록 구성되어
있다는 점, 즉 그 텍스트 읽기를 지탱해온 정치적 문화적 전제가 문제시 된다.
③ '이성적'이라는 개념 구성 자체가 이미 남성의 이해와 결합되어 있음을 밝히려
고 하는, 즉 문학 텍스트를 읽는 것이 '남－녀'의 틀을 해체하여 어떠한 세계를 열
어 가려고 하는지를 근본적으로 묻는다."(이시하라 치아키 외, 송태욱 역, 『매혹의
인문학 사전』, 2000, pp.416-417.)
   "페미니즘 비평론을 W. W. 모간 교수는 세 가지 기본 원리를 지적한다. ① 문학
작품이 이념의 축 또는 이데올로기의 축을 따라 창조된다는 원리이다. 한 작가의
인생관, 세계관 등이 작품에 투영된다는 것을 의미하는 이 기준은 여성 작가는 여
성 특유의 인생관과 세계관을 그 작품에 투영한다는 것을 의미한다. ② 한 작가의
작품은 성(性)에 의해 결정되거나 상당한 정도로 성(性)에 제약된 원리다. ③ 정치,
경제, 종교, 문화 등이 전통적으로 남성과 남성 원리에 의해 지배된 나머지 여성적
인 것의 가치와 의미를 배제하였듯이 문학도 같은 종류의 나쁜 전철을 밟아왔다
는 것을 전제하면서 여성에 의한 失地 회복을 실천하려는 운동에 관련된 원리다."
(J. 크리스테바 외, 김열규 외 공역, 『페미니즘과 문학』, 문예출판사, 1988, pp.12-13.)

2) "남성 지배체제의 사회에서 남성학이 곧 인간학으로 주류를 이루며 기존의 문학
과 문학 비평이 여성을 왜곡하고 소외시키며, 남성중심적인 가치평가에 지배되고
있다는 문제의식에서 비롯되었다."(송명희 편, 「페미니즘 문학비평」, 『페미니즘 비
평』, 한국문화사, 2012, p.39.)

3) 엘레인 쇼왈터 외, 김열규 외 공역, 「황무지에 있는 페미니스트 비평」, 『페미니즘과 문학』, 문예출판사, 1988, p.28.

4) 김정매, 「60년대의 페미니스트들」, 『페미니즘, 어제와 오늘』, 민음사, 2000, pp.69-70.

5) "쇼왈터가 말하는 <남성적 비평 이론>이란 <전적으로 남성경험에만 기초한 창의성, 문학사, 혹은 문학 해석의 개념을 보편적인 개념으로 제시하는 이론>을 의미한다."(강회 외, 『페미니즘 어제와 오늘』, 민음사, 2000, p.118에서 재인용)

6) 엘레인 쇼왈터, 「황무지에 있는 페미니스트 비평」, 『페미니즘과 문학』, 문예출판사, 1988, pp.29-55 참조.

7) "압축의 과정을 통해 무의식 속에 존재하는 하나의 관념이나 이미지는 억압되어 있는 원초적 기억들이나 욕망들 또 그와 연관된 모든 감정들이 교차하는 결절점이 된다. 단일한 이미지나 단어, 소리가 압축을 통해 억압되어 있던 소망, 감정, 사고들을 모두 불러일으킬 수 있는 것이다."(팸 모리스, 강희원 역, 『문학과 페미니즘』, 문예출판사, 1997, p.168.)

8) "특정한 무의식적 욕망과 연결되어 있는 리비도 에너지는 전치의 과정을 통해 본래의 무의식적 욕망과 전혀 상관없는 일련의 이미지들이나 관념들을 따라 이동하고 검열의 벽 사이를 빠져나오게 된다."(위의 책, p.168.)

9) 레나 린트호프, 이란표 역, 『페미니즘 문학 이론』, 인간사랑, p.121.

10) "우리는 원시사회가 가졌던 최초의 도덕 규정들과 윤리적 제약들을, 그것을 수행한 사람들에게 '범죄'의 개념을 부여한 어떤 행위에 대한 반응으로서 파악했다. 그들은 자기들의 행위를 후회하며 그러한 행위가 다시는 되풀이 되지 않아야 한다고 결심하였다. 이 창조적인 죄의식은 오늘날 우리 사이에서도 사라지지 않았다. 우리는 이러한 죄의식이 신경증 환자들에게 비사회적으로 작용하고 있음을 안다. 이들은 새로운 도덕 규정과 지속적 제약들을 만들어내어 저지른 잘못을 보상하려 하고, 새로운 잘못을 저지르지 않도록 조심한다. …… 신경증 환자들의 죄의식에는 언제나 사실적 현실이 아닌 심리적 현실이 깔려 있다. 신경증의 특징은 심리적 현실이 사실적 현실보다 우위를 차지한다는 것으로, 정상인들이 현실에 반응하듯 신경증 환자들은 사유에 진지하게 반응한다(니콜러스 로일, 오문석 역, 『자크 데리다의 유령들』, 앨피, 2007, p.204.).

11) "이리하여 도덕은 실제로는 아무도 살해하지 않은 무용한 범죄에서 기원한 것이다. 그 범죄는 너무 빠르거나 너무 늦게 찾아와서 모든 힘을 소진해버린다. 사실상 그 범죄는 후회밖에는 아무것도 만들어내지 않으며 도덕은 범죄보다 앞설 수 있어야만 한다. 프로이트는 사건의 실현에 집착하는 것처럼 보이는데, 하지만 이 사건은 사건 아닌 사건, 아무런 일도 없는 사건, 혹은 서사적 설명을 요청하며 삭제해버리는 사이비 사건이다."(위의 책, p.205.)

12) 아들이 부친을 살해한 죄의식으로 숭배하는 아버지, 곧 그 시대의 지배적 패러다임이나 담론, 윤리의식 등이다.

13) "페미니즘 문학에서 라캉이 중요한 이유는 그가 프로이트의 개념을 언어이론으로 해석해냈기 때문이다. 라캉은 오이디푸스 단계를 아이가 언어체계로 진입하는 시기와 연결시켰고 언어 체계가 우리에게 사회적인 성정체성을 부여한다고 주장했다."(팸 모리스, 앞의 책, p.171.)

14) 레나 린트호프, 『페미니즘 문학이론』, 인간사랑, 1998, pp.15-146.

15) 위의 책, pp.160-161.

16) 위의 책, p.143.

17) 위의 책, p.205.

18) 엘렌 식수, 박혜영 역, 『메두사의 웃음』, 동문선, 2004, p.21.

19) "그녀는 자신이 '소비한 것을 되돌려 받으려고' 애쓰지 않는다. 여성은 그녀 자신에게로 돌아갈 수도 없다. 어느 한 곳에 정착하지 못한 채 늘 타자가 있는 곳이면 어디든지 흘러들어갈 뿐이다……"(팸 모리스, 앞의 책, p.199.)

20) 팸 모리스, 위의 책, p.203.

21) 팸 모리스, 위의 책, pp.214-215.

22) 엘레인 쇼왈터, 「황무지에 있는 페미니스트 비평」, 『페미니즘과 문학』, 문예출판사, 1990, pp.22-26 참조.

23) 고정희, 「한국 여성문학의 흐름」, 또 하나의문화동인, 『열린사회 자율적 여성』, 평민사, 1986, p.104.

24) 정영자, 「한국 현대여성문학사의 흐름과 특성」, 『한국 페미니즘 문학 연구』, 좋은날, 1999, p.229.

25) 정종민, 「한국 현대 페미니즘 시 연구」, 2008, 성균관대 박사학위논문, p.40. 1925년 첫 창작집 『생명의 과실』을 출판하고 그 해 이 시집에 실린 24편의 시 이외에 12편의 시와 2편의 소설을 발표했으며 1926년에는 4편의 시와 2편의 소설을 발표, 1927년에는 6편의 시와 1편의 감상문을 발표했다.

26) 정영자, 앞의 책, p.176. 지금까지 밝혀진 김일엽의 시는 시조까지 포함해서 약 30여 편 정도이다.

27) 정영자, 앞의 책, p.231.

28) 고정희, 「한국 여성문학의 흐름」, 『열린사회 자율적 여성』, 평민사, 1986, p.109. 노천명은 1935년 등단하여 20여 년간 170여 편의 시를 발표했다.

29) 정영자, 앞의 책, p.177.
또한 모윤숙은 전도사인 아버지와 신앙이 독실했던 어머니 사이에서 기독교 정신을 이어 받았으나 여성 정체성에 대한 인식은 무당에 대한 관심에서 시작되었다. 굿을 하는 장면을 보면서 무당이라는 역할을 통해 여성의 사회적 자아에 대해 인식하게 된다.

30) 고정희, 앞의 논문, pp.109-110.

31) 정영자, 앞의 책, p.169.

32) 1947년 「가을」을 『문예신보』에 발표한 이래 열 권이 넘는 시집을 간행했고, 수필, 희곡, 시극 등의 장르에도 관심을 갖고 활동해 왔다.

33) 『청미』는 1963년 1월에 발족하여 결성된 여성시 동인이며, 한국 시문학사상 처음으로 여성시인들로 구성된 시 동인회이다. 후에 『돌과 사랑』으로 이름을 바꾸었다. 동인들은 김후란, 허영자, 김혜숙 김선영, 김숙자, 박영숙, 추영수 등이다. 『여류시』는 1964년 9월에 창립되고 김지향, 김하림, 박덕매 김윤희, 김송희, 박현령, 박명성, 박정희, 박정숙, 유안진, 김초혜, 신달자, 강은교, 문정희 등이 활동하였다. (정영자, 앞의 책, p.179 ; 정종민, 위의 논문, p.80 참조.)

34) 정영자, 앞의 책, p.179.

35) 정종민, 앞의 논문, p.90.

36) 김향라, 「한국 현대 페미니즘시 연구」, 경상대 박사학위논문, 2010, pp.39-40.

37) 김향라, 앞의 논문, p.40.

38) 정종민, 앞의 논문, pp.27-28.

39) 이경수, 『불온한 상상의 축제』, 소명출판, 2004, pp.350-351.

40) 정종민, 앞의 논문, p.27.

41) "그들은 다성적인 목소리의 시에서 하나의 단선의 목소리를 끄집어내어 그것을 리얼리즘적 시각만으로 읽어내고는 제발, 이제 가족주의 내지는 내면주의를 청산하고 사회라는 바다, 그 대양에서 사회적 질곡을 사실주의적으로 발설하라고 주문했다. 그러면서 여성시인들은 자연, 어머니 같은 부드러운 것을 늘 일깨워야 하며, 삶과 직접적으로 관계된, 투명하게 빛나는 유토피아를 제시해야한다고 요구했는데, 이런 전체주의적인 시각은 여성시인들을 주변화하고 그들의 개성적

표현을 억압하는 중요한 기제가 된다."(김혜순, 「1990년대의 시적 현실 어디에 있었는가」, 『근대, 여성이 가지 않은 길』, 또하나의문화, 2001, p.118.)

42) 김혜순, 위의 글, p.119.

42) 생물학적 운명, 해부학적 구조가 섹스라면, 교육과 학습을 통해 얻어지는 문화적 습득의 결과가 젠더이다. 그래서 남성/여성인 섹스는 일차적인 원인으로, 남성성/여성성인 젠더는 이차적인 결과로 간주된다. 이렇듯 젠더란 사회·문화적으로 구성된 것이다."(조현순, 「여성성과 젠더 정체성」, 『새 여성학 강의』, 동녘, 2010, p.96.)

44) 조현순, 위의 책, p.96.

45) "젠더 논의는 섹스/젠더의 이분법을 넘어 젠더 자체가 가변적인 구성물임을 강조하는 방향으로 가고 있다."(조현순, 위의 책, p.100.)

46) 주디스 버틀러, 조현준 역, 『젠더 트러블』, 문학동네, 2008, p.95.

47) 위의 책, p.31.

48) 김선희, 「여성의 범주와 젠더정체성의 법적 수행」, 『이화젠더법학』 제4권, 이화여자대학교 젠더법학연구소, 2012, pp.3-4 참조.

49) (사)한국여성연구소, 『새 여성학 강의』, 동녘, 2005, p.98.

50) 주디스 버틀러, 앞의 책, p.114.

51) 위의 책, p.17.

문정희 시와 젠더의식

문정희의 시는 한국 페미니즘 시가 본격화된 1세대로서 가부장적 체제와 삶의 현장에서 얻어진 경험적 현실인식이 두드러지게 나타나고 있다. 문정희의 시는 언술방식의 독자성보다는 현실인식을 전달하는 언술 내용에 초점을 두고 있다. 이 점에서 여성적 글쓰기의 언술방식을 탐구하는 데 집중하는 김혜순의 시와 대조적인 특징을 보인다.

이러한 언술내용 중심의 글쓰기는 서구의 페미니즘 1세대에 해당하는 영미 페미니즘 문학비평과 그 역할과 맥락을 같이 한다. 이처럼 한국의 1세대 페미니즘 시가 서구의 1세대 페미니즘 문학비평의 흐름과 유사한 양상을 드러내는 것은 자연스러운 현상이다. 동양에서든 서양에서든 페미니즘 1세대는 가부장적 현실에 맞서 여성의 독립적인 삶과 인식을 우선적으로 얻어내야 했기 때문이다.

이 장에서는 문정희의 시에서 드러나는 현실인식, 몸 그리고 언술방식을 중심으로 젠더의식을 살펴보겠다.

1. 여성의 현실인식과 양성성의 발견

1) 가사노동의 억압과 여성해방

문정희의 시에 나타나는 여성의 자아발견 과정은 먼저 가부장적 질서가 관습화된 집에서부터 시작된다. 여성들이 가정에서 겪고 있는 억압을 인식하고 일상에 갇힌 자신의 모습을 발견하는 것이다. 그 속에서 각성된 인식은 일상적 가사노동에 대해서도 비판적인 태도를 보인다.

> 식기를 닦는다.
>
> 이 식기를 내가 이렇게 천 번을 닦아
> 이것이 혹은
> 백자가 된다면
> 나는 만 번을 닦으리라.
>
> 그러나
> 천 번을 닦아도 식기인 식기
> 일상이나 씻어내는 식기인 식기를 닦으며
> 내 젊은 피 닳히고 있으니
>
> 훗날 어느 두터운 무덤 있어
> 이 불길 덮을 수 있으랴
>   ―「식기를 닦으며」 전문 (『혼자 무너지는 종소리』)

문정희의 시에는 가사노동 하는 여성의 모습이 자주 등장한다. 이 시에서의 그릇 닦기도 여성들이 날마다 그리고 일생을 반복해야 하는 가사노동이다. 결혼하면 여성으로서 당연히 해야 한다는 이 관습화된 노동은 여성의 자의식에 대한 회의와 번민을 가져온다. "내 젊은 피 닳히"며 "내가 이렇게 천 번을 닦"는 동안 남성들은 자신의 사회적 위치를 닦고 가정에서 위엄 있는 가장으로 군림하기 때문이다. 가사노동 외에도 결혼으로 맺어진 부부가 서로 이해하고 동등한 역할과 책임을 지는 것이 아니라, 생활의 필요를 위해 여성의 희생을 담보로 한 경우가 많다.

그러나 "이 식기를 내가 천 번을 닦아 / 이것이 혹은 백자가 된다면 / 나는 만 번을 닦으리라"라고 했듯이 시적 화자가 가사노동의 의미 자체를 부정하는 것은 아니다. 문제는 "천 번을 닦아도 식기인 식기"라는 데 있다. 식기를 아무리 닦아도 일상이나 씻어낼 뿐 세계를 근본적으로 바꾸거나 정화하는 노동에는 이르지 못한다는 것이다. "내 젊은 피 닳히"는 이유가 거기에 있다.

시인은 마지막 연에서 "훗날 어느 두터운 무덤 있어 / 이 불길 덮을 수 있으랴"고 반문하고 있다. 이것은 질문처럼 보이지만, 실은 여성의 반복적 가사노동이 죽을 때까지 끝나지 않는 것임을 강조한 것이다.

다음의 시에서는 여성의 가사노동의 현실을 더욱 직설적인 화법으로 비판하고 있다.

> (…전략…)
> 세상이 열린 이래
> 똑같은 하늘 아래 선 두 사람 중에
> 한 사람은 큰 방에서 큰 소리 치고
> 한 사람은
> 종신 동침계약자, 외눈박이 하녀로
> 부엌에 서서
> 뜨거운 촛농을 제 발등에 붓는 소리.

부엌에서는 한 여자의 피가 삭은
빙초산 냄새가 나요
그런데 언제부터인가 모르겠어요
촛불과 같이
나를 태워 너를 밝히는
저 천형의 덜미를 푸는
소름끼치는 마고할멈의 도마 소리가
똑똑히 들려요
수줍은 새악시가 홀로
허물 벗는 소리가 들려와요
우리 부엌에서는

　　　　　　－「작은 부엌 노래」 부분 (『지금 장미를 따라』)

　　부엌에서의 가사노동이 여성만의 전담노동을 넘어 "한 사람은 큰
방에서 큰 소리 치고/ 한 사람은/ 종신 동침계약자, 외눈박이 하녀로/
부엌에 서"있는 여성적 삶을 증언하며, 부당한 여성적 삶에 대한 원색
적인 표현이 강렬하게 개진되고 있다.[1] 가정에서의 역할분담이 이루어
지지 않는 사소한 불평등이 인간이 인간을 부족한 존재로 추락시키고
소외시키며 마침내 지배하는 위치에 서서 호령하는 전근대적 악습이
되풀이되고 있음을 확인시켜준다.

　　남편과 아내는 서로 상대적인 관계요, 평형적인 관계를 유지해야 하
는 것 같지만 실제로는 전혀 그렇지 못하며 말 그대로 하늘과 땅인 고
정관념 속에 얽매여 있으며, 남성들은 자신의 아내를 자신이 거느리고
있는 가정이라는 소집단의 노예의 총수에 놓아두고 있었던 것이다.[2] 성
차로 인하여 한쪽은 지배자로 군림하고 또 다른 한쪽은 그 지배자의 종
속물로 살아야 하는 부당한 사회현실을 이 시를 통하여 고발하고 있다.

나는 밤이면 몸뚱이만 남지.

시아버지는 내 손을 잘라가고
시어미는 내 눈을 도려가고
시누이는 내 말[舌]을 뺏아가고
남편은 내 날개를
그리고 또 누군가 내 머리를 가지고
달아나서
하나씩 더 붙이고 유령이 되지

깨소금 냄새 나는
몸뚱이 하나만 남아
나는 밤새 죽지

그리고 아침이 되면 다시 떠올라
하루 유령이 내가 되지.
누군지는 모르는
머리를 가져간 그 사람 때문이지
(…중략…)
이렇게 머리는 천 리를 가고
물고기 뼈도 닿지 않는 수심 천 리의 천 리를 가고
밤이면 서러운 몸뚱이만 남지
몸뚱이만 벌겋게 남아 뒤채이지

「유령」 부분 (『지금 장미를 따라』)

문정희는 사회적 콘텍스트에 대한 명확한 인식 위에 여성정체성의 문제를 제기한다.[3] 인간의 가장 기본적이면서도 핵심적인 부분을 착취당한 신혼여성의 모습을 보여주는[4] 이 시는 남편의 집이라는 낯선 곳에서 자신의 존재 의미를 박탈당하고, 시댁 사람들과의 관계에서 자신의 가치를 상실한 유령이 된다. 손도 눈도 말도 앗아가고, 머리까지 앗아간 현실에서 부자유스러운 육신과 사유할 수 없는 정신을 가진 여성들의 비인간적인 풍경들을 보여주고 있다.

밤에 더욱 확실해지는 '나'라는 정체성을 찾아 꿈꾸듯 누워서 천 리 길을 날아가 보지만, 아침이면 어김없이 다시 유령이 되어 스스로를 상실한 채 반복된 일상으로 되돌아간다. 가부장적 사회에서의 여성의 삶의 원리를 직시하는 화자는 질식사 직전의 여성의 존재를 적나라하게 드러내어 고발하고 있다.

이 존재 가치를 상실한 여성은 시댁의 이미지를 통해 자주 등장한다.

> 이번 가을 시어머니는
> 귀신 다섯을 이끌고 상경했다.
> 「자, 이제부터 네가 제사를 지내야 한다」
> 말이 떨어지기가 무섭게 내 머리와
> 어깨에 달라붙는 귀신들.
>
> 가풍은 가을바람처럼
> 가볍고 서늘할 수는 없는 것인가.
> 꽃조차도 비닐 하우스를 뛰쳐 나와
> 제 향기를 맘껏 뿜어내는 계절,
> 얼굴도 목소리도 모르는 조상들이
> 폭군보다 더 큰 힘으로 다가와서
> 나를 가을 밖으로 내던져 버렸다.
> (…후략…)
>
> —「가을 귀신들」 부분 (『남자를 위하여』)

산 목숨에도 노란 빈혈이 드는
가을날 오후
어김없이 찾아온 제사를 위해
파를 다듬는다.
파를 다듬다가 철철 눈물을 흘린다.

홍 동 백 서, 주 과 포 혜
몇백 년을 루머처럼 떠도는 지령에 따라
(…후략…)

　　　　　　　－「파를 다듬으며」 부분 (『남자를 위하여』)

시가 시라는 것밖에 모르는 내게
어느 날 진짜 시가 돌연 다가왔다.

시어머니 시아버지 시누이들하며 시동생과
시고모와 시댁의 권속들과 식솔들과
장엄한 무덤들까지……5대 7대 9대 손의
손의 손손들이……
으시시하고 시큼하고 시시콜콜하게
시큰거리며 시시한 시앗들과
씨앗들의 뿌리의 뿌리가
(…후략…)

　　　　　　　－「진짜 시」 부분 (『오라, 거짓 사랑아』)

　위의 시들은 시댁이라는 공간에서 여성들이 감당해야 하는 유교적
인 관례의 시집살이의 어려움을 토로하고 있다. 「가을 귀신들」에서는
"얼굴도 목소리도 모르는 조상들"을 시어머니는 다섯을 이끌고 상경하
여 제사를 지내라고 한다. "조금도 굴하지 않고 도도한 물결이 되어 /
상경하신 시댁 귀신들"이 "폭군보다 더 큰 힘으로 다가와서 / 나를 가

을 밖으로 내던져 버"린다. 한국에서 여성에 대한 조직적 차별 대우 및 박해가 시작된 것은 조선조 초기이다. 유교의 윤리체계가 중용의 도라는 개념과 유리되어 부부유별(夫婦有別)이라는 개념이 남존여비라는 일방적, 종적(從的) 관계로 해석·강요되면서부터이다. 그 근거로 삼종지도(三從之道), 칠거지악(七去之惡), 열녀비 등을 들 수 있다. 여성은 한 인격체로 파악되기보다는 모든 이성과 본능을 억압당한 하나의 도구로 취급되어 왔다. 금욕과 굴종의 여성상을 부덕(婦德)으로 미화했고, 일생을 체념과 한탄 속에 응어리를 삼키는 여성상이 바로 전형적인 우리의 여성상으로 부각되어 왔다. 이런 노예계급과 똑같은 여성상이 현재에도 건재하고 있다.5)

「파를 다듬으며」에서처럼 "몇백 년을 루머처럼 떠도는 지령에 따라" 제사상을 차리는 일이란 육체적인 노동도 힘들지만 그보다도 더 큰 정신적인 중압감이 여성의 존재를 무력화시킨다. 이는 유교의식에 충실한 남자들의 권위와 가풍에 따라 여성 자신이 스스로의 마음으로부터 받아들여지지 않는 형식치레일 뿐이기 때문이다.

시만 쓰며 살아온 화자가 시댁 이미지의 시를 부딪히면서 진짜 시의 위력을 실감하게 된다. 「진짜 시」는 "시댁의 권속들과 식솔들" "장엄한 무덤들까지" "으시시하고 시큼하고 시시콜콜하게" "나를 제압해 버"리는 여성들에게 시댁이라는 곳이 무덤과도 같은 곳임을 시사해준다.

이 시들에서 보여주는 시집살이는 여성의 능력이나 감성 등 여성의 개인적인 것들을 죽이거나 무산시켜 버리고, 주체적인 여성으로서의 존재 자체를 사라져버리게 한다.6) 부계혈통적 가족생활의 폐단을 과감하게 드러내서, 시부모체제나 친정부모체제에 대한 생각할 거리를 제공한다.

일찍이 어머니가 나를 바다에 데려간 것은
소금기 많은 푸른 물을 보여주기 위해서가 아니었다
바다가 뿌리 뽑혀 밀려 나간 후
꿈틀거리는 검은 뻘밭 때문이었다
뻘밭에 위험을 무릅쓰고 퍼덕거리는 것들
숨 쉬고 사는 것들의 힘을 보여주고 싶었던 거다
먹이를 건지기 위해서는
사람들은 왜 무릎을 꺾는 것일까
깊게 허리를 굽혀야만 할까
생명이 사는 곳은 왜 저토록 쓸쓸한 맨살일까
일찍이 어머니가 나를 데려간 것은
저 무위(無爲)한 해조음을 들려주기 위해서가 아니었다
물 위에 집을 짓는 새들과
각혈하듯 노을을 내뿜는 포구를 배경으로
성자처럼 뻘밭에 고개를 숙이고
먹이를 건지는
슬프고 경건한 손을 보여주기 위해서였다
　　　　－「율포의 기억」 전문 (『양귀비꽃 머리에 꽂고』)

부당하고 힘에 겨운 가사 노동으로 인하여 인간으로서의 존재성을
상실하고, 삶의 의미마저 희박해지면, 화자는 율포의 고향바다를 떠올
린다. 화자가 어렸을 적에 "어머니가 나를 바다에 데려간 것은" "꿈틀
거리는 검은 뻘밭 때문이었"음을 상기한다. 그곳에서 "먹이를 건지기
위해서는／사람들은 왜 무릎을 꺾"고 "깊게 허리를 굽"히고 "먹이를
건지는／슬프고 경건한 손을 보여주기 위해서였"음을 어머니로부터 다
시 듣는다.
　어머니가 터득한 삶의 진리인 생명의 힘과 노동의 신성함을 인식하
게 된다.7) 주어진 가정환경에서 자신의 희생과 노력을 다하는 삶의 법

칙을 깨달으면서 스스로 주체가 되어 자신을 위로하고 격려한다.

「다시 부엌 노래」에서는 앞서 살펴본 가사노동에서의 주체상실을 넘어, 사회에서 당당히 자기역할을 소화해 내는 남성들과 자신의 위치를 견주어보고 있다. '문명 / 인공 / 도시'는 여성성과 남성성을 왜곡시키고 소외시키는 상징이다. 아파트라는 문명 공간에서 편리를 내세운 가정용품들에 휩싸여 옛날보다 나은 가사노동 환경에 감사하며 다시 남자들을 위해 봉사해야 한다. 문정희는 이 왜곡현상들을 자연스러운 인간의 본성을 망각한 데서 온 것이라고 본다. 인위적인 제도와 관습이 개입하기 이전의 사회에서 남성과 여성은 동등한 권리와 자격을 가진 양성8)이기 때문이다.

이처럼 다음에서 보여주는 시들도 가정의 울타리를 넘어 사회 현실을 경험하면서 여성성과 남성성의 왜곡 그리고 사회의 여성 억압이 발견된다.

> 학창 시절 공부도 잘하고
> 특별 활동에도 뛰어나던 그녀
> 여학교를 졸업하고 대학 입시에도 무난히
> 합격했는데 지금은 어디로 갔는가
>
> 감자국을 끓이고 있을까
> 사골을 넣고 세 시간 동안 가스불 앞에서
> 더운 김을 쏘이며 감자국을 끓여
> 퇴근한 남편이 그 감자국을 15분 동안 맛있게
> 먹어치우는 것을 행복하게 바라보고 있을까
> 아니면 아직도 입사원서를 들고
> 추운 거리를 헤매고 있을까
> 당 후보를 뽑는 체육관에서
> 한복을 입고 리본을 달아주고 있을까

꽃다발 증정을 하고 있을까
다행히 취직해 큰 사무실 한켠에
의자를 두고 친절하게 전화를 받고
가끔 찻잔을 나르겠지
의사 부인 교수 부인 간호사도 됐을 거야
문화센터에서 노래를 배우고 있을지도 몰라
그러고는 남편이 귀가하기 전
허겁지겁 집으로 돌아갈지도

그 많던 여학생들은 어디로 갔을까
저 높은 빌딩의 숲, 국회의원도 장관도 의사도
교수도 사업가도 회사원도 되지 못하고
개밥의 도토리처럼 이리저리 밀쳐져서
아직도 생것으로 굴러다닐까
크고 넓은 세상에 끼지 못하고
부엌과 안방에 갇혀 있을까
그 많던 여학생들은 어디로 갔는가
              -「그 많던 여학생들은 어디로 갔는가」 전문
                              (『오라, 거짓 사랑아』)

여성은 가부장제 하에서 억압당하고 소외된 존재들이다. "학창 시절
공부도 잘하고" 남성들과 똑같이 교육을 받았지만, "지금은 어디로 갔
는가" 묻고 있다. "그 많던 여학생들은" 도대체 "어디로 갔는가" 남성
들은 크고 넓은 세상에서 자신의 포부를 당당히 펼치며 살아가는데,
보이지 않는 여성들은 틀림없이 "부엌과 안방에 갇혀" 여전히 남자들
의 잔일들이나 하고 있을 거라고 말한다.

　　여성도 독립된 정신과 육체를 지닌 자주적인 인격체이다. 이제 여성
도 더 이상 체념과 여성다움만으로 길들여지고, 가사노동에 전 생애를

바치며 인내하는, 수동적이고 종속적인 삶을 청산하고 '홀로 서는 존재'가 되기 위해 노력하라는 강력한 메시지가 내포되어 있는 시이다. 문정희는 미국 유학 시절, 케이트 밀렛과의 만남을 통하여 여성문제에 대한 관심이 증폭된다.

남성에 의한 여성의 지배와 억압은 제2차 세계대전 후에 여성들의 자각을 불러 일으켜 1960년대 후반에 여성 비평으로 나타나게 되는데, 여성 비평을 형성하는 데 중요한 역할을 한 책이 보바르의 『제2의 성』과 케이트 밀렛의 『성 정치학』이다. 케이트 밀렛은 성 정치학의 표지 글에서 "우리는 여성해방이 오랜 시간 진행된, 길고 지루한 싸움이라는 것을 알고 있다. 이 싸움은 쉽지는 않다 해도 언제나 흥미롭다. 미래는 이 세계의 질서를 다시 볼 것을 요구한다. 여성을 위해서 뿐만 아니라, 인류 전체를 위해서 말이다. 인간자유의 영역을 넓히는 일은 너무나 멋진 작업이다!"⁹⁾라고 밝히고 있다.

이러한 페미니스트 대가와의 만남을 통하여, 세상을 제대로 살기에 불편하고 부족한 여자, 여자란 본질적으로 어떤 존재이며, 무엇을 극복하며 살아야 하는가를 문정희는 심사숙고 한다.

학창시절 뛰어난 여학생들이 지금은 보이지 않는다. 문정희는 이 현실의 안타까움을 폭로한다. 산업 자본주의 사회는 개인의 자유와 독립을 최상의 가치로 내세우고 사회 구성원이 혼자서도 살 수 있는 조건을 마련해 주었다. 이제 더 이상 피상적이고 상투적인 결혼의 각본 속에 머뭇거리지 말고 당당하게 살아가기를 희망한다.

나에게도 아내가 있었으면 좋겠다
봄날 환한 웃음으로 피어난
꽃 같은 아내
꼭 껴안고 자고 나면
나의 씨를 제 몸 속에 키워
자식을 낳아주는 아내
내가 돈을 벌어다 주면
밥을 지어주고
밖에서 일할 때나 술을 마실 때
내 방을 치워 놓고 기다리는 아내
또 시를 쓸 때나
소파에서 신문을 보고 있을 때면
살며시 차 한잔을 끓여다 주는 아내
나 바람나지 말라고*
매일 나의 거울을 닦아주고
늘 서방님을 동경 어린 눈으로 바라보는
내 소유의 식민지
명분은 우리 집안의 해
나를 아버지로 할아버지로 만들어주고
내 성씨와 족보를 이어주는 아내
오래전 밀림 속에 살았다는 한 동물처럼
이제 멸종되어간다는 소식도 들리지만
아직 절대 유용한 19세기의 발명품**같은
오오, 나에게도 아내가 있었으면 좋겠다

> * 미당의 시 「내 아내」 중에서
> ** 매릴린 엘롬의 『아내』 중에서
> −「나의 아내」 전문 (『나는 문이다』)

남성과 여성은 태어날 때부터 역할분담이 결정되지 않았음에도 남성은 여성에게 "우리 집안의 해"가 되고, "여성은 남성에게 "내 소유의

식민지"가 되어 있다. 여자로 태어나서 남성의 성씨와 족보를 만들어주고 온갖 정성을 다 들여주는 "오래전 밀림 속에 살았다는 한 동물처럼" "이제 멸종되어간다는 소식도 들리"는 "아직 절대 유용한 19세기의 발명품"인 "아내"라는 것이 "있었으면 좋겠다"고 화자는 남성의 이기적인 행태들을 지적한다.

수천 년 이어져 내려오는 부계위주의 인류사 모체는 하나의 탯줄로 연결되었던 분명한 동체로 인정되지만, '남성들은 자신과 그의 자식 사이가 모호한 환상의 관계일 뿐이어서 남성들은 자식에게 자신의 성을 부여하고 부계혈통 중심의 인류사를 더욱 완강하게 고집하게 되었다'[10]는 학설도 있듯이 남성들의 폭력적 이기심이 만들어낸 제도이다. 그래서 현 시대에는 모계의 성도 인정받는 변화를 보인다.

그렇지만 여전히 남성세계는 돈을 벌고, 밖에서 일하고 술 마시고, 소파에서 신문 보는 지배자의 입장이고, 여성세계는 밥을 짓고, 방을 치우고, 차를 끓여주는 피지배자의 신분이다. 이 시에서 문정희는 이러한 부당한 현실 세계의 일상들을 반어적 기법으로 입장 바꾸기를 하고 있다. 남성 우위의 전통을 이어가며, 남성만 존재하는 파렴치한 세상을 모든 독자들에게 문정희는 샅샅이 드러내어 각성시켜준다.

나는 바람인가 봐요

담도 높은 대궐 안엔
문도 많은데
문마다 모두 열어젖히고 싶어요
닿는 것마다
흔들고 싶어요

지체 있는 뭇 별들을
죄다 따고 싶어요

아니어요
작은 햇살에도 얼굴 부끄러운
풀꽃 같은
사랑 하나로

높은 벽에 온몸 부딪고
스러지고 싶어요
　　　　　　－「황진이의 노래 1」 전문 (『지금 장미를 따라』)

　억압받는 여성의 심리를 "문마다 모두 열어젖히고 싶"고, "닿는 것
마다 흔들고 싶고", "지체" 높은 것들을 모두 "따고 싶다"고 말한다.
"온몸 부딪고 스러지고 싶"은 현실세계의 성차별의 벽들은 여성들에게
곤고하기 때문이다. 시·서·화에 능한 진정한 예술인이었던 황진이를
불러내어 여성의 천재적 재능을 펼칠 길이 화류계뿐이었던 조선시대
의 남존여비의 사회악습들, 이 제도들이 지금까지 면면이 이어지고 있
음을 지적한다.
　여성의 젠더(gender)는 가부장적인 문명의 편견에 의해 생성되는 문화
적인 산물이다. 여성은 태어나는 게 아니라 길들여지고, 문명은 여성성
을 결정한다는 보바르의 지적처럼 남성은 능동적, 지배적, 모험적, 창
조적으로 길들여진 반면에, 여성은 수동적, 종속적, 겁이 많고 정서적
이며 보수적인 인간으로 길들여졌다. 가부장제 이념에서는 여성 자신
이 이러한 여성상을 자신의 가치관으로 받아들이게 된다.
　그러나 문정희는 가부장적 이념에 저항하여 불합리한 가사노동의

억압을 과감하게 드러내 보이며 여성의 해방을 추구한다.

2) 경계 해체와 양성성의 발견

앞에서는 여성적 자아가 어떻게 형성되기 시작하고 가부장적 체제를 비판하는지를 살펴보았다. 그렇다면 이러한 현실인식 속에서 문정희 시인은 어떠한 방식으로 젠더의식을 확장시키고 현실을 극복해나 갔는가. 그 과정에서 문정희는 물을 만난 고기처럼 활달하고 거침없는 태도로 여성성을 탐구하며 그 인식의 결과를 시 속에 담았다.11) 문정희의 시에서 여성성을 인식하는 과정은 크게 세 단계로 나누어 볼 수 있다. 정체성의 자각, 경계의 해체, 양성성의 발견이 그것이다. 여성정체성에 대한 자각이 가부장적 체제에 엄존하는 남녀사이의 경계에 대한 것이라면, 시인은 그 경계를 과감하게 해체해 나간다. 나아가 양성성의 발견을 통해 바람직한 남녀관계의 해법을 찾아낸다.

이와 같은 인식의 전환은 앞에서 보여준 가사노동의 의미에 대해서도 또 다른 가치를 부여하게 만든다. 다음 시에서 여성, 특히 어머니는 "찬밥을 먹는 사람", "세상의 찬밥"으로 그려진다. 그러나 그 어조는 상당히 순화되어 있다. 여성으로서 타인을 배려하는 희생의 고귀함과 자신을 내세우기보다 순리대로 따르며 사는 삶을 아름다운 일이라고 화자는 긍정한다.

> (…전략…)
> 가족에겐 따스한 밥 지어 먹이고
> 찬밥을 먹는 사람

이 빠진 그릇에 찬밥 훑어
누가 남긴 무 조각에 생선 가시를 핥고
몸에서는 제일 따스한 사랑을 뿜던 그녀
깊은 밤에도
혼자 달그락거리던 그 손이 그리워
나 오늘 아픈 몸 일으켜 찬밥을 먹는다
집집마다 신을 보낼 수 없어
신 대신 보냈다는 설도 있지만
홀로 먹는 찬밥 속에서 그녀를 만난다
나 오늘
세상의 찬밥이 되어

-「찬밥」 부분 (『지금 장미를 따라』)

어머니는 "집집마다 신을 보낼 수 없어 신 대신 보"내진 살아있는 신과 같은 존재라고 화자는 말한다. 어머니의 삶은 더 이상 한스럽고 수동적인 것이 아닌 당당하고 적극적인 가장 자연스러운 삶으로 인식된다. 여기에서 페미니즘은 당당하고 너그러우며 강력한 힘의 발현이라는 적극적인 의미를 갖게 된다. 문정희의 시가 당당할 수 있는 것은 어머니의 삶에 대한 강력한 지지와 확신에서 자기정체성의 발견에 뿌리를 두고 있기 때문이다.12)

진 시노다 볼린(Jean Shinoda Bolen)은 『우리 속에 있는 여신들』에서 여성에 대한 새로운 심리학적 관점을 제시하며 그리스 여신들을 분석하는데, 신화에 의하면 데미테르는 아낌없이 베푸는 모성본능을 지닌 모성원형으로서의 여신이다.13) 이 시에서 보여주는 어머니와 화자의 모성 또한 데미테르 여신을 상상할 수 있다. 한편으로 관습적으로 규정된 자기희생적인 모성성은 비난과 환상을 낳기도 하여 어머니를 젠더의 범주 밖으로 위치시켜서 서사 속에서 어머니의 경험과 섹슈얼리티

를 탈각시키기도 한다.[14]

   그러나 여기에서 찬밥을 통하여 보여주는 문정희의 젠더의식은 문화가 만들어낸 고정된 타입의 여성성이 아니다. 여성의 다양한 역할 중에서도 자신의 내부에 존재하는 강력하고 능동적인 모성성이다.

> 대낮에 밖에서 돌아온 한 남자가
> 넥타이를 반만 푼 채
> 거실 소파에서 졸고 있다
> 침을 조금 흘리며 가랑이를 벌리고
> 나와 같은 주걱으로 밥을 퍼서 먹은 지
> 20년이 넘은 남자
> 가끔 더운 체온을 나누기도 하지만
> 여전히 끌려온 맹수처럼
> 내가 만든 울 주위를 빙빙 도는 남자
> 비가 오는 날엔 때로
> 야생의 습성을 제 새끼들을 향해
> 으형으형 내지를 때도 있지만
> 어차피 나는 다소 위선으로 살기로 했다
> 증류수에는 물고기가 살 수 없듯이
> 적당히 불순한 것도 좋다. 그래서는 아니지만
> 나는 숱한 모반으로 저녁밥을 지었다
> 그 남자가 조금 후 오후 1시가 되면
> 어떤 젊은이의 결혼식 주례를 설 것이다
> 결혼은 두 남녀가 한 개의 별을 바라보며
> 걸어가는 것이라고 아름다운 상징을 써서
> 축복할 것이고
> 일심동체가 되어가는 과정이라고
> 점잖게 훈계할 것이다
> 한 남자가 대낮에 들어와 넥타이를 반만 푼 채

침을 조금 흘리며 소파에서 졸고 있다
　　　　－「평화로운 풍경」 전문 (『지금 장미를 따라』)

　앞에서 살펴본 「나의 아내」에서는 남편의 가부장적 권위와 독재를
반어적 기법으로 신랄하게 비판하고 있으나, 이 시는 남성과 여성의
경계의 해체를 보인다. 당당하고 너그러운 페미니즘은 오히려 안쓰러
운 남성을 위로한다. "끌려온 맹수처럼" "내가 만든 울 주위를 빙빙 도
는 남자" "야생의 습성을" 내지르기도 하지만 다소 위선으로 살기도
하는 화자이다. 남성들 역시 여성과 마찬가지로 인정받고 사랑받기를
원하는 인간이기에, 이를 인식한 문정희의 시선은 이제 그들을 위로하
며 연민의 정을 느낀다. 남성도 더불어 살아가야 하는 여성의 동반자
이기 때문이다.
　다음 시에서도 문정희는 지금까지 경계의 대상으로 여겼던 남성들
을 향하여 경계를 해체하고 혈연적인 오빠로 다가간다.

이제부터 세상의 남자들을
모두 오빠라 부르기로 했다

집안에서 용돈을 제일 많이 쓰고
유산도 고스란히 제 몫으로 차지한
우리 집의 아들들만 오빠가 아니다

오빠!
이 자지러질 듯 상큼하고 든든한 이름을
이제 모든 남자들을 향해
다정히 불러주기로 했다

오빠라는 말로 한 방 먹이면

> 어느 남자인들 가벼이 무너지지 않으리
> 꽃이 되지 않으리
>
> (…중략…)
>
> 오빠! 이렇게 불러주고 나면
> 세상엔 모든 짐승이 사라지고
> 헐떡임이 사라지고
>
> 오히려 두둑한 지갑을 송두리째 들고 와
> 비단 구두 사주고 싶어 가슴 설레는
> 오빠들이 사방에 있음을
> 나 이제 용케도 알아버렸다
>
> ―「오빠」 부분 (『오라, 거짓 사랑아』)

문정희는 이제껏 억압하던 남성을 비난하고 비판하는 대상으로 보지 않고, 삶의 경험이 쌓인 불혹의 기념으로 "세상의 남자들을 / 모두 오빠라 부르기로" 한 폭넓은 아량과 인식을 갖는다.

용돈과 유산을 당연히 제 몫으로 아는 우리 집의 오빠라는 구절에서는 가부장제의 악습을 익살스럽게 지적하고 있다. 다소 위선적이기는 하지만 세상의 모든 남성들에게 오빠라고 부르기로 한다. 오빠로 불려지는 그 순간부터 남성들은 동물적인 짐승의 헐떡임이 사라지고, 진실과 사랑이 가득한 인간 그 자체로 탈바꿈할 것이기 때문이다.

문정희는 남성을 배려하고 이해하면서 경계를 허물고 가까이 다가간다. 다음의 시에서는 한 단계 더 나아가 여성과 남성은 서로 적대시하는 관계가 아닌 사랑해야 하는 사이임을 밝히고 있다.

우리가 서로 사랑해야 하는 이유는
세상이 강물을 나눠 마시고
세상의 채소를 나누어 먹고
똑같은 해와 달 아래
똑같은 주름을 만들고 산다는 것이라네
우리가 서로 사랑해야 하는
또 하나의 이유는
세상의 강가에서 똑같이
시간의 돌멩이를 던지며 운다는 것이라네
바람에 나뒹굴다가
서로 누군지도 모르는
나뭇잎이나 쇠똥구리 같은 것으로
똑같이 흩어지는 것이라네
  −「사랑해야 하는 이유」 전문 (『지금 장미를 따라』)

각을 세운 경계를 모두 허물어야 한다고 역설한다. 강물과 채소도 나누어 먹고 "똑같은 해와 달 아래" 똑같이 나이 들어가고, 시간이 흘러 자연의 일부분으로 "똑같이 흩어지는 것"이 우리의 삶이기 때문이다.

세상 모든 여성들이 페미니스트가 되더라도 남성들이 성차별적 사고를 버리지 않는다면 여성들은 위축된 채로 남아 있을 것이다. 남성과 여성이 성차별을 종식시키기 위해 서로 노력할 때만이 페미니즘 운동은 발전한다. 또한 페미니즘 운동을 여성에게만 초점을 맞추면 가부장제적 현실은 변화하지 않을 것이다. 이 시에서 말하고 있듯이 우리가 사랑해야 하는 이유는 모든 여성과 남성이 젠더평등을 바탕으로 양성의 행복을 추구하기 때문이다.

여기에서 더 나아가 문정희는 과거의 남성들[15]을 불러내어 사모하고 찬양한다. 그리고 마침내 아름다운 사랑을 눈꽃 속에서 피워낸다.

한겨울 못 잊을 사람하고
한계령쯤을 넘다가
뜻밖의 폭설을 만나고 싶다
뉴스는 다투어 수십 년 만의 풍요를 알리고
자동차들은 뒤뚱거리며
제 구멍들을 찾아가느라 법석이지만
한계령의 한계에 못 이긴 척 기꺼이 묶였으면

오오, 눈부신 고립
사방이 온통 흰 것뿐인 동화의 나라에
발이 아니라 운명이 묶였으면

이윽고 날이 어두워지면 풍요는
조금씩 공포로 변하고, 현실은
두려움의 색채를 드리우기 시작하지만
헬리콥터가 나타났을 때에도
나는 결코 손을 흔들지는 않으리
헬리콥터가 눈 속에 갇힌 야생조들과
짐승들을 위해 골고루 먹이를 뿌릴 때에도……

시퍼렇게 살아 있는 젊은 심장을 향해
까아만 포탄을 뿌려대던 헬리콥터들이
고래나 꿩들의 일용할 양식을 위해
자비롭게 골고루 먹이를 뿌릴 때에도
나는 결코 옷자락을 보이지 않으리

아름다운 한계령에 기꺼이 묶여
난생 처음 짧은 축복에 몸 둘 바를 모르리
              ─「한계령을 위한 연가」 전문 (『지금 장미를 따라』)

"한겨울 못 잊을 사람하고" "한계령쯤"에서 폭설을 만나 "눈부신 고립"을 맞이하여 "운명이 묶"이기를 간절히 바라고 있다. 폭설은 모든 색들의 경계를 지워버린다. 곧 젠더의 차별성이 사라진 곳이다. 더 이상 적대시하는 남성이 아닌, 양성이 동등한 세계에서 경계의 해체를 넘어 남성 예찬으로 발전한다.

낭만적 유미주의자가 되어 사랑의 황홀경에 빠져들고 싶어 하는 이 시는 문정희의 여성성이 당당함을 넘어 페미니즘의 아름다운 경지를 펼쳐 보이고 있다. 문정희의 페미니즘은 공생과 상생과 행복의 추구였음이 표출되고 있는 시이다.

2. 풍요의 자궁과 여성언어

1) 풍요와 다산의 자궁

문정희 시의 모성적 신체공간에서는 모성의 기능을 상실한 억압과 폭력이 난무하는 현실세계의 이분법적 인식을 직시하면서 여성의 새로운 가치발견을 통하여 풍요를 추구하는 이미지로 나타난다.

> 유명한 여자의 집은
> 으깨어진 골반 위에 세워진다
>
> 초겨울을 난타하는 카리브 바람 속에
> 음지식물처럼 소리없이 절규하는
> 한 여자의 집

머리핀과 레이스 속옷
입술 자국 아직 선명한 찻잔 사이
가슴 터진 석류가 왈칵 슬픔을 쏟고 있다

이마에 박힌 호색한 남편은 신이요 악마
혼은 푸른 꽃 만발한 고통의 신전

피 흐르는 자궁을 코르셋으로 묶어 놓고
침대에 누워
그림만 그림만 그리다가
강철같이 찬란한 그림이 된
한 여자의 집
아무것도 없었다
사랑도 광기도 혁명도
무엇으로 쓸어야 이리 없는 것인지
빈 뜰인지
시간이 있을 때 장미를 따라
지금을 즐겨라**
해골들만 몸 비틀며 웃고 있었다

* 멕시코의 여성화가(1907-1954)

** 카르페 디엠

－「지금 장미를 따라－프리다 칼로*의 집에서」 전문

(『문학의 도끼로 내 삶을 깨워라』)

생명이 잉태되어야 할 자궁은 피가 흐르고 골반은 으깨어져 있다. 멕시코의 여성화가(1907－1954)인 프리다 칼로는 어린 날 소아마비를 앓았고, 18살 때 교통사고로 골반이 으깨어졌다. 그리고 21세 연상인 호색한이며 당대 최고의 거장인 디에고 리베라 곁에서 사랑과 결혼과 고통과 배신을 겪으며 생을 찬란한 통곡으로 표현한 화가이다. 이러한 프리다 칼로의 작은 기념관이 된 '푸른 집'에서 문정희는 "나는 초현실주의자가 아니다. 나는 꿈을 그린 적이 없다. 나는 나 자신의 현실을 그렸을 뿐이다……. 그것이 가장 절박한 것이었으며 내가 아는 전부였으므로 그 어떤 다른 의식보다도 절박하게 나를 뚫고 지나갔으므로."16)라는 프리다의 절규를 듣는다. 소아마비, 교통사고, 그리고 평생을 따라다닌 고통스런 치료와 힘과 당대 문화권력의 상징이던 호색한 남편 디에고 리베라의 무자비한 색욕과 폭력에도 굴하지 않고 예술혼을 불태운 프리다 칼로는 신이요 악마인 남편을 이마에 새기고 고통의 신전에 유폐되어 있다.

이 시에서 문정희는 생산과 잉태의 자궁보다는 사산과 불임의 자궁을 강하게 나타내고 있다. 이런 육체공간은 프리다 칼로가 생존했던 당대의 억압적이고 비생산적인 사회구조와 상동관계임을 드러내고 있다. 여성에게 자궁은 자신의 몸에 대한 자의식이 형성되는 현장이며 여성끼리의 대화가 은밀하게 오가는 변경이다.17) 이국땅에서 목격한 여성억압의 고통이 아직도 어디선가 끊임없이 지속되고 있을 거라고 문정희는 우리에게 손을 내밀어 동행을 요청하고 있다.

문정희는 피 흘리며 절규하는 고통의 자궁을 직시하면서, 생산의 자궁, 다산의 자궁, 풍요의 자궁을 꿈꾼다.

> 가을이 오기 전
> 뽀뽈라18)로 갈까
> 돌마다 태양의 얼굴을 새겨놓고
> 햇살에도 피가 도는 마야의 여자가 되어
> 검은 머리 길게 땋아 내리고
> 생긴대로 끝없이 아이를 낳아볼까
> 풍성한 다산의 여자들이

초록의 밀림 속에서 죄 없이 천년의 대지가 되는
뽀뽈라로 가서
야자잎에 돌을 얹어 둥지 하나 틀고
나도 밤마다 쑥쑥 아이를 배고
해마다 쑥쑥 아이를 낳아야지

검은 하수구를 타고
콘돔과 감별 당한 태아들과
들어내버린 자궁들이 떼지어 떠내려 가는
뒤숭숭한 도시
저마다 불길한 무기를 숨기고 흔들리는
이 거대한 노예선을 떠나
가을이 오기 전
뽀뽈라로 갈까
맨 먼저 말구유에 빗물을 받아
오래오래 머리를 감고
젖은 머리 그대로
천년 푸르른 자연이 될까

-「머리 감는 여자」 전문 (『오라, 거짓 사랑아』)

멕시코 중부 마야의 유적군이 있는 지첸이사에서 문정희는 이 시 속
에 등장하는 풍성한 여인을 만났다고 한다. "여인은 여사제처럼 큰 몸
집을 하고 마당 한켠에 있는 말구유에 상체를 거꾸로 들이밀고 머리를
감고 있었다. 풍성한 허리, 자연스럽게 출렁이는 젖가슴, 햇볕에 그을
린 피부, 일찍이 이보다 더 당당하고 아름다운 여성을 나는 본 적이 없
었다. 신화 속의 대지모(大地母)같기도 했지만, 그보다는 우리 옛 어머
니들의 모습이어서 정말 친근하고 자연스러웠다"[19]고 말한다.

그 모습에서 전신을 흔들며 들어오는 그 무엇들, 즉 돌에게도 태양

을 새겨 놓은 신성한 유토피아의 세계에서 물질문명의 세계에서 잃고 살았던 것들을 다시 떠올리고 있다. 문명의 옷가지들, 공해와 환경호르몬, 육체를 억압하는 화장 짙은 도시 여자들, 아파트와 자동차들에 파묻혀 사는 슬픈 노예선 같은 문명의 도시, 정력과 미를 향해 몸살을 앓고 있는 우리 사회, 그리고 시커먼 하수구 속으로 콘돔과 태아들과 들어낸 자궁들이 떠내려가고 있다. 비생산적인 문명사회의 구조는 사산과 불임의 자궁 이미지로 밝히고 있다.

자궁은 생명력과 재생의 상징이기에 "밤마다 쑥쑥 아이를 배고/ 해마다 쑥쑥 아이를 낳"고 싶은 화자의 욕망은 곧 육체적 글쓰기를 하려는 여성의 욕망이나 세상을 재창조하려는 욕망과도 연결된다. 이런 맥락에서 이 시는 생산적이고 긍정적인 자궁의 기능을 보여준다.

"풍성한 다산의 여자들이" 살고 있는 "뽀뽈라"는 문명 혹은 근대성과 동떨어진 원시림의 한복판에 있다. 그곳에서 문정희는 지친 영혼과 오염된 몸을 맑게 씻어내고 "생긴대로 끝없이 아이를 낳"기를 소망한다. 천년 그대로의 자연이 되어 생산성 높은 풍요와 다산의 자궁이기를 꿈꾸고 있다. 이 원시적 생명력은 이성과 논리에 의해 규격화되고 위축되었던 우리 몸 안의 본성들을 불러내어 되살려주고 있다.

다음의 시는 생산성이 극대화된 자궁의 이미지를 보여준다.

> 허허벌판 감자밭에
> 항아리만한 여자가 앉아 있었다.
>
> 감자를 캐다가 배가 고파서
> 감자더미에 올라앉아
> 감자를 혼자 구워먹고 있었다.

멀리서 한 사내가 고라니같이
뛰어왔다.
쫓기며 쫓기며 숨겨 달라고 했다.

여자는 감자 먹던 손으로 급한 김에
아래를 가리켰다.
고란이는 치마 속으로 들어갔다
둘은 큰 항아리가 되었다.

총든 병사가 달려왔다.
여자는 감자 먹던 손으로 급한 김에
먼데를 가리켰다.
병사는 먼데로 사라지고

여자는 앉은 채로 흔들렸다.
산이 뒤뚱거렸다.
감자가 입으로 마구 들어갔다.
감자밭에 불길 치솟았다.

여자는 날마다 뚱뚱해졌다.
두엄만큼 되었다.
집더미만큼 되었다.
드디어 여자는 감자를 낳았다.
천년 동안 줄줄이 낳았다.
우리 지구에는 감자들로 가득해졌다.
닮은 감자들은 서로가 우스워서
맨날 웃었다.

총든 병사는 무엇이며 어디로 갔는가?
감자들은 가끔 생각했다.

－「감자」 전문 (『쩔레』)

풍요의 이미지를 감자라는 농촌의 일용적인 농산물로 비유하는 참신한 상상력을 보여준다.[20] 총을 든 병사는 전쟁을 일으킨 전체주의적인 남성적 폭력성의 의미를 지니고 있다. 쫓기며 쫓기는 고라니 같은 사내를 감자 먹던 손으로 급한 김에 아래를 가리키며, 치마 속으로 숨긴다. 총 든 병사도 여자의 손짓에 따라 먼 데로 사라진다.

이 시에서 여자는 다급한 상황에서 사내를 여유롭게 감싸 안는 대지의 여신을 표상한다. 조용한 손짓만으로 남성의 폭력적 세계를 다스리는 이 여자는 또한 생명의 잉태도 스스로 주관하는 대지의 여신이다. 감자밭과 항아리만한 여자, 그리고 천 년 동안 줄줄이 낳고 또 낳는 감자들을 통하여 여성의 신비를 보여주는 이 시는 항아리 같은 자궁을 통해 전쟁과 폭력과 광기를 다스리고 남성 / 여성의 이분법적 구분 없이 쫓기는 자에게 포용의 따스함을 발휘한다. 다산과 풍요에 대한 시의식을 절실하게 드러내고 있다.

여성의 육체는 열려 있으며, 생명을 발산시킨다. 같은 맥락에서 여성은 자신만의 순환주기(월경)를 가지고 생의 순환성(임신, 출산)을 경험한다. 그리고 그 후에는 모유의 방출을 통해 생명을 유지시키는 경험을 한다.[21] 다음에 나오는 두 시는 유방의 분출과 고갈을 통해 화자의 정신적인 상황을 잘 보여 주고 있다.

온몸에 피 칠하고
너를 낳고 나서
비로소 알 수 있었다.
나는 눈먼 짐승이었다.

새끼가 울면

누가 보거나 말거나 젖을 꺼내 물리고
새끼가 아프면
혀로 핥아 주는
나는 한 마리 짐승에 불과했다.

제비 고슴도치 배추벌레도 모성애는 있다지.
그들 미물과 인간의 모성애가 다른 것은
때로 절제나 엄격으로도
사랑을 표현할 줄 아는 거라 했지.

(…중략…)

그래, 나는 한낱 짐승이다.
눈물하고 짐승밖엔 가진 적이 없다.

아느냐, 이것이 어머니,
내가 가진 전 재산인 것을
　　　　　　　－「눈물과 짐승」 부분 (『별이 뜨면 슬픔도 향기롭다』)

　모성적 젠더 공간으로서의 자궁과 유방의 육체가 동시에 드러나고
있다. 모성적 공간은 에로스의 공간과는 다르다. 열 달의 임신 기간과
온 몸에 피 칠을 한 후 낳은 자식에 대한 모성은 눈먼 짐승과 같다고
화자는 말한다. 여기서의 자궁은 잉태하는 자궁, 여성의 생산성을 나타
내는 긍정의 자궁이다. 피를 쏟고 산고를 겪으며 출산한 자식에게 장
소나 시간, 그리고 주위의 시선에 아랑곳하지 않고 젖을 꺼내 물리는
모성의 본능에 충실했음에도 불구하고 못다한 자식 사랑에 가슴 아파
하고 있다.
　여성의 육체는 항상 열려 있으며, 축적하기 위한 육체가 아니라 생

명과 쾌감을 발산시키기 위한 육체이다. 여성은 임신하면 유방 또한 태어날 아이의 영양 공급을 위하여 유선이 발달하고 달처럼 팽팽하게 솟아오른다. 생명성이 왕성하게 꿈틀거리는 모유의 방출을 통하여 현실 상황을 활짝 열린 공간으로 화자는 이끌어 간다.

자식의 감기도 몸의 상처도 대신 앓아주고 싶어 하는 게 산고를 겪고 출산한 어머니의 마음인 것이다. 제비, 고슴도치, 벌레도 모성애가 있다는 것을 자신의 모성애와 견주며, 자식의 아픔을 대신하지 못하는 무력한 존재임을 드러낸다. 그러나 자신의 전 재산인 '눈물과 짐승'으로 자식을 키웠음을 외치면서 어머니의 모성성은 짐승으로 상징화되어 나타나고 있다.

> 윗옷 모두 벗기운 채
> 맨살로 차가운 기계를 끌어안는다
> 찌그러지는 유두 속으로
> 공포가 독한 에테르 냄새로 파고 든다
> 패잔병처럼 두 팔 들고
> 맑은 달 속의 흑점을 찾아
> 유방암 사진을 찍는다
> 사춘기 때부터 레이스 헝겊 속에
> 꼭꼭 싸매 놓은 유방
> 누구에게나 있지만 항상
> 여자의 것만 문제가 되어
> 마치 수치스러운 과일이 달린 듯
> 깊이 숨겨 왔던 유방
> 우리의 어머니가 이를 통해
> 지혜와 사랑을 입에 넣어 주셨듯이
> 세상의 아이들을 키운 비옥한 대자연의 구릉

다행히 내게도 두 개나 있어 좋았지만
오랫동안 진정 나의 소유가 아니었다
사랑하는 남자의 것이었고
또 아기의 것이었으니까
하지만 나 지금 윗옷 모두 벗기운 채
맨살로 차가운 기계를 안고 서서
이 유방이 나의 것임을 뼈저리게 느낀다
맑은 달 속의 흑점을 찾아
축 늘어진 슬픈 유방을 촬영하며

　　　　　　　　－「유방」 전문 (『지금 장미를 따라』)

현실적인 필요와 매력을 상실한 축 늘어진 유방을 혹시 있을지도 모
를 근종의 덩어리를 찾아내려고 차가운 기계 앞에 서서, 그녀는 비로
소 그 '보잘것없는' 것이 자신의 것이었음을 깨닫는다. 누군가에게 예
쁘게 보이기 위해, 누군가에게 먹이기 위해 존재하는 것이 아닌, 태어
난 그대로의 나의 모습, 자연인으로서의 외부의 시선 없이 들여다 본
자신의 원래 모습임을 발견한다.[22]

분출과 분산이 없는 더 이상 열려 있지 아니한 유방을 통하여 화자
는 지난 시간들을 되돌아본다. 사춘기, 정신적인 상황들이 가장 예민했
던 시절에 유방은 헝겊에 꼭꼭 싸매 숨겨야 할 그 무엇이었다. 여성의
육체가 수치스럽다고 느끼는 현실은 우월한 남성 육체, 즉 프로이트식
남근숭배 질서가 내재된 열등한 여성육체의 억압상황들이 작동되고
있음을 암시한다.

그러나 그 유방이 우리 어머니의 "지혜와 사랑", 세상의 아이들을 키
운 "비옥한 대자연의 구릉"임을 깨닫는다. 넉넉함의 향유를 지나 더 이
상 분출할 수 없는 유방은 이제야 오롯이 내 것으로 돌아온다. 차가운

기계, 공포의 에테르 냄새 앞에 화자를 눕게 하고, 흑점을 찾는 슬픈 화
자의 유방을 그대들은 어떻게 느끼고 있는지를 나직하게 묻고 있다.

> 저 넓은 보리밭을 갈아엎어
> 해마다 튼튼한 보리를 기르고
> 산돼지 같은 남자와 씨름 하듯 사랑을 하여
> 알토란 아이를 낳아 젖을 물리는
> 탐스런 여자의 허리 속에 살아 있는 불
> 저울과 줄자의 눈금이 잴 수 있을까
> 참기름 비벼 맘껏 입 벌려 상추쌈 먹는
> 야성의 핏줄 선명한
> 뱃가죽 속의 고향 노래를
> 젖가슴에 뽀얗게 솟아나는 젖샘을
> 어느 눈금으로 잴 수 있을까
>
> 몸은 원래 그 자체의 음악을 가지고 있지[23]
> 식사 때마다 밥알을 세고 양상추의 무게를 달고
> 그리고 규격 줄자 앞에 한 줄로 서는
> 도시 여자들의 몸에는 없는
> 비옥한 밭이랑의
> 왕성한 산욕과 사랑의 노래가
> 몸을 자신을 태우고 다니는 말로 전락시킨
> 상인의 술책 속에
> 짧은 수명의 유행 상품이 된 시대의 미인들이
> 둔부의 규격과 매끄러운 다리를 채찍질하며
> 뜻없이 시들어가는 이 거리에
> 나는 한 마리 산돼지를 방목하고 싶다
> 몸이 큰 천연 밀림이 되고 싶다
>
> ―「몸이 큰 여자」 전문 (『오라, 거짓 사랑아』)

인위적인 제도와 관습이 개입하기 이전의 사회에서 남성과 여성은 동등한 권리와 자격을 가진 양성이다. 그들 간에 이루어지는 성적 결합 역시 "씨름"에 비유되는 동등하고 상호적인 것이다.[24] 화자는 동등한 양성 관계에서의 임신과 출산을 통하여 건강한 모성의 발현을 꿈꾸고 있다. 다산성의 튼튼하고 큰 자궁을 가진 여자로서 지구의 아이들을 낳아 기르고 싶은 욕망[25]을 노래한다. 왕성한 산욕의 욕망이 유방의 젖샘과 맞물려 천연 밀림 같은 건강한 모태이기를 꿈꾼다.

어머니의 육체는 자식이 지닌 육체의 껍질에 해당하기에 근원적이고 원초적인 공간이다. 이러한 어머니의 육체로부터 뽀얗게 솟아나는 젖샘을 섭취하는 아이들은 행복한 아이들이다. 그러나 도시의 여자들 몸에서는 몸 자체의 음악성을 발견할 수 없다고 화자는 말한다. 유행상품이 되어버린 시대의 미인들, 그녀들의 건강한 모유를 제공할 수 없는 유방의 젠더공간이 암시적으로 나타나고 있다.

2) 육체적 욕망과 에로스적 공간

문정희의 시는 사랑을 논할 때 가장 활기차고 매혹적이다. 그녀의 시에서 사랑은 폭발적으로 발현되는 생의 에너지[26]가 된다. 문정희는 삶의 가장 비밀스러운 부분을 시 속에서 담론화하고 대담하게 설득하고 요청한다. 특히 에로스적 신체공간에서는 상처받은 여성의 울분이 아니라, 남성들에게 왜곡된 남성성[27]을 질타하면서 이상적 남성역할에 대한 남성성을 당당하게 요구한다. 『남자를 위하여』라는 제목에서처럼, 남성성 자체를 담론화한다.

세상의 사나이들은 기둥 하나를
세우기 위해 산다
좀 더 튼튼하고
좀 더 당당하게
시대와 밤을 찌를 수 있는 기둥

그래서 그들은 개고기를 뜯어먹고
해구신을 고아먹고
산삼을 찾아 날마다 허둥거리며
붉은 눈을 번뜩인다

그런데 꼿꼿한 기둥을 자르고
천년을 얻은 사내가 있다
기둥에서 해방되어 비로소
사내가 된 사내가 있다

기둥으로 끌 수 없는
제 눈 속의 불
천년의 역사에다 당겨놓은 방화범이 있다
썰물처럼 공허한 말들이
모두 빠져나간 후에도
오직 살아 있는 그의 목소리
모래처럼 시간의 비늘이 쓸려간 자리에
큼지막하게 찍어놓은 그의 발자국을 본다

천 년 후의 여자 하나
오래 잠 못 들게 하는
멋진 사나이가 있다
                    ―「사랑하는 사마천 당신에게」 전문 (『남자를 위하여』)

문정희는 남자에 관한 시를 많이 쓴 시인이다. 「사랑하는 사마천 당신에게」의 사마천, 「처용 아내의 노래」의 처용, 「대동여지도」에서의 고산자, 「술 마시는 남자를 위하여」의 백수광부, 「신라의 무명 시인 지귀」의 지귀, 「천둥 같은 사나이를 위하여」의 전봉준, 「고흐 씨와의 데이트」의 고흐, 「사나이의 죽음」의 생텍쥐페리, 「첫 만남」의 릴케……. 문정희는 이들에 대하여 다음과 같이 말한다. "그들은 하나같이 현실적으로는 불구이거나 부적응이거나 힘없는 계층의 사나이들이었다. 그러나 그들은 한결같이 원초적인 늠름함을 지니고 있었다. 그들은 영원의 힘을 믿는 자들이고 진짜 인간의 모습이 어떤 모습인가에 대해 잘 알고 있는 멋진 사나이들이었다."[28] 또한 '그들을 사랑하기 위해서 그들을 극복하고 싶었고, 그들은 또한 내 안에 숨어 있는 나의 이상이며, 내 자신이기도 했다'[29]고 말한다.

위의 시는 문정희의 대담한 성격이 잘 드러난다. 기둥 하나 세우기 위해 사는 사나이들을 향하여 기둥이 없어도 사마천은 화자를 오래 잠 못들게 하는 진짜 멋진 사나이라고 당당하게 외치고 있다. 사마천은 남성을 거세함으로써 오히려 남성이라는 기호가 덮어씌운 억압으로부터 자유로워진 남자이다.[30]

사마천 같은 큰 기둥을 세운 남자가 있는가 하면, 남성적 에너지를 강화하기 위해 곰 발바닥, 뱀, 원숭이 골통 등 세계 여러 곳을 찾아다니며 먹는 졸장부들을 맹렬히 비난한다. 그리고 그런 남성들과 한 시대를 살다 가야 하는 이 시대 여성으로서의 분노와 불행을 큰소리로 부르짖는다.

프로이트는 성기적 섹슈얼리티의 집중을 남아들의 특징이라고 말한다.[31] 그러나 마르쿠제는 성기적 섹슈얼리티의 진행은 곧 다양한 쾌락의

가능성에 대한 현대적 사회질서의 제한이며, 성기의 전횡(genitaltyranny)은
바로 산업 노동에 참여해야만 하는 신체 부위가 리비도를 상실하였다
는 사실로부터 초래된 결과라고 말한다.[32] 이러한 남성의 성기는 사회
의 억압기제 속에 방치되어 있으며, 이 억압기제 또한 남성의 문명적
이기심이 발현된 것이다.

　프로이트적 성기의 전횡인 이 시에서의 기둥 세우기는 산업사회에
희생물이 된 남성성의 결과이며, 아울러 남성들의 가부장적 권위의식
일 뿐이다. 이 기둥 세우기에서 해방될 때 비로소 프로이트가 아닌 마
르쿠제의 말처럼 다양한 쾌락의 가능성으로 신체를 다시 활성화시키
고, 미학적 음미와 연결된 에로티시즘의 본래 의미를 되살려 낼 수 있
는 것이다.

> 요새는 왜 사나이를 만나기가 힘들지.
> 싱싱하게 몸부림쳐 오는
> 가물치처럼 온몸을 던져 오는
> 거대한 파도를……
> 몰래 숨어 해치우는
> 누우렇고 나약한 잡것들뿐
> 눈에 띨까, 어슬렁거리는 초라한 잡종들뿐
> 눈부신 야생마는 만나기가 어렵지.
>
> 여권 운동가들이 저지른 일 중에
> 가장 큰 실수는
> 바로 세상에서
> 멋진 잡놈들을 추방해 버린 것은 아닐까.
> 핑계 대기 쉬운 말로 산업사회 탓인가.
> 그들의 빛나는 이빨을 뽑아 내고

그들의 거친 머리칼을 솎아 내고
그들의 발에 제지의 쇠고리를
채워 버린 것은 누구일까.

그건 너무 슬픈 일이야.
여자들은 누구나 마음 속 깊이
야성의 사나이를 만나고 싶어하는 걸.
갈증처럼 바람둥이에게 휘말려
한 평생을 던져 버리고 싶은 걸

안토니우스 시저 그리고
안록산에게 무너진 현종을 봐.
그뿐인가, 나폴레옹 너는 뭐며 심지어
돈주앙, 변학도, 그 끝없는 식욕을
여자들이 얼마나 사랑한다는 걸 알고 있어?

그런데 어찌된 일이야. 요새는
비겁하게 치마 속으로 손을 들이미는
때 묻고 약아빠진 졸개들은 많은데
불꽃을 찾아 온 사막을 헤매이며
검은 눈썹을 태우는
진짜 멋지고 당당한 잡놈은
멸종 위기네

-「다시 남자를 위하여」 전문 (『남자를 위하여』)

시인은 가물치처럼 온몸을 던져 오는, 싱싱하게 몸부림쳐 오는, 거대한 파도 같은 남자가 이 시대에 없음을 통탄한다. 여성 위에 당당하게 군림하는 남자들을 향하여, 남자시인들도 다루기를 꺼려하는 성적 담화들을 거리낌 없이 외치고 있다.

비겁하게 약아빠진 졸개들이 많은 세상에서 멸종 위기의 진짜 멋진 당당한 잡놈들을 찾는 그녀의 메시지는 파장이 크다. 남성들은 동물적 에너지를 강화하는 데 열중하고 여성들 또한 외모의 미에 치중하여 성형과 화장품과 다이어트에 열광하는 시대[33]이다. 이러한 여성과 남성이 만드는 사회는 진정한 생명성이 실종된 곳이다.

여성은 여성인 동시에 아내나 어머니이고, 남성은 남성인 동시에 남편이나 아버지이다.[34] 여성을 육체적인 사랑의 대상물로서 바라보던 남성의 격정적인 시선도 여성을 통하여 아버지가 되고, 딸을 통하여 동물적인 본성에서 벗어나게 된다. 여성은 남성의 구원의 대상이 된다. 다음의 시를 보자.

> 남자들은
> 딸을 낳아 아버지가 될 때
> 비로소 자신 속에서 으르렁 거리던 짐승과
> 결별한다.
> 딸의 아랫도리를 바라보며
> 신이 나오는 길을 알게 된다.
> 아기가 나오는 곳이
> 바로 신이 나오는 곳임을 깨닫고
> 문득 부끄러워 얼굴 붉힌다.
> 딸에게 뽀뽀를 하며
> 자신의 수염이 때로 독가시였음을 안다.
> 남자들은
> 딸을 낳아 아버지가 될 때
> 비로소 자신 속에서 으르렁거리던 짐승과
> 화해한다.
> 아름다운 어른이 된다.
> ―「남자를 위하여」 전문 (『남자를 위하여』)

　가부장적인 신화, 꿈의 상징주의, 신학, 언어를 통틀어 두 가지 개념
이 나란히 내려오는데, 그중 하나는 여성의 육체가 불결하고 타락했으
며, 배출과 출혈의 장소이며, 남성다움을 위태롭게 하는 것이며, 도덕
적, 육체적 오염의 원천이고 "악마의 출입구"라는 것이다.[35] 또한 여성
의 자궁은 "불쾌하고 냄새나며 탐욕스러운 기질들"의 "고삐 풀린" 유
혈의 장소[36]라고도 남성들은 말한다. 지금까지 가부장적 경험의 남자
들이 만들어낸 상상력은 여성을 선과 악, 가임여성과 불임여성, 순수와
불결 사이에 양극화된 존재로 나누어 여성을 보았다.

　그러나 이 시에서는 "딸의 아랫도리를 바라보며 / 신이 나오는 길을
알게 된다"고 화자는 말한다. 이 시는 남성성 속에 내재한 권위주의와
성의 주체로서의 억압 기제들을 부성애를 통하여 인식을 전환시킨
다.[37] 이 땅의 모든 인간생명은 다 여성에게 태어났다. 모든 남녀가 공
유하는 한 가지 통일되고 부정할 수 없는 경험은 우리가 여자의 신체
내에서 구부린 채 보낸 저 몇 달 동안의 기간에 생긴 것이다.[38]

　딸을 통해 비로소 여성성을 이해하는 남자들은 동시에 "자신의 수
염이 때로 독가시", "자신 속에서 으르렁거리던 짐승"인 자신들의 왜
곡되었던 남성성도 발견하게 된다. 그리고 딸을 낳아 아버지가 될 때
비로소 화해하고 아름다운 어른이 되는 것이다.

　위에서 살펴본 「다시 남자를 위하여」와 「남자를 위하여」에서 드러
나듯이 문정희가 그리워하는 남성은 육체와 정신이 건강한 진정한 인
간, 야성에 번득이면서도 웅혼한 품위를 지닌 아름답고 성숙한 어른인
것이다.

　다음의 시는 여성의 생식기가 남성이 욕망하는, 남성을 욕망하는 에
로스적 공간을 넘어 대지와의 에로스로 확장되고 있다.

딸아, 아무 데나 서서 오줌을 누지 마라
푸른 나무 아래 앉아서 가만가만 누어라
아름다운 네 몸속의 강물이 따스한 리듬을 타고
흙 속에 스미는 소리에 귀 기울여 보아라
네가 대지의 어머니가 되어가는 소리를

때때로 편견처럼 완강한 바위에다
오줌을 갈겨주고 싶을 때도 있겠지만
그럴 때일수록
제의를 치르듯 조용히 치마를 걷어 올리고
보름달처럼 탐스러운 네 하초를 대지에 살짝 대어라
그러고는 쉬이쉬이 네 몸 속의 강물이
따스한 리듬을 타고 흙 속에 스밀 때
비로소 너와 대지가 한 몸이 되는 소리를 들어보아라
푸른 생명들이 환호하는 소리를 들어보아라
내 귀한 여자야
　　　　-「물을 만드는 여자」 전문 (『양귀비꽃 머리에 꽂고』)

　여성과 남성은 오줌을 누는 자세에서도 뚜렷한 차이를 보인다. 지금까지는 남자들의 오줌 누는 자세를 대부분 긍정적으로 받아들였다. 그러나 이 시에서의 화자는 서서 오줌 누는 남자의 자세를 대지에 대한 폭력성으로 표현하고 있다. 거칠게 퍼붓는 남성의 억압성을 일상화된 배설 자세에서 예리하게 비판한다. 화자는 "딸아, 아무 데나 서서 오줌을 누지 마라"고 첫 구절에서 말한다. 「남자를 위하여」에서 "신이 나오는 길"이라고 명명한 생식기를 통하여 "제의를 치르듯" "나무 아래 앉아서 가만가만 누어라"고 딸에게 말한다.

　여성들이 일상생활에서 살아가기에는 "편견처럼 완강한 바위" 같은 폭력과 억압성들이 내재하여 남자처럼 거칠게 "오줌을 갈겨주고 싶"겠지만, 오히려 "그럴 때일수록" 더 "따스한 리듬"으로 "흙 속" "강물"을 스미게 하라고 이른다. 여기에서 시인은 여성성을 대지의 어머니, 즉 가이아의 이미지로 병치시키고 있다.[39] 에로스의 공간이 남성을 넘어 대지로 확장되고 있다.

또 다른 에로스적 공간을 다룬 여성의 입술은 하나도 아니고 둘도 아닌, '하나 속의 둘'의 육체성을 지니게 된다. 항상 두 겹이기 때문에 복수적이다. 그러기에 그 구조와 의미에 있어서 어떤 논리나 일관성을 지니지 않는 모순과 합일 그 자체를 의미한다. '하나가 아닌 둘', '하나 속의 둘', '하나이면서 둘'인 입술은 여성에 대한 남성들의 이분법적 분리가 지니는 억압성을 제시하는 데 효과적이다.[40]

새들에게 배웠을 거야
가만히 서 있어도 아무나 그리운 가을 한낮*
하늘 아래 태양과 어린아이만큼 아름다운
길에서 키스하는 저 연인들

부러질 만큼 허리를 꺾고
서로의 입속에 사는 새와 새가 만나
단숨에 심장까지 파들어가는 순간의 흡입

소나기 방금 지나간 숲에서 튀어나온
푸들거리는 젖은 입술들

어디쯤에 떨어졌을까. 나의 입술들은
어느 전통의 수챗구멍을
어느 도덕군자의 바다를 떠돌고 있을까
천국도 지옥도 아닌 구천을 떠돌고 있을
머뭇거리고 눈치보고 망설이는 사이, 아깝게 시들어버린

내 고통의 장미들
새들도 다 알고 있는 표현과 실천을
거짓으로 탕진해버린
전율하던 몸뚱이들

* 이탈리아의 속담
─「길에서의 키스」 전문 (『카르마의 바다』)

남성 중심적인 시각으로 남성들은 여성에게 어머니의 역할과 창녀의 역할이라는 서로 모순된 양가적 요구를 하고 있다. 어머니의 역할은 정숙한 여성, 가정주부, 애를 많이 낳는 여성, 좋은 살림꾼으로서의 역할이다. 다른 하나는 창녀, 즉 소비의 대상으로서의 역할이다. 어머니는 감싸주고 이해해 주며, 순종적인 여성으로서 굴종과 무기력의 상징인 개념이다. 창녀는 매력적이고 자유로우며 유혹하는 여성으로서 남성들이 원하는 여성들의 개념이다.[41]

그러나 「길에서의 키스」는 여자들을 육체로부터 소외시킨 가부장적 제도 속에서 벗어나서 여자들의 육체와 정신이 오롯이 일치함을 보여주고 있다. "서로의 입속에 사는 새와 새가 만나 / 단숨에 심장까지 파들어 가는 순간의 흡입"에서 보이듯이 강렬함만으로 추동되는 힘[42]을 느낄 수 있다. 가을 한낮에 부러질 만큼 허리를 꺾고 길에서 키스하는 연인들을 보면서 화자는 자신의 젊은 날의 키스들을 떠올린다. 전통과 도덕 속에서 단 한 번도 푸들거리는 젖은 입술을 가진 적이 없었음을 고백한다. 새들도 알고 있는 표현과 실천을 화자는 거짓으로 탕진해버렸다고 말한다.

전율하던 몸들을 표현하지도 실천하지 못했던 공간들은 여자들은 정숙해야 된다는 이분법적 논리가 짙게 깔려있는 가부장 사회였음을 알 수 있다. 아마 그 시절에 이처럼 격렬하게 키스했더라면 틀림없이 창녀라는 소리를 들어야 했을 것이다. 남성적인 시각만이 판단 기준이었으므로, 머뭇거리고 눈치보고 망설이는 사이, 아깝게 시들어버린 고통의 장미였다고 화자는 안타까워한다.

그러나 다음 시의 거침없는 입술을 보자.

> 닫힌 문을 사납게 열어젖히고
> 서로가 서로를 흡입하는 두 조각 입술
> 생명이 생명을 탐하는
> 저 밀착의 힘
>
> 투구를 벗고
> 휘두르던 목검을 내려놓고
> 어긋난 척추들을 밀치어놓고
> 절뚝이는 일상의 결박을 풀고
> 마른 대지가 소나기를 빨아들이듯
> 들끓는 언어 속에서
> 하늘과 땅이
> 드디어 눈을 감고 격돌하는 순간
>
> 별들이 우르르 쏟아지고
> 빙벽이 무너지고
> 단숨에 위반과 금기를 넘어서서
> 마치 독약을 마시듯이 휘청거리며
>
> 탱고처럼 짧고 격렬한 집중으로
> 두 조각 입술이 만나는
> 숨 가쁜 사랑의 순간
> −「두 조각 입술」 전문 (『나는 문이다』)

거침없는 입술이다. 성은 역사적으로 구성되고 재구성되어 온 인간관계와 사회적 제도의 장 속에 자리 잡고 있다. 따라서 우리의 삶으로부터 섹슈얼리티만을 따로 떼어놓고 생각하는 것은 무의미하다. 성은 일상생활의 인간관계 속에 스스로 위치 짓는 중요한 기준점이며 그것을 통해 삶의 모든 면을 다시 성찰하는 출구가 된다. 그러므로 고립되고 신비화된 성의 세계에 함몰되어서는 안 되며, 연애, 사랑, 결혼, 가족, 외로움, 증오, 수치심 등 우리의 일상생활 속에 자리 잡은 제도들과 인간적인 감정들이 뒤얽혀 있는 관계망으로서 섹슈얼리티를 볼 수 있어야 한다. 또한 생산과 소비와 지배가 조직되는 영역의 변화 속에 그러한 관계망을 정당하게 위치 지어야 한다. 그래야만 일상생활 속에 숨어 있는 억압의 기제와 해방의 잠재성들을 새롭게 발견해 낼 수 있다.[43]

이 시는 이분법적 사고를 벗어나, 남자와 여자의 도덕을 벗어나, 두 조각의 입술이 한 조각이 되는 순간이다. "투구를 벗고 / 휘두르던 목검을 내려놓고"에서 보이듯 남성적인 폭력성들을 모두 내려놓고 "절뚝이는 일상의 결박을 풀고"서 원초적인 인간의 모습으로 생명이 생명을 탐하는 관능의 미를 화자는 예리하게 포착한다.

에로티시즘은 금기와 위반의 미학이다.[44] 질서를 확립하고 문명을 이룩하며 사회를 유지하는 금기를 두려워하는 순간 에로티시즘은 그 힘을 소실한다. 연인들은 파열과 재생의 격렬한 의지를 금기와 위반으로부터 길어 올려 스스로의 에너지와 자양분으로 삼는다.

이 시에서도 두 입술이 "단숨에 위반과 금기를 넘어 서서 / 마치 독약을 마시듯 휘청거"린다. "우리의 의식은 위반을 즐기기 위해 금기를 지속시킨다"[45]고 조르쥬 바타이유는 말한다. 그리고 타나토스(죽음 충동)와 에로스(삶의 충동)는 동일선상에 있고,[46] 디오니소스에 의한 파토스적 사고(열정)가 아폴론의 로고스적 사고(이성)보다 더 앞서 발현된 자연스런 사고임을 서양신화에서도 발견할 수 있다.

3. 서정적 진술과 은유적 사유

문정희는 남성적인 이데올로기에 대항하는 직설적인 발언들을 대담하게 쏟아내며 서정적인 문체의 편지 형식과 파노라마적 서사의 기법, 은유적 사유와 아이러니, 패러디 등의 언술전략을 통하여 한국 사회의 가부장적 이데올로기에 도전하고 있다.

1) 간결하고 직설적인 화법

문정희의 억압과 감금의 현실에 대한 언술방식은 편지 형식을 통하여 단호하고 직설적으로 드러내기도 하고, 독백 형식과 반어적 기법을 취하기도 하며, 힘든 현실상황을 쉬운 언어로 저항하기도 한다. 또한 문정희는 역사 속의 여성을 소재로 하여 답답한 여성현실의 돌파구를 제시하기 위해 서사적 기법들을 사용한다. 이러한 시적 언술방식을 통하여 지배와 피지배의 불합리한 양성관계가 아닌 깨어 있는 의식을 통한 진정한 소통을 시도한다.

> 이곳에 제일 흔한 거 하나 싸 보낸다
> 불고기가 햄버거보다 좋다고 할 수 있는 자유
> 햄버거가 불고기보다 좋다고 할 수 있는 자유
> 여름에 겨울 옷을 입을 수 있는 자유

겨울에 여름 옷을 입을 수 있는 자유
너는 내 애인이 아니라고 할 수 있는 자유
나는 그의 애인이라고 할 수 있는 자유
박수를 칠 수 있는 자유
박수를 안 칠 수 있는 자유
아우야, 다행히 너무 가벼워서
우편요금도 아주 싸구나. 그런데
보내는 마음이 왜 이렇게 답답한지
모르겠구나. 낯선 거리를 아무리 걸어 봐도
응어리가 풀리지 않는다
혹시 수취거절이나 하지 않을까 저어되는구나
잘 받았다고 속히 답해다오

미국에서 누이가

－「소포」전문 (『찔레』)

자유를 포장하여 소포로 보내는 서정적인 편지 형식의 진술을 통하여
자유가 억압된 고국의 현실을 풍자한다. "제일 흔한 거 하나"인 자유를
미국에 체류하면서 온몸으로 체감한다. 특히 여자로서 한국에서의 삶들
이 타인의 시선에 규격화되어 있는 현실들을 소포를 통하여 고발한다.

말할 수 있는 자유, 입을 수 있는 자유, 사랑할 수 있는 자유 …… 자
기 스스로의 판단으로 선택하고 행동할 수 있는 자유를 유형물의 소포로
포장하여 직접 보여 주고 싶은 화자의 욕구가 절실하게 드러나고 있다.

딸아, 미안하다
오늘 나는 이렇게 말해야 한다
무능한 나라의 치욕과
적국을 향한 분노로
소리 지르다 말고

나는 목젖을 떨며 깊이 울어야 한다
기실 나는 민족을 잘 모른다
그 민족의 주체가 남성인 것도 모른다
다만 오늘 네 앞에 꿇어 엎드려
울음 우는 것은
나의 외면과 나의 망각을 다시 꺼내 놓고
사죄하는 것은
네 존엄과 네 인격을 전리품으로 가져간
일본군보다 더 깊게
나의 무지와 독선이 슬프기 때문이다
심청을 팔고, 홍도를 팔고 살아난 아비와 오빠
기생과 놀며 풍류를 더하고
그녀들을 화류로 내던진 이 땅의 강물이
부끄럽기 때문이다
결국 강압과 사기로 세계에도 유례없는 성 노예 집단인
민족보다도, 그 민족의 주체인 남성의 소유물이
상처를 입은 어떤 수치심보다도
내 딸의 존엄과 내 딸의 인격이 전리품으로 능욕당한
그 앞에 나는 무릎 꿇어 사죄한다. 진심으로
미안하다, 딸아

　　　　　　　-「딸아, 미안하다」 전문 (『지금 장미를 따라』)

　문정희는 여성의 치욕스런 삶을 고발한다. 종군 위안부 여성들의 삶을 직시하면서 여성화자가 자신의 딸에게 쓰는 편지 형식을 빌어 직설적으로 "딸아, 미안하다"라고 말한다. "오늘 네 앞에 꿇어 엎드려" "사죄하는 것은" "나의 무지와 독선이 슬프기 때문"이라고 말한다. 이 무지와 독선은 "민족"이나 "그 민족의 주체인 남성의 소유물이 / 상처를 입은 어떤 수치심"이라는 것도 아니고, "내 딸의 존엄과 내 딸의 인격이 전리품으로 능욕당한" 것이다.

"심청을 팔고, 홍도를 팔고 살아난 아비와 오빠"들이 여성을 성의 노리개로 인식하는 그릇된 사고방식들을 지니고 있음을 간파하지 못한 무지와 독선을 사죄하고 있는 것이다. 여성의 희생으로 문명의 주체가 된 남성들이 여성의 존엄과 인격을 능욕하는 파렴치한 인간이라는 걸 이제야 알게 되었음을 고백한다. 문정희는 여성이 전쟁터의 노획물로 취급되는 상황, 그 자체에 분노한다.

여성의 배려로 문명의 주체가 된 남성과 달리, 여성 스스로 타자화된 지난 삶들을 딸들은 되풀이하지 말고 여성들도 현실을 직시하고 당당한 주체로 살아가기를 문정희는 편지 형식의 언술방식으로 요청한다.

> 딸아, 아무 데나 서서 오줌을 누지 마라
> 푸른 나무 아래 앉아서 가만가만 누어라
> 아름다운 네 몸 속의 강물이 따스한 리듬을 타고
> 흙 속에 스미는 소리에 귀 기울여 보아라
> 그 소리에 세상의 풀들이 무성히 자라고
> 네가 대지의 어머니가 되어가는 소리를
>
> 때때로 편견처럼 완강한 바위에다
> 오줌을 갈겨주고 싶을 때도 있겠지만
> 그럴 때일수록
> 제의를 치르듯 조용히 치마를 걷어 올리고
> 보름달 탐스러운 네 하초를 대지에다 살짝 대어라
> 그러고는 쉬이쉬이 네 몸 속의 강물이
> 따스한 리듬을 타고 흙 속에 스밀 때
> 비로소 너와 대지가 한 몸이 되는 소리를 들어보아라
> 푸른 생명들이 환호하는 소리를 들어보아라
> 내 귀한 여자야
> ―「물을 만드는 여자」 전문 (『지금 장미를 따라』)

또한 문정희는 딸에게 쓰는 편지 형식으로 여성의 배설 행위를 격상시킨다. "서서 오줌을 누지" 못하는 여자가 아닌, "앉아서 가만가만 누"어서 "몸 속의 강물이 따스한 리듬을 타고 / 흙 속에 스미는 소리"에 귀 기울여라고 말한다. 남성중심의 현실세계인 "편견처럼 완강한 바위"에 "오줌을 갈겨주고 싶을 때도" 있겠지만, 그럴수록 "제의를 치르듯" 오줌을 누어라고 한다.

남자는 자기 몸속에 생명을 잉태해 본 적이 없고, 몸 안에서 생명체를 길러본 적도 없으며, 고통을 참고 생명체를 출산해 본 경험도 없다. 자신의 몸에서 분비되는 물질로 어린 생명체의 식욕을 풀어준 일도 없다.[47] 그러기에 여성만의 생명적 사유가 가능한 것이다. 물은 생명의 근원이다. 이 시에서 여성은 오줌의 배설행위를 통하여 대지에 생명의 물을 공급하고 있다.

아울러 여성들의 오줌 누는 자세의 언어들도 반전되고 있다. 몸속의 강물이 따스한 리듬이 되어 대지에 스미는 여성의 오줌처럼 딸과의 정겹고 부드러운 어조인 편지를 통하여 억압의 기제들이 해소되고 있다. 또한 배설행위, 오줌이라는 이 시의 소재를 통하여 문정희는 시적 언어의 자유로움을 마음껏 펼쳐 보이고 있다.

「고독」(『지금 장미를 따라』)에서는 "종소리처럼 / 온 몸이 깨어져도" "그대 아는가 모르겠다"라는 직접적인 반문으로 단호하게 표현한다. "울수도 없는 물결처럼 / 그 깊이를 살며 / 혼자 걷는 이 황야"에서 보여주듯이 힘든 상황들을 묵묵히 걸어야하는 현실을 수사적 언어들을 생략한 채, 쉬운 언어로 간결하게 제시한다. 이를 통하여 "얼음번개" 같은 고통스런 억압의 상황들이 느껴진다.

우리가 말하지 않는다 해서
오해 말라

살[肉]은 무섭지만
그러나
말하지 않는 눈은 더욱 무섭다

느닷없이 날아온 활촉에 맞아
뜨건 피로 쓰러지는
여름새 되어

저 방화를 일삼는 하늘 복판의
검은 제왕을 떠받든 채
죽는다 한들
우리의 눈이야 깊이 죽으랴

눈 속의 빛은 싹터서 아이 눈 속의 빛이 되고
그 빛이 아이의, 아이의
아이 눈 속의 빛이 되리니

사방 번쩍이는
빛이 이렇게
너를 끝까지 보고 있도다

－「응시」전문 (『지금 장미를 따라』)

이 시에서도 문정희는 수사적 장치를 생략하여 단호한 의지와 신념을 표현하고 있다. 의도적인 간결한 문장은 직접적이고 강렬한 메시지를 전달한다. "우리가 말하지 않는다 해서 / 오해말라" "말하지 않는 눈은 더욱 무섭다"고 단호하게 말한다.

이유도 영문도 모른 채, "느닷없이 날아온 활촉에 맞"는 여름새의
죽음처럼 우리 여성의 삶들이 고통의 신음 속에서 죽는다 해도 "눈 속
의 빛은 싹터서 아이 눈 속의 빛이 되고 / 그 빛이 아이의, 아이의 / 아
이 눈 속의 빛이 되"어 방화의 검은 제왕 같은 가부장적 세계의 주체
들인 "너를 끝까지 보고 있"다고 분명하게 자신의 신념을 표현한다.

> 나는 오랫동안 너무 가난했구나.
> 젊은 날엔 육체에 쩔쩔매면서
> 육체보다 굳이 영혼을 더 사랑했고
> <사실은 육체에 쩔쩔매면서
> 오, 맙소사. 자궁의 계절이여>
>
> 시를 쓸 땐 언제나
> 웃음보다 눈물을 더 편애했었다.
> <비극을 즐기는 것은
> 빌어먹을, 우리들의 오랜 습관과 취미이지>
>
> 하지만 이제 모든 것에 평등을 부여해야지.
> 육체와 영혼에 똑같은 권리를
> 웃음과 눈물에 똑같은 희망을 부여해야지.
> <사실 그것은 같은 것이지>
> 오호 통재라, 그것 하나 깨닫는데 평생이 걸리다니.
>
> 그래서 늦기 전에 더 부자가 되고 싶다.
> 넉넉해지고 싶다.
>
> ─「부자가 되고 싶다」 전문 (『지금 장미를 따라』)

이 시는 독백의 형식을 취하고 있다. 여성의 영혼보다는 육체를 여성
의 가치평가의 척도로 삼는 현실의 장벽 앞에 시인 스스로도 영혼을 더

사랑한 듯 했으나, "육체에 쩔쩔매면서" 살아왔음을 고백한다. 웃음보다는 울음이 여성의 정서라는 시대의 여성상에 동조하고 살아왔음을 아울러 고백한다.

하지만 이제는 "늦기 전에 더 부자가 되고 싶다"고 말한다. 여성이라는 반쪽 굴레가 아닌 한 사람으로서의 삶을 추구한다. "육체와 영혼에 똑같은 권리를" "웃음과 눈물에 똑같은 희망"을 부여하여 살아가고 싶음을 혼잣말로 중얼거린다. "사실 그것은 같은 것"이기에, "모든 것에 평등을 부여"하고 넉넉하게 살고 싶은, 그래서 현실의 장벽을 무너뜨리고 싶은 욕망이 혼자서 중얼거리는 독백의 형식을 통하여 드러나고 있다.

> 한 번도 꺼내지 않았던 슬픔
> 끝내 입 다물고 떠나리
> 마지막 햇살에 떨고 있는
> 운명보다 더 무서운 이 살 이끌고
>
> 단 한 번의 자유를 위해
> 머리에 심은 뿔, 고목처럼 그대로 주저앉히고
> 보이지 않는 피의 거미줄에 걸린
> 흑인 오르페처럼 떠나리
> 어쩔 수 없다
> 눈에서 떨어지는 누우런 불덩이
> 저 하늘 이것 하난
> 용납하시리
> 살은 이미 순하게 꿈에 들었고
> 삐걱삐걱 뼈로만 그저 걸어서
> 한 번 가면 다시는 오기 힘든 곳으로

> 떠나가는 소야! 소야!
> 여기 나는 어떤 모습이냐?
>
> —「소」 전문 (『지금 장미를 따라』)

　묵묵히 농사일을 하는 소의 속성을 통하여 자신의 모습을 들여다보고 있다. 성실히 농부가 시키는 대로 힘든 일을 마다하지 않았던 소는 자신의 슬픔을 드러내 보인 적이 없다. 이 시의 화자는 중성적이고 절도 있고 과묵하다.[48] 온갖 고난의 시간들을 거쳐서 마침내 "살은 이미 순하게 꿈에 들었고 / 삐걱삐걱 뼈로만 그저 걸어서 / 한 번 가면 다시는 오기 힘든 곳으로" 소는 떠나가고 있다. 그러다가 문득 "떠나가는 소야! 소야! / 여기 나는 어떤 모습이냐?"고 묻는다. 소를 통하여 화자 자신을 인식하고 있다. 죽음을 향하여 떠나는 소를 여성화자 자신으로 인식한 반어적 표현이다.

　문정희는 남성중심의 틀에 박힌 인습의 사회에서 여성의 발언을 드러내고자 할 때, 고정된 인습을 무너뜨리는 반어의 어법을 선택하여 상상의 전환을 시도한다. 그리하여 여성시인으로서 하고자 하는 말들을 자연스럽게 시구에 함축시킨다.

> 천지가 하얗게 색이 바랜 날
> 1920년 10월 12일
> 오전 8시 12분
> 가던 시계가 갑자기 우뚝 섰다.
> (…중략…)
>
> 꿈속에서조차
> 말하기 떨리지만, 열일곱 살 그녀의 사인은
>
> 살아 있는 이 지상의 모든 핏속에

새겨둬야 하리라
"자 궁 파 열"

－「아아, 사인(死因)」 부분 (『아우내의 새』)

문정희는 유관순을 소재로 한 장시집 『아우내의 새』를 통하여 여성뿐
만 아니라, 남성들도 숨막혔던 인간 억압의 한 시대를 건너가고자 한다.
'진실이 침묵으로 은폐되고, 부자유와 억압이 난무하는 시절에 인간의
진실과 언어의 한계'에 부딪혔을 때, 역사와 신화에서 여러 인물을 만났
음을 이 시집의 서문에서 밝히고 있다. 시인은 이 시들을 통하여 일제강
점기와 1970년대의 억압들을 서사적 기법을 통하여 분노를 표출한다.

유관순의 죽음의 원인은 좌우를 가리지 않고 온몸으로 돌진했던 행동
과 재판 과정이나 옥중에서의 저항적 언행을 멈추지 않음에 있다.[49] 사
인이 자궁파열이 되어 처참한 사체로 되돌아온 유관순은 저항의 형식을
가장 극명하게 보여준다. 문정희는 간결하고 직설적인 서사시를 통하여
여성으로서의 억압을 당차게 고발한다. 이 시들이 기폭제가 되어 80년대
이후에도 문정희의 시들에 당당한 여성성이 자주 표현되고 있다.

병든 남편에게 살점 도려 먹이고
열녀비 세운 이도 없고
난리 통에 왜놈에게 손목 잡혔다고
(⋯후략⋯)

－「눈 오는 날의 가족사진」 부분 (『양귀비꽃 머리에 꽂고』)

내 처음의 집인 어머니의 자궁은
고향을 떠나 일산 공원묘지 흙이 되었고
어린 날 서울 와서 살던
(⋯후략⋯)

－「나의 집은 어디에」 부분 (『양귀비꽃 머리에 꽂고』)

위의 두 시는 서사적 기법으로 담담하게 서술하고 있다. 「눈오는 날의 가족사진」은 가족사진속의 여자들을 보면서 가부장제의 희생물로 살아온 여자들의 내력이 담담하게 이야기식으로 그려지고 있다. 「나의 집은 어디에」에서도 어머니의 자궁을 시작으로 지금까지 몸담고 살아온 집들이 서사적 기법에 의해 서술되고 있다. 문명의 발달로 인해 바뀌고 사라지며, 쫓겨 가야 하는 마술 같은 부동산의 남성 세계를 차분한 어조로 드러내 보인다.

'서사의 위기'는 근대 이후 과학적 지식이 지배적 담론이 되면서 대두되었다. 서사는 신화, 민담, 설화, 속언 등 전통적 전수와 계승으로 존재하며, 또한 다양한 언어 게임들을 포용한다. 그러나 과학적 담론들은 서사적 진술의 타당성을 심문하고 진리 입증이 되지 않는다는 이유로 서사를 '야만, 원시, 미개, 후진, 소외, 관습, 무지'하다고 단정한다.[50]

현대의 이분법적 사유의 세계에서 문정희는 소외되어 보이지 않던 여성의 일상 세계를 이야기 형식으로 드러냄으로써 새로운 언술공간을 확보하여 여성의 주체성을 대변한다. 이 시들에서도 서사적 기법을 통하여 파노라마처럼 시야에 펼쳐 보임으로써 독자들로 하여금 강한 비판의식을 불러일으키게 한다.

2) 은유적 언술을 통한 사유의 글쓰기

은유는 한 대상이나 개념을 다른 대상이나 개념의 관점에서 이해하고 경험함으로써 서로 다른 두 대상이나 개념 사이의 유사성이나 차별성을 찾아내는 비유법이다. 환유는 어떤 대상이나 관념의 이름을 다른 이름으로 대치하는 수사법이다. 이러한 은유와 환유의 차이점은 수직적 차원의 은유가 계열적 선택과 유사성에 의존한다면, 수평적 차원의 환유는 통합적 결합과 인접성에 의존한다. 은유는 보편성이나 일반성을 중시하지만, 환유는 특수한 것이나 개별적인 것을 강조한다.

라깡에 의하면 기표는 하나의 기의에 고정되지 않고 관계 속에서 또 다른 의미를 낳으며 기표들의 차이가 기의를 가능케 하면서도(은유), 그 기의는 꼬리를 물고 연결된다(환유)고 하였다. 따라서 의미를 낳는 은유와 그 의미가 끊임없이 자리를 바꾸는 환유를 통해 인간은 자신의 의도를 언어를 통해 정확하게 전달할 수 없음을 시사한다. 이러한 은유와 환유의 표현 방식은 여성의 유연성, 상대성, 우연성, 비과학적·비논리적 태도, 모성적인 사고방식, 심리학적 관계논리, 문맥적인 사고양식 등의 특성과 자연스럽게 부합된다.[51]

여기에서 문정희의 은유적인 언술을 통한 사유의 글쓰기는 김혜순의 환유적 언술을 통한 탈주의 글쓰기와 대조적인 언술방식을 보여준다. 우리는 추상적이고 애매모호한 개념들을 우리의 경험에서 좀 더 특이하고 구체적인 개념으로 구성하려는 경향이 있는데, 은유는 우리가 생각하고 행동하는 방법을 구체화한다. 이러한 은유는 감정적 메시지 전달이나 특정 경험의 부각, 그리고 상대방의 감탄 유발이나 정보의 구조 및 조직 등의 다양한 기능에 있어서 효과적인 수사법이다. 직설적 화법을 넘어서는 서정적 진술 형태의 백미인 은유는 억압된 침묵의 상황을 극복하고자 탈출을 모색하는 여성적 글쓰기에서 문정희가 자연스럽게 선택한 언술방식이다. 이렇듯 문정희는 은유, 동음이의어의 언어유희, 패러디, 구어체의 대화와 말하기 등으로 언술방식이 나타나고, 이를 통하여 시인은 현실세계와 소통하고 풍자하며 탈출을 모색한다.

문어(文魚)가 꽤 지적(知的)인 이름을 가진 것은
머릿속에 들어 있는 먹물 때문인지 모르지만
그가 먹물을 찍어 글을 쓰는 것을 누구도 본 적은 없다
물렁한 대가리에 움푹한 눈을 하고
여덟 개의 긴 다리를 팔방으로 뻗치고 다니며
포획물을 휘감는 것을 보면
좀 흉물스럽기까지 하다
사실 그는 전형적인 먹물 가진 속물
흡반으로 강하게 밀착한 후
맹렬히 빨아대는 그에게 걸리면
누구든 그만 슬슬 넋이 나가고 만다
긴급 상황에는 유감없이 먹물을 뿜어 사태를 흐려 놓고
다리를 통째 자르고 사라질 때도 있다
그가 노는 물에 떠다니는 새끼들을 보면
이건 모두 오리발이다
주로 여의도나 인왕산 부근에서 논다고 들었지만
이 무척추동물이 색깔을 바꾸어 가며
대학가에도 나타나고 우리 동네에도 있다
어떤 시집을 펼치면 덜 말라 쭈뼛한 그의 대가리가
고약 같은 먹물을 달고 튀어나와
섬뜩 뒤로 물러설 때가 있다

- 「문어」 전문 (『다산의 처녀』)

바닷고기인 문어는 文魚라는 한자 표기에서 시인의 흥미를 끈다. 먹물을 가진 이유로 선비의 대접을 받는 까닭에 경상도의 제상에서는 빠지지 않는 제수용품으로 등장한다. 이 시에서 문어의 동음이의어(同音異議語)는 현 시대의 속물근성을 지닌 얄팍한 지식인들을 풍자하고 있다. "그에게 걸리면" "넋이 나가고" 말지만, "긴급 상황에는" "다리를 통

째 자르고 사라"지는 "전형적인 먹물 가진 속물"인 이 시대의 남성들을 문어의 동음이의어를 통하여 신랄하게 고발한다. 여의도 국회의사당이나 인왕산 부근인 청와대에서 놀고 있다는 정치가들을 신념 없는 오합지졸의 무능한 인간임을 풍자한다.

> 나는 그동안 확실히 학문보다
> 항문을 더 열심히 닦고 살았어.
> 그래서 세상이 더 깨끗해진 것도 아니야.
> 실제로 길 하나 따로 내지 못했어.
> 달맞이꽃 하나 새로 피우지 못했어.
> 나도 이제 학문을 닦고 싶어.
> 조용히 등불 하나 밝혀 들고
> 저 어두운 숲길을 따라가다가
> 거기 조용한 그린 벨트 안에
> 푸른 초막을 세우고 싶어.
> 흐린 날이면 장수하늘소가
> 허공으로 날아오르는 걸 바라보며
> 노래를 부르고 싶어.
> 그러면 세상의 구린내가 많이 줄어들겠지.
>
> 그러나 나는 오늘도 잘 모르겠어.
> 항문하고 학문 중에 무엇을
> 더 깊이 닦아야 하는지.
>   ―「학문을 닦으며」 전문 (『남자를 위하여』)

동음이의어인 두 단어를 교차하며 시의식을 전개하고 있다. '닦다'라는 동사와 어울리는 '학문'과 '항문'이라는 서로 이질적인 위치에 자리한 두 명사를 자아성찰의 비교점으로 아우르고 있다. "세상의 구린

내가 많이 줄어" 들게 하기 위하여, "항문하고 학문 중에 무엇을 / 더 깊이 닦아야 하는지" 화자는 "잘 모르겠"다고 한다.

사람으로 살아가기에, 특히 여자로 살아가기에 세상은 깨끗하지 않다. 세상의 구린내는 온몸으로 닦아야 사라질 것이다. 이 시는 여성 현실의 경계에서 언어유희를 통하여 화자의 의지를 표출한다.

나의 신 속에 신이 있다
이 먼 길을 내가 걸어오다니
어디에도 아는 길은 없었다
그냥 신을 신고 걸어왔을 뿐

처음 걷기를 배운 날부터
지상과 나 사이에는 신이 있어
한 발자국 한 발자국 뒤뚱거리며
여기까지 왔을 뿐

새들은 얼마나 가벼운 신을 신었을까
바람이나 강물은 또 무슨 신을 신었을까

아직도 나무뿌리처럼 지혜롭고 든든하지 못한
나의 발이 살고 있는 신
이제 벗어도 될까, 강가에 앉아
저 물살 같은 자유를 배울 수는 없을까
생각해 보지만

삶이란 비상을 거부하는
가파른 계단
나 오늘 이 먼 곳에 와 비로소
두려운 이름 신이여! 를 발음해 본다

이리도 간절히 지상을 걷고 싶은
나의 신 속에 신이 살고 있다
　　　　　　　　　－「먼 길」 전문 (『양귀비꽃 머리에 꽂고』)

　이 시 역시 동음이의어의 효과를 통해 주제의식을 전달한다. 신발
과 신(神)의 뜻을 지닌 신을 통하여 시적 화자는 "신 속에 신"을 드러
내 보인다. 신발을 신고 걸어온 길들이 "삶"이라는 "가파른 계단"이
었음을 깨달으며 그것이 또한 "두려운 이름 신"임을 인식한다. 삶의
고통의 경계에서 나를 지탱해준 '나의 신발'이 곧 '나의 신'이 될 수
있는 것이다.
　이상에서 살펴본 동음이의어의 언술방식은 같거나 비슷한 말소리로
두 개의 어휘를 결속시키는데, 이러한 결속은 유사성을 통해 의미의
차이를 가로지른다는 점에서 은유적인 성격이 강하다.52)

　　　아버지, 저 여기 살아 있어요
　　　그날 제 품에 숨긴 칼로 낙랑의 북을 찢을 때
　　　제가 찢은 것은
　　　적이 오면 저절로 운다는 자명고가 아니었어요
　　　제 운명이었습니다
　　　그리고 이 손으로 아버지의 나라를 찢었습니다
　　　지금도 그 순간이 선명합니다
　　　두려움과 죄의식으로 후들거리며
　　　맹목 속에 온몸을 던진
　　　저는 그때 미친 바람이었어요
　　　호동은 달처럼 수려한 사내
　　　하지만 북을 찢고 제가 따른 건 호동이 아니었습니다
　　　제 사랑은 전쟁의 아찔한 절벽에 핀 꽃, 세상에
　　　파멸밖에 보여줄 수 없는 사랑이 있다네요

검은 보자기 홀로 뒤집어쓰고
손에 쥔 칼 높이 들어 북을 찢을 때
하늘의 별들 우르르 떨던
그 캄캄한 절망만이
온전히 제 것이었습니다
　　　　　　　－「딸의 소식」 전문 (『양귀비꽃 머리에 꽂고』)

　아버지에게 구어체로 딸인 화자의 입장을 피력하고 있다. 여자도 자
신의 운명을 스스로 결정할 수 있다는 자신의 행동을 아버지에게 입말
의 형식을 빌어 전달하고 있다. "사랑은 전쟁의 아찔한 절벽에 핀 꽃"
"파멸밖에 보여줄 수 없는 사랑"을 위하여, "검은 보자기 홀로 뒤집어
쓰고" 아버지를 배반하고 "북을 찢"었지만, 그때의 두려웠던 순간들
"그 캄캄한 절망"이 "온전히 제 것이었"다고 화자는 아버지에게 말한다.
　말하기는 소통의 방식으로 가장 친근하며 쉬운 방법이다. 딸의 소식
을 입말 형식으로 전하는 이 시는 아버지와 딸의 소통을 위한 고도의
언술방식이 내재되어 있다.

나를 가지고 놀아줘
허공에 붕붕 띄워줘
좀 더 좀 더 입으로 불어줘
뜨거운 바람 넣어줘
부드럽고 탱탱한 살결
주물러 터뜨려줘
아니, 살살 만져줘
그만 터져버릴 것만 같아
내 전신은 미끄러운 빙판
삶 전체가 위험에 노출되어 있어

날카로운 시간의 활촉이 나를 노리고 있어
열쇠는 필요 없어
바람의 순간을 즐겨줘
아니, 신나게 죽여줘
　　　　　－「풍선 노래」 전문 (『양귀비꽃 머리에 꽂고』)

　화자가 주체가 되어 상대방에게 명령하는 어조로 "놀아줘" "띄워줘"
"불어줘" "넣어줘" "터뜨려줘" "만져줘" "즐겨줘" "죽여줘"라고 요청한
다. 풍선이 된 화자는 타자가 아닌 주체가 되어 자신의 의지를 적극적
으로 표현한다.

　수동적인 입장으로 인내해야하는 여성의 삶의 현장에서 여성 화자
는 능동적 주체가 되어 감각기관들을 활짝 열어젖히고 구술의 방식으
로 부드럽게 요청한다. "미끄러운 빙판" 같은 "삶 전체가 위험에 노출"
된 현실상황에서 오히려 즐기며 죽여주라고 말한다. 풍선놀이를 통하
여 경계와 탈주의 언어들이 유희를 즐기고 있다.

햇살 가득한 대낮
지금 나하고 하고 싶어?
네가 물었을 때
꽃처럼 피어난
나의 문자
"응"
동그란 해로 너 내 위에 떠 있고
동그란 달로 나 네 아래 떠 있는
이 눈부신 언어의 체위

오직 심장으로
나란히 당도한

신의 방

너와 내가 만든
아름다운 완성

해와 달
지평선에 함께 떠 있는

땅 위에 제일 평화롭고
뜨거운 대답
"응"

—「"응"」 전문 (『지금 장미를 따라』)

　이 시는 대화의 기법을 통하여 화자와 청자의 긴밀한 관계를 잘 보여준다. 현실의 경계를 넘나든다. 시 속의 '너'는 "지금 나하고 하고 싶어?"라고 묻는다. 이에 대한 응답으로서 "응"이라는 간결한 대답은 상대방에 대한 전폭적인 신뢰와 긍정의 표현이다. 나아가 '응'이라는 문자의 형상성에서 화자는 자유로운 상상을 펼쳐 보인다. 이는 "동그란 해"와 "동그란 달"의 "눈부신 언어의 체위"가 되고, "너와 내가 만든 / 아름다운 완성"이 되며, "제일 평화롭고 / 뜨거운 대답"이 된다. 이렇게 볼 때 "응"은 이분법적 사고의 조화를 모색하고 아름다운 상생을 꿈꾸는 일종의 기호라고 볼 수 있다.

만지지 말아요
이건 나의 슬픔이에요
오랫동안 숨죽여 울며
황금 시간을 으깨 만든
이건 오직 나의 것이에요

시리도록 눈부신 광채
아무도 모르는
짐짓 별과도 같은
이 영롱한 슬픔 곁으로
그 누구도 다가서지 말아요
(…후략…)

　　　　　　　　　　－「보석의 노래」부분 (『지금 장미를 따라』)

꿈결처럼
초록이 흐르는 이 계절에
그리운 가슴 가만히 열어
한 그루
찔레로 서 있고 싶다

사랑하던 그 사람
조금만 더 다가서면
서로 꽃이 되었을 이름
오늘은
송이송이 흰 찔레꽃으로 피워 놓고

먼 여행에서 돌아와
이슬을 털며
초록 속에 가득히 서 있고 싶다
(…후략…)

　　　　　　　　　　　　　　－「찔레」부분 (『찔레』)

흐르는 것이 어디 강물뿐이랴
피도 흘러서 하늘로 가고
가랑잎도 흘러서 하늘로 간다.
어디서부터 흐르는지도 모르게

번쩍이는 길이 되어
떠나감 되어

끝까지 잠 안든 시간을
조금씩 얼굴에 묻혀 가지고
빛으로 포효하며
오르는 사랑아
그걸 따라 우리도 모두 흘러서
울 이유도 없이
하늘로 하늘로 가고 있나니

―「새 떼」 전문 (『지금 장미를 따라』)

「보석의 노래」는 은유를 통하여 현실의 장벽들을 표출하고 있다. "오랫동안 숨죽여 울며 / 황금 시간을 으깨 만든" "오직 나의 것"인 보석은 세상의 빛나는 것들이 남겨놓은 어둠과 슬픔의 자리인 여성적 공간이자 화자의 시적 공간인 것이다. 이처럼 "슬픔에 길들"여지지 않으면 "보석도 아무것도" 아닌 것이기에 슬픔과 고통을 통해 정체성을 찾아가는 여성적 자아가 아름다운 그러나 슬픔에 길든 보석의 은유를 통하여 표현되고 있다.

「찔레」는 서로를 배려하지 못한 지난날들의 아픔의 승화가 찔레로 비유되어 있다. "우는 날이 많았"고 "아픔이 출렁거려 / 늘 말을 잃어 갔"던 지난 세월들은 여성 화자의 고통스런 공간들이다. 그러나 찔레처럼 "뾰족한 가시로 / 꽃 속에 매달고" "무성한 사랑으로 서 있고 싶"다고 화자는 말한다. 이 경우는 '찔레'라는 자연물을 통해 사랑하는 대상에 대한 그리움을 노래함으로써 현실의 단절된 경계를 넘어서고 있다.

「새 떼」에서는 "흐르는 것이 어디 강물뿐이랴"라는 구절에서 보여주고 있듯이, 시인의 단호한 의지와 신념이 간결하게 압축된 문장을 통하여 제시되고 있다. 이런 까닭에 수사적 장치를 의도적으로 차단하고 있다. 이 시에서는 강물도 피도 가랑잎도 사랑도 모두 하늘로 오르는 게 아니라 생명의 순환을 따라 흘러간다. "우리도 모두 흘러서 / 울 이유도 없이" 새 떼처럼 "하늘로 하늘로 가고 있"는 것이다. 여성화자가 가는 길들이 새 떼로 은유화되어 있다.

위 시들에서 보이는 문정희 시의 주요 언술방식은 유사관계 속에서 직접 드러내지 않고 낱말을 바꾸어 놓는 가장 대표적인 비유방식인 은 유이다. 유사성이란 동일성의 틀 안에서 이질성을 배열하는 것이며, 여기에서 중요한 것은 동일성보다는 그 내부에서 분화되어 있는 이질성의 사유이다.[53] 이 시들에서 보이는 '보석', '쩔레', '새 떼'는 가부장적 사회에서의 고통스런 여성 화자를 문정희 시인이 이질성의 사유로 빚어낸 현실 탈출의 언어들인 것이다.

이처럼 문정희 시에서 은유를 적절히 사용하는 것은 독자들에게 구체적으로 좀 더 확실한 개념을 유발하게 하여 시적 화자에 대한 긍정적 반응을 유도하고, 사람들의 추론 형성에 중요한 영향을 미치게 하기 때문이다.

> (…전략…)
> 당신이 나를 문(Moon)이라 불러주므로
> 달은 나의 문패
> 나는 문(文)이요, 문(moon)이 되어
> 그리움으로 둥실 떠오른다
> 가등이 되어 세상의 슬픔들을 속속들이 비추고
> 차라리 홍등이 되어도 좋지

사랑 찾아 거리를 서성이는
외롭고 가난한 그대들이
무상으로 그 문(門)을 열어도 좋지
(…후략…)

　　　　　　　　　　　　　　－「문」 부분 (『양귀비꽃 머리에 꽂고』)

(…전략…)
흙은 생명의 태반이며
또한 귀의처인 것을 나는 모른다
다만 그를 사랑한 도공이 밤낮으로
그를 주물러서 달덩이를 낳는 것을 본 일은 있다
또한 그의 가슴에 한 줌의 씨앗을 뿌리면
철 되어 한 가마의 곡식이 돌아오는 것도 보았다
(…중략…)
흙 흙 흙 하고 그의 이름을 불러보면
눈물샘 저 깊은 곳으로부터
슬프고 아름다운 목숨의 메아리가 들려온다
(…후략…)

　　　　　　　　　　　　　　－「흙」 부분 (『양귀비꽃 머리에 꽂고』)

　　위의 두 시(「문」과 「흙」)는 여성성이 잘 드러나는 시이다. 문정희는 여
성성을 드러내기 위하여 「문」에서는 중의법을 사용한다. "당신이 나를
문(Moon)이라 불러주므로 / 달은 나의 문패 / 나는 문(文)이요, 문(moon)이"
이 되어 달과 글이 된다. 또한 "세상의 슬픔들을 속속들이 비추"는 "홍
등이 되어" 무상으로 그 문(門)을 열어도 좋"다고 말한다. 문정희의 성
(性)이 달이 되고, 글이 되고, 문이 되어 여성의 따스한 포용력을 적절
히 표현하고 있다. 이 시에서도 동음이의어의 문(moon), 문(文), 문(門)이
소리은유로 언술되어 있다.

흙에서도 흙의 여성성이 잘 드러나고 있다. 흙은 도공이 주무르면 "달덩이를 낳"고, "한 줌의 씨앗을 뿌리면" "한 가마의 곡식"을 되돌려 주는 여성성의 풍요로움이 드러나 있다. 이러한 여성성을 강조하기 위하여 문정희는 "흙 흙 흙"하고 반복적으로 표현한다.

> 인생은 짧고 결혼은 왜 이리 긴가
> 가도 가도 벌판
> 허공은 왜 이리 많은가
>
> 새들아 대신 울어 다오
> 나 깊은 울음 더 퍼내기 싫어
> 앙상한 광채로 흔들리는 갈대들아
> 하늘 향해 미친 손을 휘저어 다오
>
> 봄은 가는데
> 꽃들은 얼마를 더 소리쳐야 무덤이 될까
> (…후략…)
>
> – 「비극 배우처럼」 부분 (『다산의 처녀』)

> 부부란 여름날 멀찍이 누워 잠을 청하다가도
> 어둠 속에서 앵하고 모기 소리가 들리면
> 순식간에 합세하여 모기를 잡는 사이이다
>
> 많이 짜진 연고를 나누어 바르는 사이이다
> 남편이 턱에 바르고 남은 밥풀만한 연고를
> 손끝에 들고 나머지를 어디다 바를까 주저하고 있을 때
> 아내가 주저 없이 치마를 걷고
> 배꼽 부근을 내미는 사이이다
> 그 자리를 문지르며 이달에 사용한

신용카드와 전기세를 함께 떠올리는 사이이다

(…후략…)

-「부부」 부분 (『다산의 처녀』)

위의 두 시는 패러디[54] 시이다. 「비극 배우처럼」은 세익스피어의 희곡 『맥베스』의 모티프를 차용하였고, 「부부」는 서정주의 「무등을 보며」를 패러디한 것이다. 이러한 패러디 기법은 탈중심의 원리로서 문학을 기반으로 하여 상호텍스트성과 자기반영성의 개념으로써 확대 재생산된다. 먼저 「비극 배우처럼」은 "내일도 내일도 내일도, 지루한 걸음으로 하루하루 기어간다. 기록된 시간의 마지막 음절까지, 우리의 모든 어젯날들은 바보들에게 흙먼지 죽음으로 가는 길을 비춰 주었다. 꺼라, 꺼라, 짧은 촛불을 꺼라. 인생은 걸어가는 그림자에 지나지 않는다. 초라한 배우가 무대 위에서 한때 뛰뚝거리다 사라지면 다시는 소식도 없다. 인생은 바보가 지껄이는 이야기, 소란과 분노가 가득 차 있지만 의미는 아무것도 없다."라는 맥베스의 독백을 패러디하였다. '검은 눈화장이 조금 흘러내린 포즈로'라는 부제가 보여 주듯이 과장된 포즈는 관객의 웃음[55]을 불러일으키는 유머러스한 시이다.

「부부」도 서정주의 「무등을 보며」를 패러디하고 있다. 「무등을 보며」에서 "지어미는 지애비를 물끄러미 우러러보고 / 지애비는 지어미의 이마라도 짚어라"는 남성 중심의 관계가 이 시에서는 "순식간에 합세하여 모기를 잡는 사이"이고, "많이 짜진 연고를 나누어 바르는 사이"이며, "이달에 사용한 / 신용카드와 전기세를 함께 떠올리는 사이"로 남녀평등의 익살스러운 부부로 바뀌었다.

또한 문정희는 반어의 기법을 사용하여 현실의 탈주를 시도한다. 「소」

에서 갑자기 화자의 시선을 바꾸어 "여기 나는 어떤 모습이냐?"는 물음
은 소를 화자의 모습으로 순식간에 변화시키는 반어의 기법이 드러난다.

「사랑하는 사마천 당신에게」에서도 기둥이 지닌 이중적 의미에 대
한 창조적 전환을 보이는데, 이는 남근의 기둥을 역사의 기둥으로 새
롭게 전환시키고 있다.

그리고 「한계령을 위한 연가」에서 "한계령의 한계에 못 이긴 척 기
꺼이"에서 보이는 반어적 구사는 넘지 말아야할 경계를 한계령의 고립
때문에 자연스럽게 넘게 될 때의 설렘과 떨림과 기쁨이 은밀하게 함축
되어 있다.56)

주석

1) 정영자, 「문정희의 시세계」, 『부산여자대학교 논문집』 제40집(인문·사회과학대학 편), 부산여자대학교, 1995.

2) 문정희, 『당당한 여자』, 둥지, 1992, pp.16~17. 가족, 즉 파밀리아(Familia)란 단어의 본 래의 뜻은 가정이라는 말의 건전하고 소박한 합성어가 아니고, 로마인들 사이에서 는 노예들을 가리키는 말이었고, 파뮬러스(Famulus)란 말은 가내 노예를 의미하며 파밀리아란 말은 한 남성에 속한 노예들의 총수를 의미했으므로 결혼 잘하여 한 남성의 아내가 되어 종신 동침자로서 소비의 주체가 되어 자기 자신보다는 남편 의 인생에 편승해서 살겠다는 여성은 파밀리아란 말의 어원에 잘 어울린다고 문 정희는 말한다.

3) 김정란, 「흐르고 싶은 감자, 감자, 감자들……」, 문정희 외, 『제11회 소월시문학상 수상작품집』, 문학사상사, 1997, p.182.

4) 이숭원, 「독창적 연금술의 세 가지 광휘」, 문정희, 『지금 장미를 따라』 해설, 뿔, 2009, p.170.

5) 문정희, 『당당한 여자』, 둥지, 1992, pp.68-69 참조.

6) 장필화 외, 「좌담 : 새로운 시대, 새로운 주부」, 『주부, 그 막힘과 트임』, 또하나의 문화, 1990, p.30.

7) 문혜원, 「어머니의 이름으로 시간 앞에 우뚝 서다」, 『시와시학』, 2004년 여름호, p.208.

8) 위의 책, p.204.

9) 케이트 밀렛, 김전유경 역, 『성 정치학』, 이후, 2009, 표지글.

10) 문정희, 『당당한 여자』, 둥지, 1992, p.55.

11) 문혜원, 「어머니의 이름으로 시간 앞에 우뚝 서다」, 『시와 시학』, 2004년 여름호, p.203.

12) 문혜원, 위의 글, p.208.

13) 진 시노다 볼린, 조주현 외 역, 『우리 속에 있는 여신들』, 또하나의문화, 1992, pp.184-187.

14) 서강여성문학연구회 편, 『한국문학과 모성성』, 태학사, 1998, pp.6-7.

15) 「사랑하는 사마천 당신에게」는 사마천을, 「술 마시는 남자를 위하여」에서는 백수 광부를, 「신라의 무명시인 지귀」에서는 선덕여왕을 사모한 지귀를, 「천둥 같은 사나이를 위하여」에서는 전봉준을, 「대동여지도 앞에서」는 김정호를 그리고 이 외에도 여러 편의 시에서 과거의 남성들을 사모하고 찬양하는 내용을 보여준다.

16) 문정희, 『문학의 도끼로 내 삶을 깨워라』, 다산책방, 2012, pp.189-190.

17) 김성례, 앞의 글, p.115.

18) 멕시코 메리다 밀림 속의 작은 마을 이름.

19) 문정희, 『오라, 거짓 사랑아』, 민음사, 2001, p.24.

20) 정영자, 「문정희의 시 세계」, 『논문집』 제40집, 신라대학교, 1995, p.143.

21) 김미현, 「한국 근대 여성소설의 페미니스트 시학」, 이화여대 박사학위논문, 1995, p.32.

22) 문혜원, 「어머니의 이름으로 시간 앞에 우뚝 서다」, 『시와 시학』, 2004년 여름호, p.209.

23) 미국의 심리분석학자 클라리사 P.에스테스가 한 말.

24) 문혜원, 앞의 글, p.205.

25) 윤향기, 「한국 여성시의 에로티시즘 연구」, 경기대 박사학위논문, 2009, p.98.

26) 이혜원, 「보석, 빛이 된 어둠」, 『나는 문이다』, 뿔, p.162.

27) "지금까지 남성성이란 별도의 개념이 필요 없을 정도로 '남성'이 '인간'의 동의어로 사용돼 왔다."(이화어문학회, 『우리 문학의 여성성·남성성(현대문학편)』, 월인, 2001, p.206.)

28) 문정희, 『눈물』, 집현전, 1997, p.77.

29) 문정희 외, 『1977년도 제 11회 소월시문학상 수상작품집』, 문학사상사, 1996, p.172.

30) 문정희, 『눈물』, 집현전, 1997, p.75.

31) "프로이트는 어린이의 성적 흥분이 몸 전체에 퍼져 있는 신체적 에로티시즘의 형태를 띠다가 이후에 성기로 집중되어 가는 것을 정상적인 심리-발전과정으로 상정한다."(앤소니 기든스, 앞의 책, p.250.)

32) 앤소니 기든스, 위의 책, p.250.

33) 문정희, 『문학의 도끼로 내 삶을 깨워라』, 다산책방, 2012, pp.89-90.

34) 이화어문학회, 앞의 책, p.4.

35) "또 다른 하나는 어머니로서의 여성은 은혜를 베풀며, 성스럽고, 순수하며, 무성(無性)이고, 풍요롭게 하는 존재라는 것이다. 그리고 어머니가 될 수 있는 육체적 능력은 여성의 유일한 운명이며, 존재 이유인 것이다. 이 두 가지 개념은 여성 안에 깊이 내재되어 있다."(아드리엔느 리치, 김인성 역, 『더 이상 어머니는 없다』, 평민사, 1995, p.37.)

36) 위의 책, p.234.

37) 김영옥, 「한국 현대 여성시의 공간 상징 연구」, 중앙대 박사논문, 2007, p.60.

38) 아드리엔느 리치, 앞의 책, p.7.

39) 김명원, 「한국 현대시의 에코페미니즘 연구」, 성균관대 박사학위논문, 2006, p.131.

40) 김미현, 「한국 근대 여성소설의 페미니스트 시학」, 이화여대 박사학위논문, 1995, p.49.

41) 김미현, 앞의 책, p.49.

42) 권혁웅, 「물의 노래를 들어라」, 문정희, 『카르마의 바다』 해설, 문예중앙, 2012, p.161.

43) 앤소니 기든스, 앞의 책, p.13.

44) 맹문재 외 편, 앞의 책, p.315.

45) 맹문재 외 편, 위의 책, p.293에서 재인용.

46) 유기적인 결합 통일의 원리인 에로스와 무기적인 분리, 해체의 원리인 타나토스는 언제나 뒤엉킨 채 끊임없이 유동한다. 에로스는 스스로를 타나토스로부터 구별하지만 타나토스는 에로스에 결합된 상태로 머무른다. 들뢰즈는 시간의 순수

형식을 타나토스와 연결시킨다.

47) 이숭원, 「독창적 연금술의 세 가지 광휘」, 문정희, 『지금 장미를 따라』 해설, 뿔,
2009, p.173.

48) 이숭원, 위의 글, p.174.

49) 이숭원, 「자유를 꿈꾸는 상징의 새」, 위의 책, p.115.

50) 김성례, 「여성의 자기 진술의 양식과 문체의 발견을 위하여」, 또하나의문화 편집
부, 『여자로 말하기, 몸으로 글쓰기』, 또하나의문화, 1992, p.125.

51) 정지현, 「회화의 표현방식으로서의 은유와 환유 : 여성성과의 관계를 중심으로」,
홍익대 석사학위논문, 2002, p.48.

52) 권혁웅, 『시론』, 문학동네, 2010, p.259. 권혁웅은 이를 소리은유(유음이의어나 동음
이의어를 통한 말소리)라고 부르고 있다.

53) 권혁웅, 앞의 책, p.256.

54) "패러디는 전통 시학에 대한 도전으로 변화와 위기에서 형성된 양식으로서 근원
적인 본질과 동일성, 지배 이데올로기를 부정하고 현상과 차이, 반권위주의와 주
변적 가치를 수용한다. 이런 수용은 존재와 세계에 대한 재해석과 평가를 동반한
다. 따라서 패러디는 두 텍스트간의 형식적·구조적 관계 속에 나타나는 담론형
식으로서 파괴와 창조라는 양면성의 심미적 기능과 차이를 둔 반복의 비평적 거
리를 유지한다."(신익호, 「현대시의 모방적 패러디 소고」, 『한국언어문학』 제52집,
한국언어문학회, 2004, p.2.)

55) 김인환, 「현재 한가운데로의 여행」, 문정희, 『다산의 처녀』 해설, p.139.

56) 이숭원, 「독창적 연금술의 세 가지 광휘」, 문정희, 『지금 장미를 따라』 해설, 뿔,
2007, pp.174-177.

김혜순 시와 젠더의식

김혜순의 시는 한국 페미니즘 시의 2세대로서 1세대의 현실인식에 기초한 언술내용보다는 언술방식이 단연 돋보인다. 연구사 검토에서도 나타나듯이 김혜순의 시는 독창적인 여성적 글쓰기의 언술방식이 주류를 이루고 있다. 이는 문정희의 여성적 글쓰기와 대조적인 특징을 보인다.

이러한 언술방식은 서구 페미니즘 문학이론에서 2세대의 이론인 프랑스 페미니즘 문학비평과 맥락을 같이한다. 이를 통해 2세대 페미니즘 문학 또한 한국과 서구의 페미니즘 흐름이 동일한 양상을 보이고 있음을 알 수 있다.

이 장에서는 김혜순의 시에서 드러나는 현실인식과 몸으로 글쓰기, 그리고 언술방식의 젠더의식을 살펴보겠다.

1. 여성의 현실인식과 상생의 가능성

1) 가부장적 질서에 대한 유쾌한 반란

"여성이 쓰는 시는 씌어진 것이 아니라 행해진 것이며, 그것은 경험한 것이고 몸으로 한 것"[1]이라고 김혜순은 말한다. 김혜순은 억압과

폭력을 넘어 여성을 화형식으로 처벌한 중세시대와 같은 처참한 현실
들을 경험하면서 몸 스스로 시를 행한다.

　다음에서 보여주는 시들은 가정에서의 가부장적 질서와 지배문화와의
관계로부터 고통스러워하는 화자의 모습이 생생하게 그려져 있다.

　　아버지의 폭탄이 터진 뒤라고 한다

　　구워지고 있었다
　　전자레인지에서처럼
　　지방이 튀어오르고
　　불똥이 튀고
　　살갗이 타들어갔다
　　한쪽에선 뼈대에 살갗을 걸레처럼 걸고
　　불 속에 서 있었다
　　토마토처럼 으깨지고 있었다
　　거대한 돌에 눌려서
　　두부가 되어가는 것도 있었다
　　배가 뺑뺑 터지며
　　구린내를 풍기는 것도 있었다
　　온 마음 들판 전체가
　　먹으러 누가 오는지 알지도 못한 채
　　전신에 눈물을 칠하고
　　튀겨지고 있었다

　　어머니가 눈물을 삼키며 식사를 준비하고 계셨다
　　　　　　　　－「엄마의 식사 준비」 전문 (『어느 별의 지옥』)

　결혼으로 인한 가정에서의 생활은 단단한 고정 관념 속에 둘러싸여
있고, 그 껍질을 깨고 나온다는 것은 쉬운 일이 아니다. 이 시에서 억

압자로서의 남성인 아버지는 평화를 깨뜨리는 폭탄으로 등장한다. 남성들은 태어날 때부터 가사 면제를 받은 듯 인습의 굴레에 묶여 있다. 드디어 "아버지의 폭탄이 터진 뒤" 어머니는 "눈물을 삼키며 식사를 준비하고" 계신다.

여성의 현실은 전자레인지에서 타들어가는 생선구이 같고, 으깨지는 토마토, 돌에 눌린 두부와 같다. 눈물을 칠하며 준비하는 식사는 누구를 위한 것일까. 여성의 정체성이 참혹하게 실종된 풍경이다. 사랑에 기반하여 부부가 되고, 자유롭고 평등한 삶을 지향해야 할 가정생활은 지배자와 피지배자의 관계로 전락되고, 공포의 분위기로 확산되어 나타난다.

다음의 시에서는 신비한 결혼의 환상이 해체되어 가는 가정생활이 더 구체적으로 묘사된다.

> 솥이 된 '또 하나의 타이타닉호'
> 1911년 건조되었고, 선적지는 사우샘프턴
> 속력은 22노트, 여객선, 한 번 항해에 2천명 이상 탑승한 경력
> 내가 결혼한 해에 해체되었으며
> 지금은 빵 굽는 토스터, 아니면 주전자, 중국식 프라이팬,
> 한국식 압력 밥솥이 되었다
> 상처투성이의 큰 짐승
> 육지 생활에 여전히 적응 못 하는 퇴역 선장
> 그래서 솥이 되어서도
> 늘 말썽이 잦다
> 나는 밥하기 싫은 참에 압력 밥솥 회사에 항의 전화를 걸었다
> 자꾸 김이 새잖아요?
> 내가 씻은 쌀이 도대체 몇 톤이나 될까. 새벽에 일어나 쌀을 씻고, 식탁을 차리고, 다시 쌀을 씻고, 솥을 닦고, 숟가락을 닦고, 화장실을 닦고, 다시 쌀을 씻는다. 닭의 뱃속에 붙은 기름을 긁어내고, 쌀을 씻고,

생선의 내장을 꺼내고, 파를 다진다. 다시 쌀을 씻는다. 망망대해를
떠가는 배, '또 하나의 타이타닉'표 압력 밥솥, 과연 이것이 나의 항
해인가. 리플레이, 리플레이, 리플레이
우리집에 정박한 한국식 압력 밥솥 '또 하나의 타이타닉 호'
불쌍해라, 부엌을 벗어난 적이 없다
밥하는 거 지겨워
설거지하는 거 지겨워
그럼 그것도 안 하면 뭐 할 건데?
압력 밥솥이 내개 물었다
뱀처럼 밥 먹고 입을 쓰윽 닦지
내가 대답했다
영사기에서 쏟아지는 빛처럼 가스 불이 솥을 에워싸자 파도가 끓는다
스크린처럼 하얀 빙산에 배가 부딪힐 때
밤 바다로 쏟아져 들어가는 내 나날의 이미지
물에 잠겨서도 환하게 불켜고
필름처럼 둥글게 영속하는 천 개의 방
느리디느린 디졸브로
솥이 된 여자, 그 여자가
곧, 스타들과 엑스트라들이 끓어오르는 흰 파도 속에서 잦아든다
그 이름 '또 하나의 타이타닉 호'
화이트 스타 선박 회사 건조
수심 4천 미터 속 부엌을 천천히 걸어다니며
짙푸른 바닷속에 붉은 녹을 풀어넣고 있다
                                    −「또 하나의 타이타닉 호」 전문
                                    (『달력 공장 공장장님 보세요』)

  환상의 타이타닉 호, 초호화 유람선이 밥솥이 되어 우리 집에 정박되
어 있다. 타이타닉호의 끔찍한 침몰이 암시하듯 여성의 결혼 생활이라는
환상이 반복되는 무의미한 일상에서의 불행을 예고하고 있다. "망망대해

를 떠가는 배"인 압력 밥솥이 바로 "솥이 된 여자, 그 여자"인 것이다.
쌀을 씻고, 쌀을 씻고, …… "나의 항해"는 "리플레이, 리플레이, 리플레
이"이다. 이처럼 여성의 결혼생활의 환상과 실상은 끊임없는 환멸을 야
기함에도 불구하고 계속 되풀이될 뿐이고, "뱀처럼 밥 먹고 입을 쓰윽
닦지"가 암시하듯 첨예하게 제기되다가도 데면데면해지는 것이다.[2]

결혼은 모순을 첨예하게 드러내는 제도이다. 결혼을 함으로써 함께
딸려 오는 가부장적인 모순은 여성에게 맹목적인 인내와 희생을 강요
하고 여성의 권리를 철저하게 무시하면서 가정을 유지시키려 한다.

> 송편을 찌다가
> 떡 반죽을 두 손으로 마구
> 짓뭉개고
> 침을 탁 뱉고
> 마구 내던지고 싶다가도
> 　　　쟁반 위엔
> 　　　형형색색의 가지런한 송편
>
> 술을 따르다가
> 술잔을 내던지고
> 깨뜨리고
> 깨어진 술병을 들고
> 마구 찌르고, 뚝뚝 듣는
> 선혈을 보고 싶다가도
> 　　　약간 떨며 술잔 모서리에
> 　　　찰랑 알맞게
>
> 언제나 고요한 시선, 고요한 수면
> 하늘 한번 쳐다보고 한숨 한번 쉬고

불을 지피다가
불붙은 장작을
초가삼간 지붕 위로 내던지며
나와라 이 도둑놈들아
옷고름 갈가리 찢고
두 폭 치마 벗어던지며
용천발광하고 싶다가도

문풍지가 한밤내 바르르 떨고
하이얀 식탁보는 눈처럼 짜여지고
        —「레이스 짜는 여자」 전문 (『우리들의 음화』)

여성의 일상적인 가정에서의 일들인 "송편을 찌"고, "술을 따르"고, "하이얀 식탁보"가 "눈처럼 짜여지고" 있다. 제도화된 현실은 "쟁반 위엔 / 형형색색의 가지런한 송편"과 "약간 떨며 술잔 모서리에 / 찰랑 알맞게" 우리를 길들여 놓았다. 그러나 화자의 내면에서는 "떡 반죽을 두 손으로 마구 / 짓뭉개고 / 침을 탁 뱉고 / 마구 내던지고 싶다"에서 보여주고 있듯이 가부장적인 제도에 대한 저항이 한계점을 넘고 있다.

그럼에도 화자가 실행에 옮기지 못하고 한숨만 쉴 뿐이다. 습관화된 가부장적 압제들에 대하여 "불붙은 장작을 / 초가삼간 지붕 위로 내던지며 / 나와라 이 도둑놈들아 / 옷고름 갈가리 찢고 / 두 폭 치마 벗어던지며 / 용천발광하고 싶"지만, "하이얀 식탁보"만 묵묵히 짜고 있는 것이다. 가정에서의 불합리한 현실이 불만과 저항감으로 가득 차 있음을 알 수 있다.

이 시에서는 가부장제 사회와 지배문화와의 관계 속에서 외연적으로는 순응하는 태도를 보이고 있지만, 내면적으로는 그러한 지배문화

의 구속으로부터 벗어나고 싶은 욕망으로 인하여 끊임없이 갈등하고 있는 자아의 모습을 나타내고 있다.[3)]

> 저 머나먼 공중에 벙어리 방이 하나 떠 있어요
> 온몸의 구멍을 내 눈물이 다 막아버려서
> 구멍이 하나도 없는 방이 하나 떠 있어요
> 걸을 때마다 바닥이 물컹물컹 소리치는 방
> 내 피부 같은 물 도배지를 바른 방
> 나는 그 방에다가 밥상을 차렸어요
> 아버지가 집에 돌아올 때면
> 밥상 위의 그릇들이 벌벌 떨었어요
> 그래도 나는 벽장 속에다
> 갓 태어난 물방울 아가들을 숨겼어요
> 누군가 손가락 끝으로 누르기만 해도
> 기둥조차 없어 저절로 터져버릴 방
> 천장도 창문도 없어 하늘이 그대로 눈부시지만
> 내 날갯짓 멈추어버리면 한없이
> 곤두박질쳐버릴 그 방이 하나 떠 있어요
> 아무도 모르게 나 혼자 너를 사랑하는 방
> 그 방이 하나 한없이 떨면서 떠 있어요
> ―「붉은 이슬 한 방울」 전문 (『한 잔의 붉은 거울』)

이 시에서는 아버지의 이미지가 두려움, 공포와 결부되어 있다. 공중에 떠 있는 벙어리 방은 눈물이 구멍을 모두 막아버려서 구멍 하나 없는 공간이다. 화자의 눈물이 구멍마다 가득찬 방, 물 도배지를 바른 방에서 화자는 밥상을 차린다. 이윽고 "아버지가 집에 돌아올 때면 / 밥상 위의 그릇들"마저도 "벌벌 떨었"다. 공중에 떠 있는 금방이라도 터져버릴 것 같은 방에 갓 태어난 여성화자들인 아가들을 숨기고, 억압과 고통 속에서도 오직 내 인내의 날갯짓으로 버티는 방, 그 방은 아버지에게 숨겨온 우리만이 사랑하는 유일한 장소이다.

함께 나누는 삶이 아닌, 두려움과 공포를 주는 지배자로서의 아버지는 한없이 떨면서 떠 있는 눈물범벅인 방에 두려움의 이미지일 뿐, 부재 그 자체이다. 피눈물인 붉은 이슬을 안겨주는 아버지는 여성에게 현실의 어려움을 증폭시킨다.

몸 속으로 풍덩!
두레박을 넣어 물을 길어 올리겠어요
그 물로 쌀을 씻어
맛있는 저녁식사를 지어 올리겠어요

올올이 살을 풀고 피 섞어
쫄깃한 잡채도 버무리겠어요
참다 못해 깊은 산이 샘물을 터뜨리듯
머리 속에서 솟아나는 눈물을 받아서
생수 한 잔 곁들이겠어요
모락모락 피어오르는 숨결로
저녁 식탁의 따뜻함을
장식해드리겠어요

그러니 참아주세요
밥주발 속에 깨지지 않는
돌 몇 개쯤 들어 있다고
화내지 말아주세요
설사 그 돌이 진의라
생각되더라도
너그러이 참고 제발 삼켜만 주세요

물 한 모금 시원히 드시면
그 돌쯤 쉽게 넘어갈 테니까요
　　　　　　　　　－「참아주세요」 전문 (『어느 별의 지옥』)

이 시에서도 여성의 가정에서의 일상적인 밥짓기가 등장한다. 밥짓기를 통하여 일상적인 남성의 폭력들을 암시해주는 시이다. 몸속의 "물을 길어"서 "쌀을 씻"고 "저녁 식사를 지어 올리겠"다고 한다. "살"과 "피"를 섞어 "잡채"도 버무리고, "머리 속"의 "눈물"로 "생수"를, "모락모락 피어오르는 숨결"로 "저녁 식탁의 따뜻함"을 장식하겠다고 한다.

가부장적 인습의 골짜기에서 헤어나오지 못하는 여성의 현실을 못내 수긍하며, 묵묵히 삶을 살아가는 화자도 있으니, 돌 몇 개 씹는다고 청천벽력 같은 화를 던지지 말고 "너그러이 참고 제발 삼켜만 주세요"라고 유쾌한 반란을 일으킨다. 내 눈물의 생수를 들면서 삼켜달라고 요청한다. 화자의 더 깊은 요청은 남성, 그대들도 이제 큰 손으로 쌀을 씻고, 돌을 고르고, "참아주세요"를 넘어서 인습의 어둠을 탈피하라는 것이다.

앰뷸런스는 시끄러워요
불자동차는 더 시끄럽죠
빌딩들은 날마다 회초리처럼 자라구요
사내들은 그 회초리를 꺾어
여자들을 때린대요
한밤중 아스팔트의 기나긴 비명!
직진하면 남산 3호 터널
우회전하면 남산 2호 터널 혹은 소월길

도로 표지판 앞에서 나는 물어 봤어요
그렇다면 나는 어디에 있나요?
지하철 정거장은 어렴풋한 기억 속 우리 엄마처럼
환하게 불 켜고 가슴을 열었구요
밤하늘 먹구름들은 뭔가 굉장히
참을 게 많다는 표정을 짓고 있네요
껌껌한 지하도에선
환청만 알아듣는 귓구멍처럼
혹은 수만 년 동안 파도의 주문만 듣고 살아온
바닷가 바위 동굴처럼
누군가의 서늘한 입김이 밤새 올라와요
이 밤 한강은 매 맞은 여자의 뱃가죽처럼
완벽하게 누르딩딩하구요
나는 벌거벗고 싸돌아다니는 밤
서울 거리를 헤매 다니고 있어요
어디론가 죽음인지 탄생인지 배달나가는
바람은 폭주족들보다 더 시끄럽구요
오늘의 교통사고 사망자 전광판은
갑자기 숫자를 갱신하고요
이 도시 어딘가 숨어 사신다는
서울의 수호신님은 몇 사람의 제물을
맛있게 받아드셨다고 그래요
불붙은 풍뎅이 같은
저 주유소에서 기름을 넣으면
넘실거리는 저 지붕들 위로 나도 이륙하게 될까요?
저 앰뷸런스는 잠도 없나 봐요 정말 시끄럽네요
그런데 참, 이 풍경에 자막을 한 줄 넣어줄래요?
깊은 곳에서 당신께 부르짖나이다*라고

* 예배 음악 중 송영(誦詠) 부분
─「깊은 곳」 전문(『한 잔의 붉은 거울』)

앰뷸런스, 불자동차, 빌딩들은 남성들이 이룩한 문명의 기호들이다. 인간 욕망의 이기심에 탄생한 물질문명들은 또 다른 욕망들을 불러일으키며 정신문명을 어지럽힌다. "사내들은 그 회초리(빌딩들)를 꺾어 / 여자들을 때린"다. 거만하고 교만한 문명처럼, 그 문명의 일부분이 되어버린 남성들은 강자가 되어 군림하고 자연의 이치를 거슬린다.

아스팔트, 지하철 정거장, 껌껌한 지하도, 주유소를 건설하고, 그들의 가부장왕국을 건설한 사내들에게 앰뷸런스가 시끄러운 이 도시에서 지금 무슨 일들이 일어나고 있는 것인가. "오늘의 교통사고 사망자 전광판은 / 갑자기 숫자를 갱신하"고 있다. 화자는 "깊은 곳에서 당신께 부르짖"는다.

> 채찍으로 내리치지 않아도 나는
> 발가벗긴다
> 발가벗긴 내 위로
> 물이 내린다
> 안개가 쏟아진다
> 이슬이 맺힌다
>
> 다음-아버지들이 나온다
> 나와서 내 몸 밖에 커튼을 친다
> 비단처럼 보드라운! 그러나 강철 커튼!
> 솜처럼 푹신한! 그러나 이불보다 더 두꺼운!
> 다음-말씀의 채찍으로 내리친다
> 다음-잉크를 먹인다
> 몸통 가득 잉크가 차올라온다
>
> 드디어 발가벗기고 매맞고

무거운 이야기를 옷인 양 입고
몸 위로 가득 글씨를 토하고야 만다
수세기 전에도 했던
비밀의 그 예언을.
몸 전체에 불길을 매단 채.
　　　　　　－「그곳 2－마녀 화형식」 전문(『어느 별의 지옥』)

　폭력을 휘두르고 억압하는 아버지에 의해 여성화자는 "발가벗기"고,
여성화자 위로 물이 내린다. 아버지들이 화자의 "몸 밖에" "강철 커튼"
을 치고, "말씀의 채찍으로 내리"치며, "잉크를 먹인다." 몸통 가득 차
오르는 잉크, 이내 "몸 위로 가득 글씨를 토하고야 만다." 이 비밀의
예언은 바로 여성시인이 쓰는 시이다. 신과 인간 사이를 매개하는 주
술적인 언어들이다. 이 예언은 당장에는 잘 받아들여지지 않지만 진실
을 말하게 되는 것이다. 실제로 마녀들이 화형당했던 것도 그들이 비
전(秘傳)의 지식과 신들린 말을 가진 혐의를 받았기 때문이다.4)

　이처럼 이 시의 여성화자는 무고한 여성들을 마녀로 몰아서 화형시
켰던 중세시대의 악행들을 빌어와서 지금 이 시대에도 지속되고 있는
여성에 대한 가부장적 압제들을 폭로하고 있다. 이 시에서처럼 화형을
당하면서도 진실만을 토해내는 여성들은 스스로 자신의 위치를 발견
하며 각성한다.

　엘렌 식수는 "여자들이 돌아온다. 멀리, 영원으로부터. 그리고 '바깥'
으로부터. 마녀들이 목숨을 부지하고 있는 황무지로부터 여성은 돌아온
다. 밑으로부터, '문화'가 못미치는 곳으로부터, 남자들이 여자들에게
아무리 망각하게 하려해도 그토록 힘든 어린 시절, 남자들이 수도원 지
하 감옥형에 처한 그녀의 어린 시절로부터 돌아온다."5)라고 말한다.

다음의 시들은 현실을 경험하면서 여성으로서의 자신을 인식하는
시들이다.

> 그는 넣었다 토마토 케첩을
> 끓어오르고 있는 나의 뇌수에.
> 그는 논리정연한 태도로 발라내었다 끓어오르는 뇌수에서
> 실핏줄과 튀는 힘줄을.
> 그는 맛있게 먹고 있었다
> 입맛마저 다시며.
> 그의 앞엔 나의 촉수가 불을 밝히고 있었다.
> 그는 다시 이성적으로 휘저었다 예리하고
> 작은 나이프로
> 아직 익지도 않은 마지막 뇌수마저.
>
> 다 먹어치우고 나서 그는
> 번질거리는 입술을 닦았다 희디흰 냅킨으로.
> 그는 잔을 들었다
> 한 손에 갓 따온 먹이의 유방에 빨대를 꽂아서
> 코를 킁킁거리며.
> 그 다음 그는 홀짝홀짝 즐겼다
> 다른 한 손에 갓 뽑아낸 피에 얼음을 조금 섞어서.
> 그리고 그는 불을 붙였다 내 머리칼에.
> 그는 만들었다 동그라미를
> 검은 콧구멍에서 나온 연기로.
> 그는 털었다 재를
> 내 시린 양 무릎에다.
> 그 다음 그는 일어섰다.
> 그리곤 텅 빈 나를 향해 빙긋거리며 손을 내밀었다
> 양미간에 내 눈동자가 달라붙은 것도 모르는 채.
> 그래서 나는 던졌다 힘껏

그의 아가리를 향해.
너덜거리는 내 영혼을 뽑아서.
－「프레베르의 아침 식사에 대한 나의 저녁 식사」 전문
(『아버지가 세운 허수아비』)

이 시는 "그는 커피를 / 잔에 담았다 / 그는 밀크를 / 커피 잔에 탔다 / ...... / 말없이 / 날 보지도 않고 / 그는 일어섰다 / ...... / 그리곤 떠났다 / 날 쳐다보지도 않고 / 그래서 난 / 얼굴을 손에 묻고 울어버렸다."라는 자크 프레베르의 시 「아침식사」를 김혜순 방식으로 패러디한 시이다. 자크 프레베르의 아침식사는 남자의 행위에 대한 외부적 묘사만으로 일관되는 프로베르의 시에 있어 여성인 화자는 상대방에 자기의 이식을 투사하여 그를 판단하지 않는다.[6]

그러나 김혜순의 시에서는 여성화자가 적극적으로 자기의식을 투영시키고 있다. 여자의 뇌수는 끓어오르고 있다. 남자는 그곳에 토마토 케첩을 넣고 "실핏줄과 튀는 힘줄을" "맛있게 먹고 있었다." 다음엔 "유방에 빨대를 꽂"고 "홀짝홀짝 즐"기고 있다. "내 머리칼에" "불을 붙"이고 검은 콧구멍에서 나온 연기로 동그라미를 만들고, "시린 양 무릎에다" "털었다 재를." 그리고 "텅 빈 나를 향해 빙긋거리며 손을 내밀었다." 그러자 화자는 "그의 아가리를 향해" 영혼을 뽑아서 힘껏 던져버린다.

원작에서 여자는 수동적이고, 남자의 일거수일투족은 미화되어 있다. 나에게 관심 없고, 냉정한 남자를 여성 화자는 눈길 한번 주기를 간절히 바라고 있다. 그러나 이내 쳐다보지도 않은 채 남자는 떠나고, 여성은 울고 있다. 주방에서인지, 카페에서인지 여성의 소극적이고 피지배적인 입장이 묘사되어 있다. 억압자의 입장에서 잘 차려진 음식을 당연한 의식으로 여기며 감사함과 따뜻한 눈길 한 번 주지 않고 태연

하게 먹고 사라진다.

김혜순의 시에서는 그의 식사행위가 여성 화자에게 가해지는 폭력을 몸으로 체현시키고 있다. 그는 여성화자의 예민한 촉수에 논리정연하고 이성적인 흠집을 내고 있는 것이다.[7] 여성화자의 모든 것을 폭력적으로 갈취한 그는 이제 텅 빈 여성화자를 향해 조롱하듯 손을 내민다. 그 순간 그의 아가리에 여성화자는 영혼마저 던져버린다. 극에 달한 가부장제적 폭력을 향해 적극적인 행위로 표현한 이 시는 현실에서 경험해야하는 여성들의 치욕들을 유쾌한 반란으로 반전시키고 있다.

> 내 어깨를 타넘은 바람이
> 발 디딜 곳을 못 찾고
> 창졸간에 허방에 빠진다
> 급히 불려오느라
> 머리 위로 치마도 뒤집어쓰지 못한 바람이
> 저 아래 바다로
> 왼종일 손가락 들어
> 이곳으로 오는
> 길을 가리키던
> 햇빛도 여기까지 와선 허방에
> 단숨에 허방에 빠진다

사랑한다? 사랑하지 않는다? 벼랑 아래 파도가 밤새껏 내게 묻는다. 땅 끝까지 달려 온 몇 개 안 남은 손톱으로 벼랑을 움켜쥐고 있다. 사랑한다 사랑하지 않는다 내가 풀잎을 하나씩 쥐어뜯는다. 내 머리칼도 저 밑은 허방이에요 내 얼굴을 움켜쥔 채 악착같이 떠밀리지 않으려 버틴다. 머리끝까지 차오른 눈물도 눈 속 뿌리를 꽉잡고 눈동자 밖으로 뛰어내리지 않는다. 바람에 떠밀리던 그림자는 내 발목을 잡은 채 벼랑을 혼자 더듬어 내려가다가 더 이상은 안 돼요 멈춰 있다. 사랑한다? 사랑하지 않는다? 파도는 숨골 속을 두드리고 차가운 별이 눈물 심지에 가

끔찍 부딪힌다. 밤늦도록 벼랑에서 파란 인광을 내뿜는 내가 모르스 부
호처럼 깜빡거린다.

—「벼랑에서」 전문 (『나의 우파니샤드, 서울』)

중심을 잃었다. 여성화자인 내가 "발 디딜 곳을 못 찾고" "허방에 빠
진다." 세상에 태어나서 여성으로 살아간다는 것은 "손톱으로 벼랑을
움켜쥐고 있"는 것처럼 위태로운 삶들이기 때문이다. "왼종일 손가락
들어 / 이곳으로 오는 / 길을 가리키던 / 햇빛도 여기까지 와선 허방에 /
단숨에 허방에 빠진다." 중심을 잡으려 노력하지만 결국 물거품이 될
뿐이다. 갈팡질팡하는 화자의 마음이 이제 막다른 벼랑에 이르러 위태
로운 상황을 표출한다.

사는 것은 견디는 일이다. 특히 지금까지의 여성의 삶은 견인(堅忍)
하는 것, 그 자체였다. "사랑한다? 사랑하지 않는다?"는 '살아갈 것인가
살지 않을 것인가'에 대한 물음이고, '존재할 것인가 존재하지 않을 것
인가'라는 생과 죽음의 질문이다.[8]

애야
천년 묵은 여우는 백 사람을 잡아먹고
여자가 되고, 여자 시인인 나는
백 명의 아버지를 잡아먹고
그만 아버지가 되었구나
(망측해라, 이제 얼굴에 수염까지 돋게 생겼구나)
백 명의 아버지를 잡아먹고
그 허구의 이빨로 갈아놓은
문장의 칼을 높이 치켜들고
나 두리번거릴 때
저기서 문장의 사이로

나귀를 타고 걸어 들어오는 너의 모습
엘리엘리

너 심겨진 밭에 약을 치고 돌아온 아버지
네 팔을 잘라 나뭇단을 만드는 아버지
네 밑동을 잘라 제재소에 보내는 아버지
양손이 사나운 칼날인 아버지
큰 구두를 신어 디뎌야 할 땅도 많은 아버지
나하고 놀아요, 아버지
하면 깜짝 놀라는 아버지
아버지의 아버지, 그 아버지를 살해했으므로 그만
아버지가 되어버린 아버지
강철 커튼 아버지 검정 잉크 아버지 기계 심장 아버지
칼날같이 갈아진 양손을 모두어야
비로소 제 가슴이 찔러지는 그런 아버지
애야, 나는 그런 망측한 아버지가 되었구나
　　　　　　　－「어쩌면 좋아, 이 무거운 아버지를」 전문
　　　　　　　　　　　　　（『나의 우파니샤드, 서울』）

　　부정의 부정은 긍정이 된다. 화자는 아버지의 부정을 거듭하다가 아
버지가 되었다고 실토한다. 억압적이고 굴욕적인 아버지들의 세계에
저항하며 살다가 그만 아버지가 되어버린 여성시인인 화자는 "허구의
이빨로 갈아놓은／문장의 칼을 높이 치켜들고"이 세상의 부조리를 파
헤칠 때, 또 하나의 여자인 엘리가 들어온다. 여성들이 살아가기엔 불
평등하고 치욕적인 이 삶의 터를 평등하고 행복한 터전이 되도록 누구
인가는 대항하여 가꾸어 놓아야한다. 여성으로 태어나는 수많은 엘리
들이 한 인간으로서 당연히 축복으로 인식되어야하기 때문이다. "양손
이 사나운 칼날인 아버지"는 "큰 구두를 신어 디뎌야 할 땅도 많"다.

문명을 이룩하여 지배할 것들이 많은 아버지들은 자연적이고 약한 것들을 송두리째 파괴시켜 버린다.

 여성화자는 저항에 저항을 거듭하여 결국 아버지의 세계를 정복하고, 스스로 아버지가 되어버린 유쾌한 반란의 주체자가 된다. 그러나 그 정복자 역시 망측한 아버지가 되어버렸다고 자책한다. 아니 역설적으로 아버지의 망측성을 고발하고 있다.

> 내 몸 어디에 목숨이 숨어 있는 걸까요?
> 밤처럼 검은 머리칼로 묶인 이 쓰레기 봉투 속 어디에
> 목숨이 숨어 있는 걸까요?
> 시체를 몰래 갖다 버린 범인을 잡으려는 듯
> 청소부들이 검은 쓰레기 봉투를
> 큰길 가에 쏟아놓고 집게로 들쑤시고 있어요
> 버려진 것들이 오히려 모든 내용을 알고 있지요
> 드넓은 초원에서 양을 먹고 사는 사람들은
> 양의 배를 가르고 내장을 보면서 심지어
> 내일의 날씨를 점칠 수 있다지요
> 검은 봉투 속에 밀봉된 채 악몽의 풍경 속을
> 기차를 타고 갔었지요 달아났었지요
> 잘려진 손톱처럼 날카로운 산의 나무들
> 핏빛 파도를 닮은 생리대와
> 사각의 푸른 종이 상자에서 툭툭 튿어지던 희디흰 크리넥스
> 처럼 내려앉은 저녁의 날개 없는 새들
> 머나먼 레일처럼 도르르 말린 필름
> 내 몸 속 어딘가에서 송출하는 영화
> 그 어디에 목숨이 숨어 있는 걸까요
> 몸부림치고 있었어요 검은 쓰레기 봉투 속에서
> 다시 태어나려고요 나는 아직 태어나지도 않았던 거예요
> 검은 쓰레기 봉투 속에서 날벌레의 애벌레들이 확 쏟아지자

흠칫 놀란 청소부들이 한발짝 물러나고
절대로 썩지 않을 꿈의 냄새가
밤거리를 물들였어요 내 몸 속 어디에 목숨이 숨어 있는 걸까요?
십만 개도 넘는 머리칼들이 콱 움켜쥔
검은 쓰레기 봉투 하나가 밤거리에 서 있었어요
　　　　　　　　　　　－「이다지도 질긴, 검은 쓰레기 봉투」 전문
　　　　　　　　　　　　（『달력공장 공장장님 보세요』）

　여성 화자의 몸은 '검은 쓰레기봉투'로 표상되는 거대하고 부패한 도시에서 신음하고 있다. 그 몸속에는 또한 태어나기 이전부터 죽음 이후까지의 화자의 모든 삶과 세상 모든 여자들의 고통의 역사가 꿈틀거린다.9) "검은 머리칼로 묶인 이 쓰레기 봉투 속"에서 자신의 목숨을 찾고 있는 화자는 "검은 쓰레기 봉투를 / 큰길 가에 쏟아놓고 집게로 들쑤시고 있"는 "청소부들"을 대면한다. 청소부들은 곧 아버지들, 이 땅을 살아가는 남성들이다.

　이 시에서 쓰레기 봉투들은 "아직 태어나지도 않았"고, "다시 태어나려고" "몸부림치고 있"는 여성들이다. 현실에서의 삶들은 갇힌 비닐 봉투 속처럼 답답하고 암흑이지만, "절대로 썩지 않을 꿈의 냄새"가 있기에 그 꿈을 위하여 아버지들의 세계에 저항하는 치열한 의식의 몸부림을 보여준다.

이 음악은 이제 너무 들었어요 지겨워요
열두 곡이 다 흐른 다음엔 다시 처음으로 돌아가잖아요?
스위치를 누르면 눈이 휘날리지요
다시 누르면 눈이 눈이 휘날리지요
다시 누르면 벚꽃 축제, 아니에요?
윤전기는 쉴새없이 돌아가고

비키니 입은 여자들이 공장 가득 쌓여 있어요
어느 쯤에 태양이 타오르고
어느 쯤에서 장마가 시작되는지 난 다 외웠어요
음악이란 모조리 되풀이되는 푸가, 아니에요?
물이 흐르다, 얼음이 얼고, 그 위에 눈이 쌓이고
지하로 눈 녹은 물이 스며들고, 그 다음엔 물 아지랑이 피어올라요
어느 부분에선가 경건하게 완전 군장하시고
낚시질 떠나시는 우리 아버지
아버지 이제 정년 지나서 시장바구니 들고 엄마 따라 다녀요
기차가 지나가고 아이들이 태어나고, 백화점이 무너지고, 그리고
날마다 새 아침이라고 소근대는 남루한 계단이
쏟아지려는 듯 걸려 있어요
나는 매일 이 계단을 올라갔었어요
하나님은 일곱째 날을 복 주사 거룩하게 만드셨다는데
자고 나면 언제나 월요일이었어요 날마다 출근을 서둘러야 했어요
그래도 강을 건너기도 했어요 비행기를 타고 바다를 건너기도 했어요
달력 속 여자는 맥주를 들고 가랑이를 벌렸어요
그는 브래지어 속으로 손을 쓰윽 집어 넣었어요
소복 입은 할머니들이 오늘도 일본 대사관 앞에 서 있었어요
그 여자는 해변으로 가고 나는 달력 속으로 들어갔어요
내 딸이 엄마는 비키니 수영복이 안 어울려 그랬던가요?
공장장님은 색 분해의 도사인 건 틀림없어요
지치지도 않고 달력 속 여자들의 비키니 색이 살아 있으니까요
왜, 이 윤전기 앞에선 한 번도 일사부재리의 원칙이 지켜지지 않아요?
왜, 나는 매일 아침 새로운 형량을 시작해야 하나요?
나는 벌써 이 음악을 다 외워버렸어요 귀에 못이 박일 정도예요
그러나저러나 나한테서 뭘 더 찍을 게 있다고 윤전기는 쉬지 않고
자꾸만 같은 숫자만 찍어대는 거예요?

-「달력 공장 공장장님 보세요」 전문

(『달력 공장 공장장님 보세요』)

달력이나 주류광고에 으레 등장하는 여성의 반라의 몸들은 여성의 시각에서는 불쾌하고 민망하다. 달력 공장 공장장님에게 시 속의 화자는 조목조목 항의한다. "비키니 입은 여자들이 공장 가득 쌓여 있"고 "달력 속 여자는 맥주를 들고 가랑이를 벌"리고 있다고. 그리고 남자들은 "브래지어 속으로 손을 쓰윽 집어 넣"는다고. 그 결과 "소복 입은 할머니들이 오늘도 일본 대사관 앞에" 참담하게 서 있다고.

무례하고 비도덕적인 남자들의 폭력성을 달력을 통하여 화자는 경쾌하고 발랄한 어조로 풍자하고 있다. 이 시에 자주 등장하는 의문문들은 직설적인 비판보다 오히려 더 설득력 있는 효과를 발휘한다. 이처럼 가부장적 질서에 대한 유쾌한 반란으로 시적 화자는 달력 속의 비키니 입은 여자를 해변으로 보내고 자신이 달력 속으로 들어간다.

달력 공장 공장장님은 달력 속의 반라의 여자 사진들이 달력 속의 무수한 숫자 속의 일부분일 뿐이다. 푸가 형식처럼 반복되는 이 여성들의 성상품화를, 남성들의 욕망을 이제는 내려놓고 상생의 길을 걷지 않겠느냐고, 함께 살아가는 또 다른 그대들이 단지 여성이라는 이유로 경험해야하는 이 고통의 목소리를 들어 보라고 달력 공장 공장장님을 향해 외친다.

2) 생성의 힘과 상생의 가능성

김혜순은 현실 속에서 여성의 위치를 인식하고 여성성을 발견하여 건강한 삶을 모색한다.

호통을 치는 소리
따귀를 때리는 소리

울음 소리
내 목을 네가 자르는 소리

⋯⋯물 소 리⋯⋯

시간이 흘러드는 소리, 추억이 풀리는 소리.
추억을 버리는 소리, 시간의 두레박이 힘없이 풀리는 소리, 시간의
목을 내리누르는 네 고함 소리.
시간에 바퀴를 다시 거는 소리.
⋯⋯
물
소
리
⋯⋯

세상의 소리란 소리는
모두 합쳐져 한소리를 내지.
포도주 항아리에 술 찰랑이는 소리 같은,
즐겁고 신나는 노래 같은
물소리를 내지.
지구에 귀 대고 잠들어보면.

　　　　　　　　　－「지구를 베고 잠들어보면」 전문
　　　　　　　　　　　（『아버지가 세운 허수아비』）

　사람들은 나름대로의 높이와 넓이를 지니고 산다. 이 두 가지 초월
의지는 모든 사람으로 하여금 현존재의 답답함에서 벗어나 보다 넓고
높은 차원의 조화와 행복을 기약할 수 있도록10) 해주기 때문이다. 이
같은 관점에서 볼 때 이 시는 김혜순의 조화와 행복을 추구하는 현실
인식의 과정을 잘 표현하고 있다.
　공시적인 관점에서는 어느 특정한 현실에서 "호통을 치"고, "따귀를

때리"고, "목"까지 자르는 끔찍한 공포의 소리들이 수평적인 "……물
소 리……"로 넓혀진다. 그리고 통시적인 관점에서는 시간이 흘러들고,
추억이 떠올랐다가 사라지고, 시간들이 무한히 흐르는 소리들이 수직
적인

> "……
> 　물
> 　소
> 　리
> ……"로 깊어진다.

지구에 귀를 대면 이들의 소리들은 "포도주 항아리에 술 찰랑이는
소리"처럼 "즐겁고 신나는 노래" 같은 조화를 이루는 하나의 행복한
물소리로 통합된다. 현실의 어려운 상황들을 인식하고, 여성의 정체성
을 찾는 노정이 가부장적인 현실의 벽에 끊임없이 부딪히는 과정, 그
자체만으로도 조화와 행복이 깃드는 초석이 되는 것이기 때문이다.
　이 시는 표현상의 시각적 시어배열의 효과와 소리들로 통합되는 청
각들의 조화 또한 시인의 고도의 시적 인식을 드러내 보이고 있다.

> 나는 시방 바다로 걸어들어간다
> 머리를 베개 위에 반듯하게 얹고
> 그렇게 왼발 오른발 한밤내 걸어들어가면
> 우리 아버진 바다 깊이 잠들어 계시고
>
> 우리 어머닌 한 천 년째 바다를 휘젓고 계시다
> 그러면 세상의 파도란 파도
> 그 모든 파도의 물방울 방울마다

세상의 모든 아가들 영롱한 눈망울 하나씩 맺히고

우리 아버지 배꼽에선 연꽃 한 그루 억세게 높이 자라
그 연꽃 속에서 뛰어나온 청년이
바다 위 마을의 집집마다
영롱한 눈망울 두 개씩 배달 나간다

그러나 시방은 다시금 내가 그 바다에서 걸어나올 시각
나는 가슴에 나란히 포갰던 손을 풀고
오대양 육대주 넘실거리던
내 두 눈동자의 주름을 거두어 들고
이불 밖으로 몸을 솟구쳐올린다
　　　　　　　　　　－「어머니 달이 눈동자 만드시는 밤」 전문
　　　　　　　　　　　　（『달력 공장 공장장님 보세요』）

　이 시는 정체성을 찾으려는 욕망이 여성성과 결부되어 드러난다. 화
자는 꿈을 꾸듯 베개를 베고 "바다로 걸어들어간다" 그곳에서 "우리
아버진 바다 깊이 잠들어 계"시고, "우리 어머닌 한 천 년째 바다를 휘
젓고 계"신다. 어머니가 휘젓는 바다에 파도가 일고, 그 파도의 물방울
마다 "세상의 모든 아가들 영롱한 눈망울 하나씩 맺"힌다. 깊이 잠든
아버지의 배꼽에서는 연꽃이 높이 자라고, 그 연꽃에서 뛰어나온 청년
이 어머니가 만든 영롱한 아가들 눈망울을 배달한다.

　청년이 배달한 이 눈망울로 세상을 보는 아기들에게 인간세계는 아
름다운 풍경일 것이다. 또한 이 시에서 주목할 것은 아버지의 배꼽이
다. 이 '배꼽－옴팔루스Omphalus'는 '남근－팔루스Phallus'와 음성적 친
연 관계에 있다. 팔루스는 생물학적으로 남자에게만 있는 신체기관인
데, 모든 사람을 다스리는 상징 질서체계의 초월적 기표로 자리잡게

되었다. 반면에 옴팔루스는 여자/남자 가릴 것이 없이 엄마의 자궁에서 태어난 모든 인간에게 있는, 인간의 자식임을 증거[11] 한다.

이처럼 화자는 어머니와 아버지의 충만한 결합을 꿈속에서 경험한다. 어머니의 신체에서 떨어져 나온 아버지의 배꼽을 통하여 청년을 만들고, 바다를 휘저어 아기들의 눈망울을 만드는 여성들은 인간의 삶터를 따뜻하게 감싸 안는다. 그러나 이내 화자는 눈을 뜨고, "이불 밖으로 몸을 솟구쳐올린다." 서로 같음과 다름을 차별 없이 역할 수행하여 행복한 자아의 정체성을 추구한다. 김혜순이 지향하는 페미니즘이 잘 드러나 있는 시이다.

여기 다음의 시에 등장하는 또 하나의 옴팔루스가 있다.

참 오래된 호텔. 밤이 되면 고양이처럼 강가에 웅크린 호텔. 그런 호텔이 있다. 가슴 속엔 1992, 1993…… 번호가 매겨진 방들이 있고, 내가 투숙한 방 옆에는 사랑하는 그대도 잠들어 있다고 전해지는 그런 호텔. 내 가슴속에 호텔이 있고, 또 호텔 속에 내가 있다. 내 가슴속 호텔 속에 푸른 담요가 덮인 침대가 있고, 또 그 침대 속에 내가 누워 있고, 또 드러누운 내 가슴속에 그 호텔이 있다. 내 가슴속 호텔 밖으로 푸른 강이 구겨진 양모의 주름처럼 흐르고, 관광객을 가득 실은 배가 내 머리까지 차올랐다 내려갔다 하고, 술 마시고 머리 아픈 내가 또 그 강을 바라보기도 하고, 손잡이를 내 쪽으로 세게 당겨야 열리는 창문 앞에 나는 서 있기도 한다. 호텔이 숨을 쉬고, 맥박이 뛰고, 복도론 붉은 카펫 위를 소리나지 않는 청소기가 지나고, 흰 모자를 쓴 여자가 모자를 털며 허리를 펴기도한다. 내 가슴속 호텔의 각 방의 열쇠는 프런트에 맡겨져 있고, 나는 주머니에 한 뭉치 보이지 않는 열쇠를 갖고 있지만, 내 마음대로 가슴속 그 호텔의 방문을 열고 들어갈 수가 없다. 아, 밤에는 그 호텔 방들에 불이 켜지던가? 불이 켜지면 나는 내 담요를 들치고, 내 가슴속 호텔방문들을 열어 제치고 싶다. 열망으로 내 배꼽이 환해진다. 아무리 잡아당겨도 방문이 열리지 않을 땐 힘센 사람을 부르고 싶다.

비 맞은 고양이처럼 뛰어가기도 하는 호텔. 나를 번쩍 들어 올려, 창밖
으로 내던지기도 하는 그런 호텔. 그 호텔 복도 끝 괘종시계 뒤에는 내
잠을 훔쳐간 미친 내가 또 숨어 있다는데. 그 호텔. 불 끈 밤이 되면, 무
덤에서 갓 출토된 왕관처럼 여기가 어디야 하고 어리둥절한 표정을 짓
는, 자다가 일어나서 보면 내가 봐도 낯선 호텔. 내 몸 속의 모든 창문
을 열면 박공 지붕 아래, 지붕을 매단 원고지에서처럼 칸칸마다 그대가
얼굴을 내미는 호텔. 아침이 되면 고양이처럼 달아나 강물 위로 다시
창문을 매다는 그런 호텔.

—「참 오래된 호텔」 전문(『나의 우파니샤드, 서울』)

"밤이 되면 고양이처럼 강가에 웅크"리고, "아침이 되면 강물 속으
로 밤고양이처럼 달아나 강물 위로 다시 창문을 매다는 그런 호텔"에
서, "불이 켜지면" "담요를 들치고 / 내 가슴 속 호텔 방문들을 열어제
치고 싶"은 그런 "열망으로 내 배꼽이 환해"지는 가슴 속 호텔에 화자
가 있다. 관광객을 가득 실은 배가 내 머리까지 차올랐다 내려갔다 하
고, 술 마시고 머리 아픈 내가 또 그 강을 바라보기도 하"는 쉽게 열리
지 않는 창문 앞에 화자는 서 있다.

호텔의 안과 밖은 내 몸속에서 도시의 일상적인 욕망들로 들끓고 있
다. 관광객을 가득 실은 유람선은 욕망의 포화에 이른 남성문명의 이
기들이다. 이 배들은 여성 화자의 온 몸을 죽살이 시키고 있다. 화자
또한 현실극복의 어려움 속에 종종 술을 마시고 머리가 아프기도 하
다. 그러나 문명화된 도시의 현실에서 여성화자의 일상은 행복을 계획
하고 열망하는 그 자체만으로도 배꼽이 환해지는 기쁨으로 충만하다.
그러나 그 행복은 멀리 있다. 완고한 문명 세계는 쉽게 변화되지 않는
다. 여성성은 긍정의 바램이다.

차가 한 대 한밤중 굽이치는 길을 달려간다. 잠수함타고 넘어온 북쪽 사람들, 자기들끼리 죽이고 죽은 시신들 널린 아흔아홉 굽잇길 다 지나고 나니, 이번에는 터널이 나온다. 그 속으로 차가 들어간다. 터널은 끝이 보이지 않는다. 터널은 어둡다. 터널 속의 전등들은 다 망가져 있다. 이 터널을 나가고 싶어. 차가 소리친다. 터널은 둥글다. 터널이 스스로 돈다. 터널 속은 춥다. 차 혼자 울부짖는다. 빙글빙글 돌 때마다 부딪혀 돌아오는 메아리. 메아리. 메아리. 소용돌이치는 메아리. 축축하다. 그 속에다 차는 쉬지 않고 비명을 질러넣는다. 차의 헤드라이트도 빙글빙글 돈다. 남한 몰래 상륙했다고 수십 명이 스스로 목숨을 끊어야 했다니. 이 산이 이렇게 크고 무거웠던가. 차는 땅속 산맥을 몇 개나 지난 것 같다. 우회전, 다시 좌회전, 또 우회전, 아무도 따라오지 않는다. 숨죽인다. 커브, 커브, 컵, ……아무것도 없다. 순간, 터널이 캄캄히, 검은 수족관처럼 터진다. 산도 터널도 없다. 길도, 하늘도 없다. 내 온몸이 얼굴 밖으로 솟구치려 한다. 눕고 싶다. 몸 속 어딘가에서 비명이 올라온다. 차는 몸 속의 터널을 돌고 돈다. 동물도감에서 납작하게 눌렸던 개구리가 부풀어오르듯 뭔가 몸 속에서 튀어나온다. 그것이, 초록빛 미끈거리는 그것이, 머리가 한 천 개 쯤 되는 그것이, 손가락이 한 만 개쯤 되는 그것이 두 눈을 막고, 두 귀를 막고, 혀로 얼굴을 핥는다. 또 다른 혀론 머리칼을 핥는다. 가슴을 핥는다. 수백 개의 손이 목을 조르면서 눈꺼풀에 천근 같은 입을 맞춘다. 핸들에서 손을 떼고 그것을 잡아챈다. 이빨로 물어 뜯는다. 차는 제멋대로 덜컹거린다. 밖에서 보면 차 속에서 한 사람이 아수라와 싸우고 있다. 보이지 않는 아수라, 아수라는 보이지 않지만 미끈거린다. 보이지 않는 그것이 그 사람을 점령한다. 어느 순간 그가, 남자도 여자도 아닌 그가 그것을 손에 잡아 창밖으로 홱 던진다. 그것은 박살이 나면서 더러운 초록이 된다. 더러운 초록이 동서남북으로 확 퍼진다. 터널은 나왔지만 그러나 차는 길 위에 없다. 느닷없이, 봄이다!
    ―「아수라, 이제하, 봄」 전문 (『달력 공장 공장장님 보세요』)

터널은 아버지의 세계이다. 가부장적 억압과 폭력의 세계에서 숨 쉴 수 없는 답답함이다. 가부장제의 주역들인 자기들끼리도 치열하게 삶의 혈투가 벌어지는 곳, 여성화자는 이 터널을 벗어나고 싶다. "이 터널을 나가고 싶어." "스스로 목숨을 끊어야 했"던 크고 무서운 산, 그 아래 터널 속에서 차 속에 있는 화자는 벗어나고자 안간힘을 쓴다. "내 온몸이 얼굴 밖으로 솟구치려"하고, "몸 속 어딘가에서 비명이 올라온다." "몸 속에서 튀어 나"오는 "초록빛 미끈거리는 그것"이, 아수라인 그것이, 내 몸을 점령하고, 자유자재로 조종한다.

남자들의 사회에서 여성에게 가하는 횡포들이 적나라하게 묘사되고 있다. 아수라들의 난장판이 되어버린 가부장 사회에서 여성화자는 끈질기게 대항하고 있는 것이다. "남자도 여자도 아닌 그가" "창밖으로 홱 던"지자, "그것은 박살이 나면서 더러운 초록이 된다." 버려야할 쓰레기들이었기 때문이다. 이 쓰레기 더미들을 온 세상 사람들이 직시하고 경악한다. 그러나 이처럼 치열한 혈전 끝에 간신히 빠져 나온 터널이지만, 아직도 여성화자의 갈 길은 보이지 않는다. 이나마 그래도 이 봄은 소중할 뿐이다. 여성성이 불합리와 폭력에 대항하는 끈기와 용기를 보여주고 있다.

> 흰개미 한 마리 내 허벅지 위로 올라온다
> 한여름 아무도 모르게 내려왔다가 금세 녹는 눈발 한 송이처럼
> 입 속에서 금세 녹는 시린 초침처럼
> 잠시 후 흰개미떼가 허벅지를 기어오른다
> 조난자를 눈 이불 깊숙이 토닥토닥 잠재우는
> 히말라야 산맥 속 백설 어머니의 하염없는 손길처럼
> 아가가 게운 우유처럼 흰개미떼가
> 허벅지에서 방바닥으로 흘러내리기도 한다
> 그동안나는채색된부처가가득새겨진서늘한석굴속을다녀온다. 나는등불을높이치켜든다. 그러자어둠속에서부처들이꿈틀거리며나타난다. 부처들이

오글거린다. 점점커진다. 부처들이석굴을갉아먹고빨아먹고낳고뛰고몸을뒤
틀고옷을벗고돌틈사이마다기어나오고쓰러지고죽고되살아나고태어나선
자라고흘러넘치고자지러지고기도하고태양을끌어안고날나리를불고옴츠
러들고뒤틀어지고머리통을옆구리에끼고울고머리를깨고피를흘리고화를
내고내허벅지를다시 기어오르고

　내가 부처들이 들끓는 석굴을 돌아나오자
　이제 다 먹었는가
　내 허벅지 꺼면 뼈 사이에서 기어나오는 흰개미떼들
　나는 어디로 가버렸는지 어두운 뼈의 동굴만 남았네

　그러곤 잠시 후
　내 앞에 다시 드러눕는 흰개미떼가 쌓아가는 저 여자
　한 송이, 한 송이, 천근 같은 초침으로 쌓아가는 저 여자 누구인가

　나는 없는데 나와 똑같은 저 여자
　누구인가

　흰개미 한 마리 내 허벅지 위로 올라온다
　　　　　　　　－「눈」 전문 (『달력 공장 공장장님 보세요』)

　눈송이를 통하여 여성성을 환기시키고 있다. "아무도 모르게 내려왔
다가 금세 녹는 눈발 한 송이처럼" "조난자를 눈 이불 깊숙이" "잠재
우는" "백설 어머니의" "손길처럼" 흰개미 떼는 내 허벅지를 오르내리
고 있다. 순백의 순수 이미지로 매번 자신의 존재를 다 내어주고 새로
운 나로 태어나는 어머니의 모습인 눈송이들은 어머니의 이미지들이
다. 흰개미와 눈발, 아가가 게운 흰 우유는 색채적 속성을 통해 환유의
틀을 형성한다.[12] 이 환유는 서로의 양식이 되어 생명을 이어주며, 이
를 몸을 통해 실현한다.

이어 화자는 석굴 속을 들어간다. 이 석굴은 삶이 진행되는 현실 속에서 "채색된 부처"가 의미하듯 각각의 개성을 지닌 부처들이 역동적인 삶을 살아가고 있는 곳이다. 즉 여자와 남자들이 각각 개별적인 부처로 인정받으며, 인생살이를 활기차게 살아가는 이 현실세계인 것이다. 화자는 현실 속 삶에서 허벅지를 다 먹히고 "꺼먼 뼈"만 남는다.

그러나 다시 "내 앞에 다시 드러눕는 흰개미 떼가 쌓아가는 저 여자"가 있고, "나와 똑같은 저 여자"가 있다. 그리고 다시 "흰개미 한 마리 내 허벅지 위로 올라" 오고 있는 것은 여성성이 여기 현실 속에서 지속되고 있는 끊임없는 생성이기 때문이다.

다음의 시들은 흔하고 볼품없는 물건들을 통하여 여성의 몸이 경계를 허물고, 여성성이 밝음으로 확장된다.

> 물동이 인 여자들의 가랑이 아래 눕고 싶다
> 저 아래 우물에서 동이 가득 물을 이고
> 언덕을 오르는 여자들의 가랑이 아래 눕고 싶다
>
> 땅속에서 싱싱한 영양을 퍼올려
> 굵은 가지들 작은 줄기들 속으로 젖물을 퍼붓는
> 여자들 가득 품고 서 있는 저 나무
> 아래 누워 그 여자들 가랑이 만지고 싶다
> 짓이겨진 초록 비린내 후욱 풍긴다
> 가파른 계단을 다 올라
> 더 이상 올라갈 곳 없는
> 물동이들이 줄기 끝
> 위태로운 가지에 쏟아 부어진다
> 허공중에 분홍색 꽃이 한꺼번에 핀다

분홍색 꽃나무 한 그루 허공을 닦는다
겨우내 텅 비었던 그곳이 몇 나절 찬찬히 닦인다
물동이 인 여자들이 치켜든
분홍색 대걸레가 환하다
　　　　　　　　－「환한 걸레」 부분 (『불쌍한 사랑 기계』)

　삶의 구체적 현장에 기반을 둔 여성들 간의 소통을 언어화[13]한 이 시는 여성의 노동과 그 육체성을 모티프[14]로 하고 있다. 가장 비천한 양태를 통해 여성의 존엄, 사는 것의 위엄을 입증하는 시[15]이다. 달동네 아낙들이 물동이를 이고 언덕을 오르고 있다. 화자는 이 아낙네들의 가랑이 아래에 누워 가랑이를 만지고 싶다고 말한다. 그 순간 "짓이겨진 초록 비린내 후욱 풍긴다" 그리고 가파른 계단을 다 오른 여성들이 위태로운 가지에 물동이의 물들을 쏟는다. 허공중에 분홍색 밝은 꽃이 피어오르고, 이내 "분홍색 대걸레"가 되어 찬찬히 허공을 닦는다.

　달동네의 힘겹고 위태로운 삶들이 여성들, 이 어머니들의 수고와 정성으로 밝고 환해지는 삶으로 이어져간다. "싱싱한 영양을 퍼올"리는 여자의 가랑이는 나무의 물관이 되어 혹한의 겨울을 이겨내고 마침내 환한 봄꽃을 피워내고 있다. 여성성은 귀천을 불문하고 발현된다. 손길이 필요한 모든 곳에 망설임 없다. 신은 모든 이들을 돌 볼 수 없어서 어머니를 보냈다고 한다. 어머니 곧 여성성은 모든 인격의 완성품이다.

　그녀는 의자 앞에 대걸레를 세운다
　대걸레의 손잡이는 푸른 플라스틱 바께쓰에 담겨 있다.
　푸른 바께쓰는 물 찬 신발 같다
　바께쓰의 검은 땟물이 대걸레의 손잡이를 감싼다

그녀는 화장실 옆 의자에 앉는다
의자에 앉아선 자신의 유니폼 푸른 재킷으로 걸레를 감싼다
조금 전까지도 바닥을 닦던 걸레의 머리털에선 땟국물이 줄줄 쏟아진다
그녀는 그 걸레의 머리털 위에 모자를 하나 씌운다
그녀는 웃으며 자신의 팔 하나를 떼어 걸레의 팔에 달아준다
시궁창에서 놀던 십 년 전 남동생을 안 듯 그녀는 걸레를 안는다
마치 의자 위엔 그녀가 앉고
그녀의 무릎 위엔 한 남자가 안겨 있는 것 같다
그녀는 대걸레 남자의 포켓에 손수건 하나 끼워준다
행복한 여자의 머리 위에서 손수건 꽃이 저절로 핀다
여자는 걸레를 안고 잠이 든다
걸레도 손을 들어 그녀의 꽃을 만져준다
그들은 너무 사랑하므로 포개어진 두 손은 하나처럼 보인다
아무리 눈을 부릅뜨고 보아도 둘이 합해
그들은 팔이 두 개다

푸른 바께쓰 신발이 그녀의 다리 사이로 파고든다
　　　　　　　　　-「슬픈 서커스」 전문 (『나의 우파니샤드, 서울』)

　　이 시에도 대걸레가 등장한다. 폭력과 억압의 상징인 남성으로서의
대걸레를 화자는 "자신의 유니폼 푸른 재킷으로 걸레를 감"싸고, "그
걸레의 머리털 위에 모자를 하나 씌운다."

　　또한 화자는 "웃으며 자신의 팔 하나를 떼어 걸레의 팔에 달아준다."
"남자의 포켓에 손수건"을 끼워주고, 마침내 "걸레를 안고 잠이 든다."
그들은 "포개어진 두 손은 하나처럼 보인다." 지배하고 지배 받던 남
성과 여성이 경계를 풀고 하나가 된다. 현실을 껴안으며, 그 현실 속의
분노의 대상도 함께 포용하는 여성성을 드러내고 있다.

아침 일고여덟시경
나는 생각한다
서울에서 지금
일천이백만 개의 숟가락이 밥을 푸고 있겠구나
동그랗구나
숟가락들엔 모두 손잡이가 달렸다
시끄러운 아스팔트 옆
저 늙은 나무엔 일천이백만 개의 손잡이가 달린 이파리들이 달렸다

하늘이 빛의 발을 서울의 동서남북
환하게 내다 걸면 태양이 일천이백쌍
우리들 눈 속으로 떠오른다 그러면

서울 사람들, 두 귀를
가죽배의 방향타처럼 쫑긋거리며
이불을 털고 일어난다
바람이 내 안으로 들어왔다 그대 안으로
들어가고, 다시 그대 숨이 내 숨으로
들어오면 머리 위에서 신나게 풀들이
파랗게 또는 새카맣게 일어선다 오오
그러다 밤이 오면 오백 년 육백 년 전 할아버지의
배꼽을 지나 내 배꼽으로
들어오고 일천이백만 개의 달이
우리의 가슴속을 넘나들며 마음 갈피갈피
두루두루 적셔준다

한밤중 서울의 일천이백만 개의 무덤은 인중 아래
모두 봉긋하고 오오오
또 한강은 일천이백만의 썩은 무덤 속을 헤엄쳐나온
일천이백만 드럼의 정액을 싣고 조용히 내일로 떠난다

다시 하늘이 빛의 발을 서울의 동서남북 내다 걸면
일천이백만 쌍의 태양이 눈을 번쩍 뜨고
저 내장들의 땅속 지하 삼천 미터 속까지
빛살 무늬 거룩하게 새겨진다
                              ─「나의 우파니샤드, 서울」 전문
                                    (『나의 우파니샤드, 서울』)

　서울은 우리나라에서 문명이 가장 발달된 곳이다. 나의 경전으로 받
드는 우리의 영원한 도시, 서울에서 일천이백만 사람들이 일사불란하
게 움직인다. "일천이백만 개의 숟가락 "일천이백만 개의 손잡이가 달
린" 아파트, 우리들 눈 속"에 똑같은 태양을 보고, "바람"이 나와 그대
를 드나들고, "그대 숨이 내 숨으로 들어"오면 "머리 위에선 신나게 풀
들이" 일어선다.
　문명의 중심지에서 남녀의 구분 없이 평등 그 자체로 넘나드는 현실
의 일상들은 페미니즘이 꿈꾸는 궁극의 목표이다. 화자의 바람은 이
시에 이르러 가부장제의 갈등이 해소되고 서로 상생하는 화해가 이루
어지고 있다. 팔루스가 아닌 옴팔루스를 통하여, 할아버지의 할아버지
의 계속 이어지는 할아버지의 배꼽을 지나 나의 배꼽으로 들어오고 있
다. 축복의 도시, 서울에 "일천이백만 개의 달이" "우리의 가슴속을 넘
나들며 마음 갈피갈피 / 두루두루 적셔준다"

　우리가 가지 않은 길에 대한
　슬픔으로 견디겠다고 나는
　썼던가 내가 사랑하는 …… 이라고
　청승을 떨었던가 아니면 참혹한 여름이라고
　엄살을 떨었던가 너 떠나고 나면 이 세상에 남은

네 생일날은 무슨 날이 되는 거냐고 물었던가
치마폭에 감추면 안 되겠냐고 영화 속에서처럼 그러면
안 되겠냐고

문을 쾅쾅 두드리며 그들은 올까
모든 전쟁의 문이 열리고
모든 전쟁의 문을 막아서며 없어요 없어요
고개를 젓는 여자들이 쏟아져나온다
치마폭에 감추면 안 되겠냐고…… 치마폭에 한 남자를 감춘 여자가
총을 맞고 쓰러진다. 남자는 지금 막 숨이 끊어진 여자의 피를 벌컥벌
컥 마신다. 소파의 솜을 다 뜯어내고 한 여자가 거기에 그를 숨길 방을
만든다. 피아노 속을 다 뜯어내고 한 여자가 그 속에 그의 침대를 숨긴
다. 그 피아노는 건반을 두드려도 소리가 나지 않는다. 항아리에 결사
적으로 걸터앉은 여자가 소리친다. 없어요 없어요 난 안 감췄어요. 헛
간까지 쫓긴 여자가 지푸라기 속에 감춘 남자 위에 드러눕는다. 없어
요 없어요 난 안 감췄어요. 그들이 지푸라기 위에 불을 싸지른다.

이 다음에 나 죽은 다음에
내 딸은 나를 어떻게 떠올릴까
이마를 다 뜯어내고
아무도 몰래 다락방을 만든 엄마
밤이 무거워서 잠이 안와
자다 일어나 안경을 쓰고
없어요 없어요 난 안 감췄어요
잠꼬대하는 그런 엄마

비녀 꽂을 머리칼도 몇 가닥 남지 않은 할머니
지팡이에 온몸을 의지한 채
저녁마다 언덕에 올라 동구
밖 내려다보시며

민대머리 절레절레
없어요 없어요 난 안 감췄어요

무화과나무 한 그루 그 큰 손바닥으로
꽃도 안피우고 맺은 열매를 가리고
비 맞고 서서
고개를 절레절레 흔들고 있다
　　　　　－「여자들」 전문 (『나의 우파니샤드, 서울』)

　시 속의 여성화자는 세계를 치마폭으로 감싸 안는다. 전쟁을 반대하는 시위도 병사들의 어머니인 여성들이다. 전쟁을 일으킨 남자들까지도 죽음을 감수하며 감싸 안는다. 그들을 위하지만 현실의 냉혹함은 그들의 타인을 배려하지 않는다. 하지만 샘물처럼 솟아오르는 여성성은 폭압의 경계마저도 무너뜨리고 그저 포용할 뿐이다.

　공포 속에서 사라지게 하는 것들은 그대, 문명의 욕망들이다. 화자는 "슬픔" "청승" "엄살"을 동원해서라도 이 문명의 이기적 욕망들을 잠재우고 싶은 것이다. 억압자의 생명일지라도 '살림'의 소중함을 역설한다. "없어요", 안돼요, 이제 평화롭게 살아요. 폭력을 버리세요. 잠꼬대에서도, 비를 맞으면서도, 화자는 외친다.

　내 한 몸, 아름답게 꽃피울 수 없더라도, 틀림없이 여자들의 몸속엔 만물을 살리는 여성성이 근본적으로 내장되어 작동되고 있는 것이다. 이 시에서는 구원의 여성성이 잘 드러나 있다.

2. 부재의 자궁과 여성언어

1) 부재와 균열의 자궁

김혜순은 초기시부터 여성성을 남성적 세계와 다른 독자적인 세계로 개별화시키고 그 세계의 고유한 특징을 형상화시켰다. 김혜순이 보여주는 다른 세계의 존재는 언제나 언어 이전의 형상으로 출현해서 기존의 언어를 재구성하게 한다.

김혜순의 시에서 여성성은 지배적 남성세계가 잘못된 것으로 드러나고, 이런 이유로 지배적인 남성세계를 반성하게 한다. 김혜순의 시에는 자신의 몸을 채우고 있는 아버지의 언어를 게워내려는 치열한 언어적 혈투가 나타난다. 김혜순은 시에서의 여성성의 문제를 언어의 문제라고 보고, 아버지의 말이 지배하는 세상에서 여성적 글쓰기에 도전하고 있다.[16]

김혜순의 시에서 모성적 신체공간인 자궁은 침묵, 허공, 골짜기, 틈, 텅 빈 곳과 같다. 이 부재가 흘러넘치는 삼라만상의 그물망 속에서 자연과 모든 삼라만상은 각자의 자리에서 어머니로서의 그 부유하며 파열하는 정체성을 노정한다. 그래서 어머니의 자리는 결핍의 자리가 아니라 부재가 충만한, 그 부재가 흘러넘치는 자리이다.[17] 이러한 형태 없는 에너지, 혹은 공의 존재하는 모습은 움직임으로 드러난다. 이 모습은 순간이면서 영원인 '움직이는 점'의 운동 모습을 현시한다. 이 점 안에는 모든 정보가 들어 있고, 영원의 시간도 들어 있다. 시의 모든 이미지들은 '지금, 여기'의 '움직이는 점' 속에서 순간으로 압축된다.[18] 이러한 김혜순의 시적 상상력을 유발하는 가장 중심적인 모티프는

'몸'이다. 그녀의 시들은 마치 초현실주의자들처럼 대상을 그로테스크하게 비틀고 과장한다. 그리고 세상에서 느끼는 고통을 강렬한 육체적 감각으로 전달한다.[19] 다음의 시를 보자.

> 59번 좌석버스 타고 가고 있는데
> 내 배꼽으로부터 그대 목소리 탯줄처럼
> 올라와 갑자기 귀에 리시버를 끼웁니다
> 나는 갑자기 늙은 胎兒처럼
> 그대 목소리 胎膜을 쓰고
> 꼬부라진 주먹을 쪽쪽 빨면서
> 붕 떠올라 완전히 180도 돌아
> 달리는 공중에 웅크립니다
> 배 들어오면 거기 함께……버스 안에 갑자기
> 양수가 차오르고 나는 그대의 배가 되고 싶어
> 여기 배 들어왔어요 나는 떠지지 않는 눈으로
> 펴지지 않는 팔다리를 돛처럼 펴려고 안간힘을 쓰는데
> 이 개새끼야 어딜 끼여들어와!
> (기우뚱! 급정거하는 버스!)
> 털난 주먹이 胎膜을 쑥 뚫고 들어옵니다
> 갑자기 三流 눈물이 나 내려앉은 좌석 의자
> 밑으로 줄줄 흘러내립니다 1200만분의 1의 개개 슬픔은
> 모두 新派입니까 터진 양수처럼 내 안의
> 바닷물이 한꺼번에 흘러내립니다. 그러면 나는 마치
> 우리 엄마 끝내 못 낳은 메마른 아기처럼 胎中 監獄에
> 아직도 갇힌 그대처럼 텅 빈 모래밭의
> 늙은 배처럼 59번 버스 차창에 눈물을 댑니다
>   ―「新派로 가는 길 2」 전문 (『나의 우파니샤드, 거울』)

이 시는 59번 버스 안에서의 자궁 이미지의 궤적을 그리고 있다. 버

스라는 공간의 폐쇄성은 유사성에 근거하여 자궁으로 변환된다. 화자는 59번 버스를 타고 가면서 자신을 자궁 속의 태아로 상상한다.[20] 버스 안은 자궁이 되어 양수로 가득차고 화자는 한 척의 배(태아)가 되어 유유히 항해하려는 순간, 갑자기 끼어들기 하는 도로의 상황들이 화자의 평화로운 상상 공간을 폭력으로 바꿔 버린다. 욕설이 난무하고, 급정거하는 버스, 그리고 "털난 주먹"이 태막을 뚫고 들어와서 태막이 찢기고 양수가 흘러내린다.

"개새끼"와 "털난 주먹"이라는 표현은 남성적 세계의 폭력성을 나타내고 있다. 남성들의 폭력으로 인하여 상처 받은 여성들의 고통이 버스라는 폐쇄된 공간인 자궁을 통하여 잘 드러나고 있다. "메마른 아기", "갇힌 그대", "늙은 배"인 여성화자는 현실세계에서 남성들의 위협에 상처 받고 눈물을 흘린다. 어두운 자궁 안은 모든 생명의 가능성이 다 들어 있다. 그곳에는 가부장제라는 남성주의가 깨어지며, 만물의 동일성이 깨어진다.[21] 하지만 이 자궁이 파열되면서 다시 죽음의 공간인 무가 된다.

> 그날도 여전히 백지 위에 도장은 빵빵 찍혔고 그날도 여전히 술잔은 채워졌다 비워졌고 여자들은 치마를 끌어내렸고 이 손 좀 치워요 소리질렀고 그날도 여전히 차창을 열고 그는 침을 칙 뱉었고 의자는 빙빙 돌았고 색색가지 넥타이들은 깃발처럼 펄럭였고 9시 뉴스는 59벌의 흰 와이셔츠를 보여줬고 구두 닦는 아이들은 구두에 침을 퉤퉤 뱉어 광을 내었고

> 그녀는 적군의 아기를 가진 그녀는 낮잠만 자는 그녀는 배가 자꾸만 불러오는 그녀는 가슴이 커져오는 그녀는 아무도 도장을 찍어주지 않았으므로 아무것도 할 수 없는 그녀는 슈퍼마켓에 갈 수도 없고 극장에

갈 수도 없고 반상회에 갈 수도 없는 그녀는 머리를 깎인 그녀는 조리
돌림을 당한 그녀는 아무도 집에 오지 않는 나날을 견딘 그녀는 만삭이
되어 눈동자만 누우처럼 커다래진 그녀는 아기가 나오려 하자 25층 꼭
대기로 올라간 그녀는

　누우 한 마리 25층 옥상에서 뛰어내린다. 동물의 세계 카메라는 사자에
쫓기는 누우 한 마리를 쫓아간다 누우는 새끼를 낳다 사자떼에 쫓기고
말았다 어미의 몸 속에서 머리와 앞다리 두 개를 내놓던 새끼 누우는
태어나다 말고 놀라 죽고 말았다. 그리하여 스스로 죽은 새끼를 자궁에
서 끌어내지 못하는 누우는, 손이 없는 누우는 죽은 새끼를 반은 자궁
속에, 반은 몸 밖에 매단 채 온 들판을 헤매다닌다 이 죽은 새끼를 꺼내
주세요 가다간 쓰러지고 다시 쓰러진다 땡볕의 들판은 죽은 새끼를 금
방 썩게 한다 이미 누우떼들은 강을 건너간 지 오래, 혼자 남은 어미 누
우의 눈이 점점 커진다.

-「참혹」 전문 (『불쌍한 사랑기계』)

　삶의 시간들이 차원이동을 통해 공포의 현장들로 바뀌면서 독자들
을 고통스럽게 한다. 이 시에는 잔혹한 광경들이 세 개의 장면으로 나
뉘어 있다. 첫 번째 광경은 무례한 남자들의 폭력성이 난무하다. 술을
마시며 여자들을 희롱하는 남자들, 세상을 지배하는 남성중심적인 현
실세계는 오직 남성, 하나의 성만이 존재한다. 두 번째 광경은 남성의
억압적 세계에서 신음하는 약자로서의 여성이 등장한다. 동물세계에서
약자인 누우처럼 온몸이 고통으로 부풀어 오른다. 세 번째 광경은 사
자에 쫓기는 누우 떼처럼, 그 누우 떼 중에서도 새끼를 낳으면서 쫓기
는 누우처럼 참혹한 여성 세계를 보여준다.

　아프리카의 광활한 초원 세렝게티는 동물들의 원초적이고 경이로운 생
존경쟁을 만날 수 있는 곳이다. 누우는 누속(Connochaetes)에 속하는 소과 포

유류로서 다 자라면 약 1.5m~2m의 크기에 230~280kg까지 무게가 나간다. 그렇지만 세렝게티에는 누를 위협하는 동물들이 많다. 누우(Gnu, Wildebeest) 떼는 곧 세렝게티의 약자이다. 시인은 약자인 여성의 처지를 누우로 대치 시켰다.

"새끼 누우는 태어나다 말고 놀라 죽고 말았다"에서 보여주듯이 새 끼 누우는 태어나려는 순간, 무섭게 쫓아오는 사자 떼 같은 고통스런 현실의 세계를 목격하고 놀라서 죽는다. 그리고 어미 누우는 죽은 새 끼의 반을 자궁 밖에 매단 채 온 들판을 헤매 다닌다.

도움의 손길을 요청해도 외면당하고 무시 되는 곳, 그곳은 바로 여성 이 부재하고 오직 남성만이 존재하는 우리 삶의 현장이다. 참혹한 여성 들의 상처와 절규가 고통스럽게 다가오는 부재와 균열의 자궁이다.

다음의 시는 자궁 이미지들이 거울로 환치되어 있다. 어머니는 존재 자체가 타자성이다. 그러기에 여성 시인들의 시 속에는 자궁(거울)을 벗 어난 이미지들이 흘러넘친다. 자궁 속의, 자궁 밖의 나도 없다. 무수히 많은 '나'를 증식 중인 '나'가 있을 뿐이다.

> 거울을 열고 들어가니
> 거울 안에 어머니가 앉아 계시고
> 거울을 열고 다시 들어가니
> 그 거울 안에 외할머니 앉으셨고
> 외할머니 앉은 거울을 밀고 문턱을 넘으니
> 거울 안에 외증조할머니 웃고 계시고
> 외증조할머니 웃으시던 입술 안으로 고개를 들이미니
> 그 거울 안에 나보다 젊으신 외고조할머니
> 돌아앉으셨고
> 그 거울을 열고 들어가니

또 들어가니
또다시 들어가니
점점점 어두워지는 거울 속에
모든 윗대조 어머니들 앉으셨는데
그 모든 어머니들이 나를 향해
엄마엄마 부르며 혹은 중얼거리며
입을 오물거려 젖을 달라고 외치며 달겨드는데
젖은 안 나오고 누군가 자꾸 창자에
바람을 넣고
내 배는 풍선보다
더 커져서 바다 위로
이리 둥실 저리 둥실 불려다니고
거울 속은 넓고넓어
지푸라기 하나 안 잡히고
번개가 가끔 내 몸 속을 지나가고
바닷속에 자맥질해 들어갈 때마다
바다 밑 땅 위에선 모든 어머니들의
신발이 한가로이 녹고 있는데
청천벽력
정전. 암흑천지.
순간 모든 거울들 내 앞으로 한꺼번에 쏟아지며
깨어지며 한 어머니를 토해내니
흰옷 입은 사람 여럿이 장갑 낀 손으로
거울 조각들을 치우며 피 묻고 눈감은
모든 내 어머니들의 어머니
조그만 어머니를 들어올리며
말하길 손가락이 열 개 달린 공주요!

－「딸을 낳던 날의 기억」 전문
(『아버지가 세운 허수아비』)

이 시의 제목에서 보여주고 있듯이 시인의 분만 체험을 시적으로 승화시킨 것이다. 여성의 고통스런 체험을 '들어가니'라는 반복과 그 반복이 엮어내는 격자구조의 형식[22]으로 리드미컬하게 표현하고 있다. "직선적 시간을 구부려 파동의 시간을 읽어내는 것, 시간으로 시간에 균열을, 틈새를 만들어 주체를 다의적이고 무한한 가능성에 참여하는 타자로 전환하는 것이, 시"[23]라고 김혜순이 말하듯이 이 시 또한 "시간의 죽살이를 껴안고 안으로의 초월을 감행"[24]한다. 여성성의 부재가 흘러넘치는 자궁으로의 초월이다.

이 시에서 "나의 아이는 나의 어머니들의 아이면서, 동시에 나이면서, 나의 어머니들이다. 아이는 나의 타자이면서 동시에 내가 낳은 나이다. 나는 그 타자와 함께 거미줄을 짜나간다. 흐르는 자는 어머니라는 은유적 고정성을 벗고 끊임없이 타자에서 타자로 흐른다. 반복되는 출산의 경험 속에서, 시니피앙의 연쇄 속에서 은유적 고정성을 넘어"[25] 간다. 남성적인 시에서 거울은 절대절명의 경계이고, 거울 속은 이방이지만, 여성시에서 거울은 하나의 문이다. 여성시의 거울은 부드럽고, 물렁물렁하고, 혀를 대보면 비릿한 거꾸로의 출산을 위한 예비된 문이다.[26] 이 시에 등장하는 "어머니" "외할머니" "외증조할머니" "외고조할머니" "윗대조 어머니들" "모든 어머니들"은 곧 화자 자신에게 내재된 여성성의 생명인 것이다.

분만의 진통이 심해질수록, 분만의 시간이 가까워질수록 생명의 원형질은 왕성한 생명력으로 "입을 오물거리며 젖을 달라고 외치며 달겨"든다. 망망대해에 지푸라기 하나 없는 산고의 극점의 비유는 "바다 밑 땅위에서 신발이 한가로이 녹고 있"는 것이다. 신발이 녹아서 다시 신을 수 없다는 것은 곧 죽음을 뜻하기 때문이다. 산모 자신이 죽음의 경계인 부재에 이르러야 비로소 출산이 이루어진다. 남자들이 경험할 수 없는 분만의 체험을 의식과 무의식의 상황 그대로를 표현함으로써 인간 생명의 소중함을 일깨우고 있다. 모든 어머니들의 어머니 그리고 딸들인 여성들을, 소중한 여성성을 역설적으로 드러내고 있다.

저만치 산부인과에서 걸어나오는 저 여자
옆에는 늙은 여자가 새 아기를 안고 있네

저 여자 두 다리는 마치 가위 같아
눈길을 쓱 쓱 자르며 잘도 걸어가네

그러나 뚱뚱한 먹구름처럼 물컹거리는 가윗날
어젯밤 저 여자 두 가윗날을 쳐들고
소리치며 무엇을 오렸을까
비린내 나는 노을이 쏟아져 내리는 두 다리 사이에서

눈 폭풍 다녀간 아침 자꾸만 찢어지는 하늘
뒤뚱뒤뚱 걸어가는 저 여자를 따라가는
눈이 시리도록 밝은 섬광
눈부신 천국의 뚜껑이 열렸다 닫히네
하나님은 얼마나 무서웠을까
하나님이 키운 그 나무 그 열매 다 따 먹은
저 여자가 두 다리 사이에서
붉은 몸뚱이 하나씩
잘라내게 되었을 때

아침마다 떨어지는 저 하늘 저 상처
저 구름의 뚱뚱한 붉은 두 다리 사이에서
빨간 머리 하나가 오려지고 있을 때

(저 피가 내 안에 사는지)
(내가 저 피 안에 사는지)

저만치 앞서 걸어가는 저 여자
뜨거운 몸으로 서늘한 그림자 찢으며
걸어가는 저 여자

저 여자의 몸속 눈창고처럼 하얀 거울 속에는
끈적끈적하고 느리게 찰싹거리는 붉은 피의 파도
물고기를 가득 담은 아침바다처럼
새 아가들 가득 헤엄치네
　　　　　　-「붉은 가위 여자」전문 (『당신의 첫』)

　아기를 낳고 걸어 나오는 여자를 보면서 화자는 그 여자의 다리를 가위로 상상한다. 가위는 두 개의 날이 하나를 이룬다는 의미에서는 통합의 이미지를 가지지만, 무언가를 자른다는 의미에서는 절단을 실행한다. 출산 행위란 탯줄을 자른다는 맥락에서 절단의 행위이고, 이 절단은 여자의 실존적 행로 앞에 놓여진 온갖 장애와 자기의 그림자를 잘라내면서 헤쳐나가는 고투의 이미지이다.[27]

　"저 여자 두 다리는 마치 가위 같아 / 눈길을 쓱 쓱 자르며 잘도 걸어가네"에서 보여주고 있듯이 아기 낳는 일, 즉 눈길과 같은 힘든 과정들을 마치 가위로 쓱쓱 자르듯 수월하게 치르고 여전히 건강하게 잘 걸어가고 있다. "물컹거리는 가윗날", "뒤뚱뒤뚱 걸어가는 저 여자", "하나님이 키운 그 나무 그 열매 다 따 먹은 저 여자"이다. 하지만 "눈부신 천국의 뚜껑을 열었다 닫"는 "저 여자 두 다리 사이에서 / 붉은 몸뚱이 하나씩 잘라"내는 곧 태양까지도 출산을 하는 왕성한 자궁의 생명력에 "하나님은 얼마나 무서웠을까"라고 화자는 말한다.

"눈창고처럼 하얀 거울"은 남성의 정상성 기준에서 바라본 "결점, 부재, 텅 빈 구멍, 수수께끼 같은 심연"으로 표상되는 여성을 지칭한다. 부재의 텅 빈 구멍이기에, 언제든지 채우고 비움이 가능한 여성의 자궁은 "빨간 머리 하나 오"리듯 두 다리를 가윗날로 하여 생명을 끊임없이 생산할 수 있는 것이다.

밤하늘이 시꺼먼 우물처럼 몸을 숙였다
그 속으로 별들이 떨어져갔다
무한정 떨어지고 떨어져갔다
저 멀리서 여자의
치마 끝자락의 하늘 우물까지
당겨져 올라갔다
파도의 검푸른 옷자락도
숨막혀 숨막혀 뛰어올랐다
여자의 몸이 하늘 우물 속으로 치솟아
더 높이 더 높게 공중으로
떨어져갔다
새들은 잠깨어 어두운 나뭇가지에 앉아 있었다
그중 한 마리가 비명을 내지르자
밤의 살이 찢어지고 비릿한 피가 새어나왔다

여자의 몸이 활처럼 휘고
뜨겁게 젖은 뿌우연 살덩어리가
여자의 숲 아래로 고개를 내밀었다
파도의 검푸른 옷자락이 여자를 덮어주었다
여자는 지금 마악 낳은 아기를 배 위로 끌어올렸다
땀 젖은 저고리를 열고 물컹한 달을

넣은 다음 고름을 묶고 젖을 물렸다
기슭 아래 밤의 나무들이 그제야
푸르르 참았던 한숨을 내쉬었다

-「월출」 전문 (『불쌍한 사랑 기계』)

　이 시에서는 달이 떠오르는 광경과 여성의 출산 이미지가 적절히 비유되고 있다. "밤의 살이 찢어지고 비릿한 피가 새어" 오는 출산의 고통이 마침내 "여자의 몸이 활처럼 휘고 / 뜨겁게 젖은 뿌우연 살덩어리가 / 여자의 숲 아래로 고개를 내밀"어 해산을 한다.

　여자는 아기를, 즉 물컹한 달을 "배 위로 끌어올"려서 "저고리를 열"어 "젖을 물"린다. 출산의 과정이 일출과 월출의 과정과 일치된다. 자연적인 섭리로서의 자궁의 역할, 즉 여성의 임신과 출산이 가부장제 하에서 허용되는 것이 아닌 여성 자신이 표현하고 누리는 여성성으로 잘 표현되어 있다.

　부재가 흘러넘치는 삼라만상의 그물망 속에 자연은 자연으로서 그러하고, 모든 삼라만상은 삼라만상으로서 그러하다. 이 속의 여자는 어머니의 자리에서 자신의 감정을 드러내지 않고 서로의 맞물림 속에서 묵묵히 어머니의 역할을 수행한다. 새로운 어머니를 탄생시키는 부재가 충만한 모성의 공간들에서 비로소 밤의 나무들이 안도의 한숨을 내쉬고 있다.

가르쳐주지 않아도
열려진 입술은 젖을 찾아낸다
그리곤 내 몸 속에서 단물을 빼내간다
금방 먹고도 또 빨아먹으려 한다
제일 처음

내 입 안에서 침이 마른다
두 눈에서 눈물이 사라지고
혈관이 말라붙는다
흐르던 피가 사라지고
산천초목이 쓰러지고
낙동강 물이 마르고 강바닥이
외마디 비명을 지르고 터진다
전신이 흠뻑 빨려나간다
먹은 것은 토하면서도
열려진 너희들의 입술은
젖꼭지를 물고야 만다
마침내 온몸이 텅 비어
마른 뼈와 가죽이 남을 때까지
천궁이 갈라지고
은하수 길이 부서져 내릴 때까지
아무런 생각도 떠오르지 않고
영혼마저 말라 죽을 때까지
　　　　－「껍질의 노래」 전문(『아버지가 세운 허수아비』)

　이 시는 여성에게 무조건적인 희생과 헌신을 강요하는 무절제한 남
성의 이기심을 젖을 먹는 아이의 모습으로 표현하고 있다. "열려진 입
술"은 스스로 젖을 찾아서 여성에게서 단물을 빼내가고, 먹고 또 먹기
를 끊임없이 반복한다. 이러한 여성의 유방은 수탈당하는 여성에게 부
여된 이데올로기의 억압을 내포하고 있다. 여기서의 여성은 지극한 사
랑이 아니라 일방적인 희생을 강요당하고 있는 것이다.

　"산천초목이 쓰러지고/낙동강 물이 마르고 강바닥이/외마디 비명
을 지르고 터진다/……천궁이 갈라지고/은하수 길이 부서져 내릴 때
까지"에서 보여주는 참혹하게 파괴되는 자연의 이미지와 "혈관이 말라

붙는다 / 흐르던 피가 사라지고 / ……온몸이 텅 비어 / 마른 뼈와 가죽
이 남을 때까지"에서 알 수 있듯이 "열려진 너희들의 입술"에 의해 신
체가 고갈되어 가는 어머니의 모습이 뒤섞여 있다. 이처럼 수탈하는
자들의 욕망이 자연과 여성을 파괴하고 있다는 의미를 전달한다.

마침내 텅 비어 껍질만 남은 유방은 더 이상 생명을 양육할 젖조차
나오지 않는 젠더공간으로 가시화되어 나타나고 있다. 황폐해져 가는
어머니는 모성이라는 이름으로 가족과 자식을 위해 희생하고 헌신한
다. 그러나 어머니는 가부장제로부터 벗어나고 독립하는 것이 아니라,
가부장제의 가치와 재생산에 공헌하고 있는 것이다.

이렇듯 자신을 세웠다가도 타자라는 지우개로 자신을 지워나가는
부재하는28) 어머니는 없으면서도 사라지지 않고 또다시 생명을 양육
한다. 자기정체성의 영원한 불일치 속에서 끊임없이 현실을 해체하고
재구성하는 어머니의 존재는 부재의 충만함 그 자체인 것이다.

> (…전략…)
> 불 다 꺼진 한밤중의 공원 벤치
> 나는 지금 가방을 열었어
> 일 년 삼백육십오 일 하고도 곱하기 삼
> 밥상 당번하는 거 지겨워 사춘기 소녀 식모처럼
> 징징거리면서 오늘밤 나는 가출했거든
> 그런데 무심코 가방을 열자
> 수많은 나와 가출해 추위에 떠는 내가 동시에 만나버린 거야
>
> 저기 봐, 저기 가방에서 나온 내 머리통 하나
> 그네 위로 높이 떠올랐잖아?
> 가슴엔 수놓인 손수건을 달았어
> 부처 얼굴이 무서워 포교당 유치원을 탈출했어

아니, 잘못 봤어 그보다 몇 년 뒤야
물 없는 우물에 빠져 소리지르고 울 때야
저기 봐, 또 저기
가로등 위로 풀빵을 사든 내가 지나가잖아
할아버지 몰래 금고에서 동전을 꺼냈어
저 발 아래 물웅덩이엔
내 무릎 사이로 발가벗은 귀여운 내가 기어오네
쭈쭈 아가 이리 온, 맛있는 젖 먹여줄게
일흔 살의 내가 마흔인 나를
위로하느라 가로수 사이 불어제치네
흰 머리칼 다 풀어지고 이마엔 땀이 맺혔어
내 몸에서 나온 할머니들과
나의 딸들이 달로 뜨고 별로 뜨고
나뭇잎 잎잎마다 바람으로 불어제쳤어

한밤 내내 나는 나에게서 불을 쬐고 앉아 있었다
그중에서도 어머니에게 안겨 젖 빠는
가장 어린 나에게 오오래 불을 쬐었다
일흔 살 먹은 나의 껍질뿐인 젖무덤을 더듬기도 했다
보름달 아래 겨울 가출이 아주 따뜻했다
식어가는 화로 하나 껴안은 것처럼
                    ─「내가 모든 등장인물인 그런 소설 1」 부분
                                    (『불쌍한 사랑 기계』)

이 시에서 "내 몸에서 나온 할머니들과 / 나의 딸들이" "달로 뜨고
별로 뜨고 / 나뭇잎 잎잎"으로 몸바꿈을 하고 있다. 그 모든 '나'가 거
주하는 곳이, 바로 내 몸의 집, 내 글쓰기의 집이다. 나는 내 안의 모든
나로 말한다. 이 시에서 여성적 경험의 맨 아래의 여성성은 무수한 여
자의 말들이 재잘거리며 미끄러진다. 이 미끄러짐이 중심의 지배적 정

서를 실어 나르는 서정시적 전통을 배반[29]하고 있다. 이러한 무수한 말들의 미끄러지는 균열은 곧 부재가 흘러넘치는 시적 공간의 중심이 되고 있다. 그런데 바로 이 '부재'가 몸의 끝없는 자가 증식을 가능하게 하는 조건이기도 하다.[30] 이 시에서도 나타나듯이 몸에서 태어난 무수한 몸들로 파동이 생겨날 때, 그 파동의 균열 속에서 비로소 '나'와 '너'는 순간적이나마 하나가 되기 때문이다.

자연과 여성으로 순환되는 여성성의 생명력은 "그중에서도 어머니에게 안겨 젖 빠는 / 가장 어린 나에게 오오래 불을 쬐"듯이 유아기에 가장 순수하게 보존되어 있음을 알 수 있다. "일흔 살 먹은 나의 껍질 뿐인 젖무덤"은 "식어가는 화로"같다. 그렇지만 "불 다 꺼진 한밤중의 공원 벤치"에서 "수많은 나와 가출해 추위에 떠는 내가 동시에 만나" 껍질뿐인 유방을 더듬으면서 아주 따뜻한 겨울을 보내고 있다.

어머니인 화자는 말한다. "쭈쭈 아가 이리 온, 맛있는 젖 먹여줄게" 어머니는 현실적인 악조건들에 의해 억압 받는 모든 여성들을 스스로 구축한 여성성(유방의 분출)으로 위로하고 치유한다. 이 시에서 부재의 공간은 어머니로서의 삶이 구현되고 있다.

2) 몸으로 글쓰기와 에로스적 공간

김혜순의 시에서 에로스는 주로 생식기, 입술, 머리카락 등의 신체 공간에서 발현된다. 김혜순은 "우리에겐 전통도, 선배도, 경전도 없다. 우리에겐 우리의 몸이 경전이다. 그러니 자신들의 몸이나 열심히 읽기를, 우리가 몸을 열었던 것이 남성에게가 아니라 에로스 그 자체였다는 것"[31]이라고 말한다. 그녀의 시에서 에로스적 신체공간은 여성성을

생성하고 되살려 복원시키는 몫을 한다. 다음의 두 시는 에로스적 여
성언어의 생성을 나타낸다.

너는 밤마다 이 기계를 하러 온다
문이 하나도 없는 기계
너는 어느 순간 공처럼
이 기계 속으로 뛰어들 수는 있다
그러나 들어오는 순간 너는 죽음을 먹게 된다
이 기계는 너를 먹고, 먹을 뿐
아는가, 너는 없다
오아시스에서 잠들었지만
자고 나면 늘 사막이라고나 할까

너의 손이 닿자 기계 전체가 살아난다
엠파이어 스테이츠 빌딩에서 내려다본 밤의 뉴욕처럼
기계 전체에 하나 둘 불이 켜지기 시작한다
너는 마치 경광등을 켠 앰뷸런스처럼
별들 사이를 헤엄쳐가는 핼리 혜성처럼
내 몸 안을 휘젓고 다닌다
고동치는 도시, 부르르 떠는 별의 골짜기
내 몸 속이 번쩍번쩍한다

그러나, 너, 착각하지 마라
차디찬 맥주라도 한 잔 마셔두어라
너는 이 기계의 서랍을 열어본 적이 있는가
서랍 속에는 너와 같은 모양의 쇠공들이
백 개 천 개 들어 있다
모두 불쌍한 사랑 기계 자체의 물건들이다

밤하늘에서 가늘게 떨고 있던 행성들을

통제하는 기분인가
인생 전체를 배팅하는 기분인가
그러나 속지 마라 떠들지도 마라
기계는 혼자서 자기 보존 프로그램대로
움직여가는 것일 뿐
너만을 모셔둘 곳은 이 기계 내부 어디에도 없다
네가 할 일이라곤 늘 처음으로 다시 돌아가는 것일 뿐
　　　　　　　　　　－「다시, 불쌍한 사랑기계」 전문
　　　　　　　　　　(『달력공장 공장장님 보세요』)

　　이리가레이가 비판의 대상으로 삼았던 프로이트와 라깡의 정신분석학을 확대하면 남근중심주의의 의미 세계 안에서 유일한 성은 남성이다. 그리고 여성은 다만 남성에 대립되는 타자, 결점, 부재로 표상되고 있다.

　　이 시에서 "밤마다 이 기계를 하러" 오는 이러한 남성들에게 화자는 "너, 착각하지 마라" "밤하늘에서 가늘게 떨고 있던 행성들을 / 통제하는 기분인가 / 그러나 속지 마라 떠들지도 마라 / 기계는 혼자서 자기 보존 프로그램대로 / 움직여가는 것일 뿐 / 너만을 모셔둘 곳은 이 기계 내부 어디에도 없다 / 네가 할 일이라곤 늘 처음으로 다시 돌아가는 것일 뿐"이라고 말한다. 같은 맥락에서 김영옥은 "이 비명이 여성의 존재와 여성성, 혹은 쾌락을 정교하고도 은밀한 방식으로 갈취함으로써 여성을 텅 빈 기호로 동공화시키는 남성적 자아를 향하고 있을 때 그것은 때로 차갑고 냉정하며 냉소적이기도 하다"[32]고 밝혔다.

　　김혜순은 그의 시론서에서 "여성인 내가 몸을 여는 것은 남성에게가 아니라 바로 '에로스'라는 컨텍스트에게이다. 이 사랑은 태곳적부터 여성인 내 몸에서 넘쳐 나왔고, 그리고 거기서부터 고유한 실존의 내

목소리가 터져 나왔다. 그러나 이 실존의 실체는 고정된 도형이 아니
라 움직이는 도형으로서의 실체다. 늘 순환하는. 그러나 같은 도형은
절대 그리지 않는."³³⁾이라고 밝히고 있다. 이 시에서 여성의 몸은 남성
때문이 아니라, 에로스 자체의 여성성이 생성되고 있을 뿐이다.

> 저 파도치며 달려온 산맥을
> 몸속에 담근 밤바다
> 그 밤바다를 수수만년
> 진간장처럼
> 달이고 달이면
> 가장 깊은 밑바닥에서
> 이것을 얻을 수 있다
> 세상에서 가장 부드러운
>
> 이것이
> 서로 맞닿으면 침묵의 인장이 되지만, 대신
> 몸속의 산맥들이 줄줄이 넘어지게 된다
> 네 몸이 네 얼굴 위에 매단 억만 겹의 꽃술
> 오므리면 뾰족한 가위가 되고
> 펼치면 해 저무는 저 바다가 되는
> 붉은
>
> 멀리서 내 입술이 활처럼 휘고
> 거기서 작은 올빼미들이 튀어나와
> 쉴 새 없이 네 이름을
> 부르는
>
> ─「입술」 전문 (『한 잔의 붉은 거울』)

"세상에서 가장 부드러운 입술"은 "파도치며 달려온 산맥을" "몸

속" "밤바다"에서 "수수만년 / 진간장처럼 / 달이고 달"여 얻은 것이다. "밤바다"는 여성으로 살아가기에 버거운 현실의 장벽들이다. 진간장을 다리는 수수만년의 자연 숙성 시간처럼 수천 년 전부터 인습으로 굳어진 억압의 불평등 구조들을 견디어낸 가장 밑바닥의 여성성은 부드러운 입술이 된 것이다.

이 입술은 "서로 맞닿으면" 침묵의 인장처럼 격렬한 사랑이 되어 이내 "몸 속의 산맥들이 줄줄이 넘어지"게 하는 에로스의 화신, 즉 너 또한 억만 겹의 꽃술이 되는 것이다. 그러나 다시 그 입술을 "오므리면" 날카로운 "가위"가 되어 산맥들이 거칠게 일어서는 폭력의 현실이 된다. "펼치면" 그 입술은 평온한 바다의 노을이 된다.

수수만년 달이고 달여 부드러운 입술로 생성한 내 입술은 쉴 새 없이 네 이름을 부른다. 작은 올빼미가 되어 이 어둠을 밝히고 있다. 에로스적 공간인 입술을 통하여 젠더의식을 공존 모드로 역설하고 있다.

다음의 시들은 에로스를 통하여 여성언어를 복원하려는 욕망이 드러나는 시들이다.

> 물동이 인 여자들의 가랑이 아래 눕고 싶다
> 저 아래 우물에서 동이 가득 물을 이고
> 언덕을 오르는 여자들의 가랑이 아래 눕고 싶다
>
> 땅 속에서 싱싱한 영양을 퍼올려
> 굵은 가지들 작은 줄기들 속으로 젖물을 퍼붓는
> 여자들 가득 품고 서 있는 저 나무
> 아래 누워 그 여자들 가랑이 만지고 싶다
> 짓이겨진 초록 비린내 후욱 풍긴다

가파른 계단을 다 올라
더 이상 올라갈 곳 없는
물동이들이 줄기 끝
위태로운 가지에 쏟아 부어진다
허공중에 분홍색 꽃이 한꺼번에 핀다

분홍색 꽃나무 한 그루 허공을 닦는다
겨우내 텅 비었던 그곳이 몇 나절 찬찬히 닦인다
물동이 인 여자들이 치켜든
분홍색 대걸레가 환하다

　　　　　　　　　　　－「환한 걸레」 전문 (『불쌍한 사랑 기계』)

　이 시는 여성의 노동과 육체성을 모티프로 하고 있다. 아울러 그로
테스크한 에로스를 투입시켜 "가랑이 아래 눕고 싶다"에서 "만지고 싶
다"라는 에로티시즘으로 상승한다.[34] 우물에서 동이 가득 물을 이고
언덕을 오르는 고단한 여자들이 있다. 그 여자들은 나무와 같다. 물관
이 되어 "땅 속에서 싱싱한 영양을 퍼올려 / 굵은 가지들 작은 줄기들
속으로 젖물을 퍼"부으며 나무들을 기른다.

　나무의 물관과 같은 그 여자의 가랑이에서 봄의 왕성한 생명력이
"짓이겨진 초록 비린내 후욱 풍"기며 푸른 잎들을 돋아나게 한다. "물
동이들이 줄기 끝 / 위태로운 가지에 쏟아 부어"지면 "허공중에 분홍색
꽃이 한꺼번에 핀다", 마침내 "겨우내 텅 비었던" "허공"이 분홍색 꽃
이 핀 나무로 인하여 환하게 열린다. 여자들의 대걸레가 카오스의 세
계를 코스모스의 세계로 찬찬히 바꾸어 간다.

　또한 이 시는 여성의 생식기로 상징되는 가랑이를 언급하면서 눕고
싶고, 만지고 싶다는 표현을 한다. 가부장적 사회에서 금기시 되어온

단어들과 표현들을 자연스럽게 드러내놓는 대담함을 보이고 있다. 에로틱한 여성성을 담론화시켜 양성평등, 양성 공존 시대를 희구하고 있다. 아울러 달동네 아낙네들을 묘사한 이 시는 가난하고 힘없는 아낙네들이 묵묵히 영양을 퍼올려서 잎을 돋게 하고 꽃을 피우는 한 그루 나무처럼 생명을 보존시키고, 세상을 정화시키는 역할을 한다.

"위태로운 가지" 즉 폭력적인 남성들도 여성성 안에서 비로소 꽃을 피울 수 있음을 암시하고 있다. 물관의 영양을 통하여 꽃을 피우는 나무처럼 인간은 모두 어머니를 통과하기 때문이다. 언덕을 오르는 이 시대의 고단한 여자들, 그 여자들의 물동이에 담긴 물이 가랑이를 통하여 꽃을 피우고 세상을 아름답게 만들고 있다. 양성이 공존하는 사회의 복원, 우리 모두에게 필요한 물과 나무와 자연이 여기에 있다.

> 바람도 없는데 능수버들 이파리 하나가 흔들려. 능수버들 이파리 두 가 흔들려. 능수버들 이파리 세 개가 흔들려. 능수버들 이파리 네 개가 흔들려. 바람도 없는 능수버들 한 그루 요란하게 흔들려. 아무도 없는 강가에 능수버드나무 가득 차서 마구 흔들려.
>
> (…중략…)
>
> 강 아래 한 여자가 초록색 양말을 벗고 있어. 양말은 너무 길어 벗어도 벗어도 다 벗을 수 없어. 여자의 머리칼은 모두 타오르는 능수버들 잎이야. 갑자기 여자가 고개를 돌려, 갑자기 햇빛도 고개를 돌려. 그러더니 여자가 기나긴 혀로 나를 낼름 삼켜 버렸어. 초록으로 캄캄하게 어지러운 중에 빛으로 만든 알 하나가 눈 속을 빙빙 돌고 있어. 여기가 어디야! 내가 초록 말을 타고 강바닥을 달리고 있어.
>
> −「柳花」전문 (『달력 공장 공장장님 보세요』)

이 시에 나오는 능수버들은 여성의 위험한 섹슈얼리티를 상징하는, 그래서 항상 '미친년의 풀어헤친 머리카락'으로 은유되던 것이다. 이

능수버들 유화부인의 이야기를 뜨겁고 녹밀한 열정의 언어로 복원시킴으로써 시인은 모든 여성의 내면에, 세포마다 숨쉬고 있을 강렬한 욕망을, 눈알이 빠져나올 듯 죽음의 심연을 노려보고 있는 그 욕망을 강한 긍정[35]으로 살려내고 있다.

「유화」는 고구려 시조왕 주몽을 낳은 어머니 유화의 이야기이다. 삼국사기에 기록된 유화는 능수버들 우거진 강가에 소풍 나갔다가 자신을 천제의 아들이라고 소개하는 남자에게 유혹 당한다. 이후 외간 남자에게 몸을 주었다고 부모에게 버림받은 여자가 된다. 그러나 김혜순은 유화를 새롭게 읽는다.

"바람도 없는데" "아무도 없는 강가에" "능수버드나무 가득 차서 마구 흔들"린다. 스스로 열정에 사로잡힌 능동적인 유화가 된다. 수동적으로 남자의 사랑을 기다리는, 그래서 유혹당하는 여자가 아니다. 자신의 의지에 따라, 자연스런 흐름에 따라, 자신도 주체할 수 없는 사랑에 휩싸인다. 드디어 유화 자신이 남성을 유혹한다. "여기가 어디야? 내가 초록 말을 타고 강바닥을 달리고 있어"

이 시에서는 딸을 내쫓는 가부장 사회의 폭력성이 드러나 있다. 남자에게 유혹 당하여 아버지의 분노를 사고, 바리데기처럼 버림을 받은 삼국사기 속의 유화를 김혜순은 현 시대로 불러내어 적극적이고 당찬 유화로 되살리고 있다. 여자의 에로스도 남성과 동등한 감정이기에 숨기거나 수치스러운 일이 아님을 유화를 통하여 일깨우고 있다.

> 잠든 그를 만져보면
> 냉정한 그는 깎아지른 듯 가파르고
> 나는 그에게 간신히 매달려 살지
> 우리 발 아랜 거센 강물의 소용돌이

나는 자꾸만 미끄러져, 이미 신발을 잃은 지 오래야
잠든 눈꺼풀 속에서도 그의 눈동자는 쉼 없이 움직여
얼굴 속으로 뇌성벽력이 지나가는 사람 봤어?
벼랑 사이에서 그의 꿈이 솟아오르는 날은 운수 좋은 날
나는 회오리처럼 올라오는 그의 꿈에
공중에서 흔들리던 내 두 발을 살짝 집어넣기도 해
그러면 어느새 잠 깬 그는 밀짚모자 낚아채듯
내 머리채를 낚아채지, 그리곤 사정없이 밀어버려
내 손톱은 벼랑을 할켜 잡느라 다 빠졌어

방광이 찌푸린 하늘처럼 자주 부풀어올라
나는 언제까지나 잠든 그의 몸을 벗기려 해
외투, 재킷, 바지, 구두……언제까지나……
벼랑에 붙어선 채 나는 그것들과 씨름해
느닷없이 돌멩이들이 날아오기도 해
잠든 그의 눈꺼풀이 번쩍 열리고, 눈알이 끓어오르기도 해 무서워
그래도 나는 쉬지 않고 갈비뼈 벼랑을 오르고 또 오르지
내 몸 속에서 누군가 제발, 제발 하며
엎드려 절하고 울며 가기도 해, 엄마일까?
나는 젖은 혀로 그의 영혼을 핥아보려고도 해
밤에는 내 몸 속의 儒佛仙이 우르르 울기도 하는걸
그러나 나는 아직도 그의 희디흰 잠으로 지은 뼈 밖에,
외과 병동 벽에 붙은 인체 해부도 위에
간신히 매달린 색색의 살덩어리처럼 매달려 있을 뿐
제발, 그만 일어나 너의 그 희디흰 벼랑을 열어봐
나는 울며불며, 무릎에 피 칠갑하며 그의 딱딱한
회백질 입술에 내 입술을 비비지
그러나 그를 깨무는 것은 어느덧 저 화창하게 밝아오는
아침 노을의 피 한줌 머금는 것
나는 내 속의 뼈를 깨울 순 없어

> 먼 하늘이 언제나 나보다 먼저 밝아오고
> 그러면 나는 또 간신히 그에게 매달린 자세 그대로
> 오늘의 출근 채비를 시작하지
>   -「懸空寺」 전문 (『달력 공장 공장장님 보세요』)

현공사는 중국의 산서성 대동 부근 항산 절벽에 매달려 있는 절로서 유·불·선이 함께 모셔져 있다. 유교 하나만으로도 여자를 강압하는 요소들이 많은데, 불교와 선교까지 함께 모셔 놓은 곳이니, 가히 상상할 수 없는 곳이다. 닫혀진 남성세계를, 이념으로 무장된 세계를 부단히 노크하고 "그의 딱딱한 / 회백질 입술에 내 입술을 비"벼보지만, "너의 그 희디흰 벼랑"은 열리지 않는다. 부드러운 성적 공간인 입술이 딱딱한 회백질 입술이 되어 있고, 내 입술을 비벼도 그의 입술은 열리지 않는다. 여기서의 젠더공간인 입술은 사랑의 부재로 나타난다. 소통할 수 없는 사랑, 아니 존재하지 않는 사랑이다. 사회·문화적인 젠더의식이 여자에게 너무 냉정하게 드러나고 있다.

"나는 언제까지나 잠든 그의 몸을 벗기려"하지만 "돌멩이들이 날아오"고 그의 "눈알이 끓어오르기도" 한다. "내 몸 속에서 누군가 제발, 제발 하며 / 엎드려 절하고 울며 가기도" 한다. 바로 또 다른 여자인 엄마이다. "밤에는 내 몸 속의 儒佛仙이 우르르 울기도" 한다. 유불선은 여성성을 억압하는 대표자이다. 억압의 벽(유불선)을 건너 인간 원초의 에로스를 복원시키려는 화자의 고투는 지금도 계속 이어지고 있는 중이다.

3. 연극적 유희와 환유적 언술

1) 연극적 형식과 유희화

김혜순은 언술방식에 대한 자의식이 강한 시인으로서 자신의 시에서 여성적 존재의 발현 소리와 여성적 언술방식의 특성을 강조[36]하고 있다. '여성의 언어는 이제까지 밖에서 주어졌던 자신의 정체성에 대한 반동으로부터 터져 나오는 위반의 언어이다. 이 위반이 서정시적 특성의 경계를 무너뜨리고 기존의 서정시에 대한 고정관념과 관습적 인식에 대항한다. 이렇듯 부유하며 쫓기는 위반의 자리에서 이 세상 모든 것들을 다시 잉태하고 분만하여 여성시인들의 다양한 발성이 터져 나온다'[37]고 김혜순은 말한다.

김혜순의 시에서 억압과 감금의 언어형식은 고통의 극단을 유희화하는 방식, 반복과 대화체의 언술 사용, 그로테스크한 이미지, 단절의 언어, 고백, 대화, 더듬거리기, 독백, 수다, 감각에 의한 방식 등으로 나타난다.

> 죽은 이들이 또 수의를 입어요
> 수의를 걸치고 이제 마악 떠나는 사람
> 바로 저 사람
> 나를 맞기 위해
>
> 배고픈 죽음이
> 또다시 뒷발 들고
> 우뚝 서서 포효하고 있어요
> 내 입까지 차올라와요

　　　머리가 뒤로 젖혀지고
　　　세상이 빙글빙글 돌다
　　　검은 머리채를 파헤치고
　　　정수리 한가운데
　　　한꺼번에 침몰해요

　　　그리하여 나는 부글부글 끓어올라요
　　　입김이 뭉글뭉글 솟아오르잖아요?
　　　수많은 추억을 혼합하여 끓인 찌개처럼
　　　돌아온 당신들이 쓰러진 나를
　　　흰 식탁에 내려놓고
　　　찬 숟가락을 확 들이밀 때까지
　　　내가 이제 더 이상 불 것이 없을 때까지
　　　나는 시방 또 끓어올라요
　　　　　　－「내 詩를 드세요」 전문 (『우리들의 陰畵』)

　　자본주의 사회의 물화성, 참다운 꿈이 숨 쉴 수 없는 제도의 억압성, 여성 존재를 제약하는 권위적이고 제도적인 남성 질서 등 인간적 가치를 말살하는 억압 기제는 김혜순 시의 출생 조건[38]이다. 김혜순의 시적 대응 방식은 삶의 고통스러움을 유희화한다. 이 시에서도 현실의 부당함들이 "부글부글 끓어" 오르고, "뭉글뭉글 솟아" 올라 혼합된 찌개인 시가 된다. 여성들의 고통이 혼합된 이 언어들마저도 "찬 숟가락을 확 들이밀"어 먹어 삼키는 당신들을 향하여 시인은 독백으로 혼자 말한다. "나는 시방 또 끓어올라요"

　　김혜순은 죽음과 절망 앞에서도 두려움 없이 가벼이 몸을 내 놓는다. 여전히 시대상황은 먹는 자는 당신들이고, 여성화자는 먹히는 자이다. 이러한 여성의 분노를 "끓어오르는 뇌수"에서 꺼내어 밥상머리에 올려놓고 모든 독자가 듣기를 원하는 것이다. 여성의 말하기에는 뇌수에 박아 놓거나 먹기 좋게 끓여 내오는 내면적인 외침과 기묘한 은닉이 있다. 또한 김혜순의 언어는 냄새 맡을 수 있고, 먹을 수 있는 육체의 언어이다.[39]

지치고 힘들어 "쓰러진 나"를 흰 식탁 위에서 당신들은 먹잇감으로 먹는다. 그래서 화자는 더 이상 분노의 시를 쓸 수 없게 되지만 여성의 우주는 끊임없는 탄생과 죽음의 연속이기에 "나는 시방 또 끓어" 오르는 것이다.

> 무덤은 여기
> 가슴에 매달린 두 개의 봉분
> 이 아래 몇 세기 전의 사람들이 아직 묻혀
> 숨 들이켜고 있는 곳 무덤은 여기
> 바다가 달 뜨고 달 지듯
> 두 개의 무덤 아래
> 죽은 자들이 모여 살면서
> 망망대해를 펼치고 오므리는
> 달을 건져 올리고 끌어당기는
> 여자의 깊은 몸 구중궁궐
> 또 한 세상. 무덤은 여기
> 몇 세기 전의 어둠이 아직도
> 피 흘리며 갇혀 있다가
> 초승달 떠오를 때
> 기지개 켜는 곳
> 여우와 뱀이 입 맞추고
> 초록 풀 나무 덩굴이 수천 번
> 되살아나고 되지던 곳
> 무덤은 여기
> 어느 별의 지옥은 여기
> ─「어느 별의 지옥」 전문 (『어느 별의 지옥』)

이 시에서는 여자의 몸이 무덤이 되고 있다. 몸의 무덤화는 공포의
유희가 된다. 가슴은 봉분이 되고, 이 무덤 속에는 몇 세기 전의 사람
들이 숨을 쉬며 살고 있다. "여자의 깊은 몸 구중궁궐"에 "또 한 세상"
이 있으니, 그 세상은 "몇 세기 전의 어둠이 아직도 / 피 흘리며 갇혀
있"는 곳이다. 그러나 "초승달"을 따라 다시 태어났다가, "여우와 뱀"
에 의해 다시 죽기를 반복하는 곳, 바로 여자의 몸이자 무덤인 것이다.
삶과 죽음이 공존하는 그래서 재생의 놀이터 공간이 되는 여자의 몸이
여기 있다. 바라만 보아도 아름다운 신비의 별들이 자신의 몸속에 매
장된 채 지옥 속을 헤매고 있다.

처참한 상황이 극단에 이르면 이처럼 여성의 글들이 유희화되어 나
타난다. 고통의 끝에서 고통을 끌어안는 방법으로 천진무구한 어린아
이처럼 놀이를 즐기는 것이다. 김혜순 시의 유희화는 대화체 언술방식
에서도 두드러진다.

어쩌면 좋아요
고래 뱃속에서 아기를 낳고야 말았어요
나는 아직 태어나지도 못했는데
사랑을 하고야 말았어요

어쩌면 좋아요
당신은 나를 아직 다 그리지도 못했는데
그림 속의 내가 두 눈을 달지도 못했는데
그림 속의 여자가 울부짖어요
저 멀고 깊은 바다 속에서 아직 태어나지도 못한
그 여자가 울어요 그 여자의 아기도 덩달아 울어요
두 눈을 뜨고 당신을 보지도 못했는데 눈물이 먼저 나요

(나는 아직 태어나지 않은 게 분명하지요?
그러나 자꾸만 자꾸만 당신이 보고 싶지요)

오늘 밤 그 여자가
한 번도 제 몸으로 햇빛을 반사해본 적 없는 그 여자가
덤불 같은 스케치를 뒤집어쓰고
젖은 머리칼을 흔드나 봐요
이파리 하나 없는 숲이 덩달아 울고
어디선가 보고 싶다 보고 싶다 함박눈이 메아리쳐와요

아아, 어쩌면 좋아요?
나는 아직 태어나보지도 못했는데
나는 아직 두 눈이 다 빚어지지도 못했는데
　　　　　　　－「그녀, 요나」 전문 (『한 잔의 붉은 거울』)

생명 이전의 탄생과 사랑을 노래하는 이 시는 "어쩌면 좋아요", "아
아, 어쩌면 좋아요?"를 반복하며 누구에겐가 대화를 시도한다. 남성만
의 공간에서 여성의 닫힌 공간은 소통하기 위한 대화체의 언술을 사용
한다. "아아, 어쩌면 좋아요?"에서 보이는 모순과 길항의 세계에 노출
된 여성화자는 "고래 뱃속에서 아기를 낳고야 말았어요", "그 여자가
울어요", "두 눈을 뜨고 당신을 보지도 못했는데 눈물이 먼저 나요"라
고 자꾸 말을 한다.

"아직 두 눈이 다 빚어지지도 못했"고, "아직 태어나보지도 못"한 내
가 "자꾸만 당신이 보고 싶"고 "사랑을 하고야"만다. 아직 태어나지 않
은, 숲처럼 함박눈처럼 맑고 순수한 그 여자가 젖은 머리칼로 달려오
고 있다고 화자는 독자에게 소통의 대화를 묘사하고 있다.

구약성서에 등장하는 요나(Jonah)처럼 하나님의 명령, 즉 가부장 사회

에 대항한 요나는 고래 뱃속에 갇히는 징벌을 받는다. 그러나 그 징벌의 장소에서 잘못 아닌 잘못을 뉘우침 없이 또 하나의 탄생 이전의 나를 탄생시키면서 굳은 자매애를 보여주고 있다. 양성이 살아가면서 징벌을 내리고 징벌을 당해야하는 이 남성중심의 세계보다는 오히려 고래 뱃속의 세상이 "한 번도 제 몸으로 햇빛을 반사해본 적 없는 그 여자가", "보고 싶다 보고 싶다 함박눈"처럼 메아리쳐 오는 곳일지도 모른다.

> <A가 좋아>라고 나는 말했다.
> 그러자 B가 달려와 나를 때렸다.
> <A가 좋아라고 말해서 B에게 맞았어>라고 말하자 C가 달려와 나를 때렸다.
> <A가 좋아라고 말해서 B에게 맞았고, B에게 맞았어라고 말해서 C에게 맞았어>라고 말하자 A가 달려와 나를 때렸다.
> <A가 좋아라고 말해서 B에게 맞고, B에게 맞았어라고 말해서 C에게 맞고, C에게 맞았어라고 말해서 A에게 맞았어>라고 말하자 A, B, C 모두 달려와 나를 때렸다
> 나는 이제 헐떡거리며 <맞았어, 맞았어>라고 말하며, 맞는 수밖에 없었다.
> 그리고 누구를 좋아했는지 기억조차 할 수 없게 되었다.
> ―「몰매」 전문 (『또 다른 별에서』)

이 시의 대화체 고백은 단순하지만 섬뜩하다. 이유 없이 폭력을 행사하는 남성세계를 담담하게 고백하는 화자는 "나는 이제 헐떡거리며 <맞았어, 맞았어>라고 말하며, 맞는 수밖에 없었다"고 고백한다. 나의 진술은 굴뚝의 연기처럼 소문의 진원지가 되어 마녀 사냥의 표적이 되고 있다. "<A가 좋아>라고"도 말할 수 없는 곳에서 사는 사람은 고통스럽다. 이 땅에 사는 여성들은 아직도 자신을 표현하면 뭇 사람들의

몰매 같은 시선에 시달려야 한다.

시인은 화자를 통하여 고백식으로 시적 방법을 모색한다. A, B, C와 나의 관계는 인격이 존중되는 대등한 관계가 아니다. "누구를 좋아했는지 기억조차 할 수 없게"된 화자는 이제 몰매의 기억만 남아 있는 자신을 담담하게 고백할 뿐이다.

> 자 연기를 내 놓으시지
> 음험한 구름기둥을
> 엇갈린 약속의 그림자를
> 냄새나는 굴뚝의 알리바이를
> 감춰둔 손길의 행방을
> 모두 대보시지
> 창문을 열어놓고
> 환풍기를 돌려봤자 아무 소용 없어
> 동분서주해봤자라니까
> 저기 날리는 검댕이 좀 봐
> 깔고 앉아도 난 다 알아
> 두 무릎 사이로 푸른 연기가
> 풍선처럼 튀어나오잖아
> 게다가 손바닥까지 시커멓잖아
>
> 어서 고백해보시지
> 아가리를 찢어놓기 전에
> 아가리 속에서 냄새의 긴 끈을 꺼내
> 조사해보기 전에
> 대는 게 신상에 좋을 거야
> 모두 불었어 정말이야 너만
> 남았어

그래도 나는 연기를 피워본다
실내 가득히 냄새를 피워본다
음험한 구름기둥 불기둥을
사라지며 부서지는 지난날의
날개 그림자를 가슴에 품어보려
연기를 피워본다 헛되이
손짓하며 몰래몰래 온 집을
허우적거리며 뛰어올라본다
한 움큼의 연기를
끌어안으려 애써본다
　　　　　　　－「연기의 알리바이」 전문 (『아버지가 세운 허수아비』)

이 시에서도 연기의 진원지는 마녀일 뿐이다. 주술적 초능력을 가진 마녀는 남성들의 가부장세계를 전복할 가능성이 높다. "어서 고백해보시지 / 아가리를 찢어놓기 전에"라고 폭력적으로 다그치지만, 이미 고백 이전에 사냥의 각본은 완벽하게 짜여져 있다.

"날개 그림자"인 연기는 그나마 희망과 행복의 작은 날갯짓인지도 모른다. 그 몸짓마저도 알리바이를 추궁하여 시시비비를 가리겠다는 억압과 감금의 세계에서 강요되는 대화체 고백은 이중 삼중의 고통스런 억압들이 처처에 자리잡고 있음을 밝히고 있다.

열 !
　－ 열 번 세는 동안에 고백하라고 ? 알았어.
아홉 !
　－ 벌써 아홉이야 ?
여덟 !
　－ 거꾸로 세는 거군. 그럼 고백을 시작하겠 ……
일곱 !

- 그런데 어떡하지 ? 고백 경험이 전혀 없는 걸.
여섯
- 천천히 할 수 없니 ? 생각을 해야잖아. 내가 정말 그런지, 안 그런
지. 또는 앞으로 그럴 건지, 또 안 그럴 건지. 혹은 ……
다섯 !
- ……
넷 !
- 걷어차지 말고 숫자 세는 거에나 전념하시지
셋 !
- 알았어. 한다니까, 유창하게, 고백을. 휘영청 달 밝은 밤에 이 가슴
설렙니다.
둘 !
- 간을 빼 주면 안 되니? 솔직히 말해서 고백이란 하고나면 시시해
지는 거 아니니?
하나 반 !
- 하나 반? 모두들 고백했다고? 넌 복도 많고, 애인도 많고.
하나 반의 반 !
- 반의 반 ? 때리지만 말고 네가 한번 해 봐. 그럼 널 따라하지, 내
가. 정말이야. 그대로 따라 외친다니까. 너도 알다시피 난 창의력이
부족해.
하나 !
- 앗, 끝이야 ? 그럼 좋아. ……사랑해.
-「告白」 전문 (『또 다른 별에서』)

이 시도 고백을 강요당하고 강요하는 여성과 남성의 대화로만 구성되
어 있다. 이렇게 대화만으로 이루어진 김혜순의 시들은 희곡의 담화 양
식을 빌린, 연극[40]을 연상하게 한다. 고백은 스스로 마음속을 털어놓음으
로써 그 의미가 배가된다. 그럼에도 이 시에 등장하는 화자 또한 상대방
에게 억압적인 고백을 강요당하고 있다. "고백 경험이 전혀 없는" 화자는

고백을 강요하며 숫자를 세는 행위로 압박 시간을 재촉하는 상대에게 "생각을 해야잖아. 내가 정말 그런지, 안 그런지"라고 간청한다. 그러나 이러한 간청에 오히려 상대방은 화자를 "걷어차"고 "때리"기까지 한다.

억압의 언어는 대화체의 연극적 유희화로 시적 방법을 모색한다. "사랑"한다는 말까지도 스스로 창조하지 못하고, 억압적인 상황에서 뱉어야하는 치욕스런 고백의 순간들을 연극적 놀이를 벌임으로써 여성들의 긴박한 억압의 의식들과 남성들의 숫자놀음을 극명하게 대비시켜 드러내 보인다.

> 우리는 마주 서면 마르기
> 시작한다
> ─창피해
> 그가 말했다.
> ─작게 더 작게 말해
> 내가 대답했다
> ─창피해
> 이번엔 내가 말했다.
> ─더 작게 아주 작게 말해 봐
> 이번엔 그가 대답했다.
> 우리는 오직 서 있음을 남긴 채
> ─창피해 창피해
> 줄어들고 있었다.
> 서 있음도 무서워
> ─창피해 창피해
> 사라져 버렸다.
> ─「마주 보며 사라지기」 전문 (『또 다른 별에서』)

이 시 역시 대화체로 소통을 시도한다. 화자와 청자는 마주 서면 마르기 시작한다. 억압된 가부장제적 사회는 여성들에게 아주 작게 말하도록 길들이고 있다. 여성의 존재를 유령화 시키는 무서운 이곳은 "창피해 창피해"서 사라져 버리고 싶은 곳이다. 여성을 억압하는 가부장적 상황에서 시인이 선택한 언술방식은 작은 소리로 대화를 나누는 유희 놀이로 나타난다.

> 「이것의 이름은 베개」, 「이것의 이름은 어둠」, 「이것은 어둠」, 「어둠에 어떻게 문패를 달아 놓지?」, 「이것은 벽」, 「벽은 모두 여섯 개」, 「하나, 둘, 셋, 넷, 다섯, 여섯, 여섯이라는 것. 이것에 문패를 어떻게 달지?」, 「내 옆에 주무시는 이 분은 어머니 어머니는 아버지의 아내」, 「저 분은 아버지」, 「아버지는 어머니의 남편」, 「그러니까 아버지는 아버지의 아내의 남편」, 「아버지의 아내의 남편은 아버지」, 「화살표에 주렁주렁 문패를 매달은 나의 평면도, 봤어?」, 「우스워」, 「우스움에 무슨 수로 문패를 달지?」, 「이것은 베개, 이것은 어둠, 이것은 어머니. 잠이 안와. 내일이면 이름 따윈 흔적도 없이 사라질 텐데. 큰일났어. 게다가 이름이란서로 바뀌기도 쉽거든」, 「불면증이래나봐」, 「불면증? 거기다 어떻게 못을 꽝꽝 박고 문패를 달아 놓지?」, 「잠이 안와」, 「문패에 문패를 달 수도 없는 걸」
>
> ─「不眠」 전문 (『또 다른 별에서』)

말할 수 없음이 불면으로 이어지는 밤, 이 말들이 서로 대화를 한다. 여성의 의식들이 감당하기 힘든 상황이 오면, 여성 혼자서도 주절거린다. 상황을 벗어나고자 스스로의 방법을 모색하는 것이다. 이야기를 들어주는 사람이 없는 상황에서 스스로 화자와 청자가 되어 말한다. 불면의 시간이 깊어지듯, 암흑의 가부장제에서 스스로 말하는 방법, 독백처럼 혼잣말 주고받기이다.

마음과 머릿속에 떠다니는 생각을 표현할 때 여성의 문체는 다양하게 개발될 수 있다. 김혜순의 대화체는 여성의 적절한 언어를 찾기 위한 글쓰기 방식으로써 일상적인 일들을 말을 거는 식의 대화체로 가시

화, 이미지화한다. 대화체 시는 연극의 한 장면처럼 현장성이 있으면서
독자에게 생생한 느낌을 준다.

> 쥐가 온다. 한 마리, 두 마리. 처음엔 한 마리가 와서 지붕을 갉아먹
> 는다. 다음엔 두 마리가 와서 서까래를 갉아먹는다. 사각, 사각, 사사각,
> 두 마리가 금세 새끼를 낳아서는 기둥 갉아먹는 소리를 낸다.

> 물이 다가온다. 수천 마리 쥐떼가 다가온다. 방문 열면 가득히 밀려
> 들고, 서까래 가득히 올라온다. 물이 온다, 온다, 오는구나. 머리 풀고 바
> 다가 오는구나. 귀신들이 오는구나. 산을 갉아먹고, 바다를 먹어치우고,
> 강둑을 갉아먹고 마당으로 오는구나.

> 서까래는 내려앉아, 산은 무너져 주검들이 솟아오른다. 솟아오른 주
> 검들이 물 속에 머리를 풀고, 우리집으로 쥐떼처럼 찾아든다.

> 똥이 입으로 들어오고
> 밥이 항문으로 소리없이 나간다
> 똥을 누면 천장에 가 붙고
> 바람은 물 밑에서 물 밑으로 분다
> 비가 온다 비는 땅속에서 하늘로
> 퍼붓는다 신나게 치솟아오른다
> 솟아오르던 죽은 외조모의 머리칼도
> 내 목을 휘감는다
> > －「洪水」 전문 (『아버지가 세운 허수아비』)

김혜순의 시는 폭력적이고 위압적으로 왜곡되어진 외부 현실의 언어
를 다시 한 번 더 비틀어 그 외부세계가 비틀려져 있음을 역으로 드러
낸다.[41] 이것은 동음효과나 그로테스크한 이미지들로 반영된다. 이 시
에서 "똥이 입으로 들어오고 / 밥이 항문으로 소리없이 나간다 / 똥을 누

면 천장에 가 붙고"도 그로테스크한 상상력의 세계를 통하여 외부 세계를 고발하고 있다. 홍수를 빗대어 폭력적인 야만 사회를 표출하고 있다.

　　푸르게, 시리게, 촉, 수, 만, 켜들고, 달려, 가라. 달려, 가라. 전신을, 파, 먹는, 구, 더, 기, 들에겐, 전신을, 주고, 다리, 사려, 온, 사람에겐, 다리, 팔고, 신나게, 경매를 외쳐라. 토하고, 싸고, 흘리며, 모두, 모오두, 나눠, 줘라. 네, 심지를, 꺼내 보여라. 뛰어라. 앓는, 몸아, 너를, 부르거든, 큰, 소리로, 살아있다살아있다, 외쳐, 대라. 도착하진, 말고, 떠, 나, 기만, 하, 거, 라. 주사, 바늘들이, 빠져, 달아나고, 희디흰, 침대, 가, 다, 부서지도록, 피똥이, 튀고, 토, 사물과, 악취가, 하늘, 높이, 날리도록, 달리기만, 하거라. 생명이, 나갔다가 들어오고, 출발했다가도착하며, 생, 명, 을, 부렸다가다시, 지고, 또, 다, 시, 달려, 나가는, 앓는, 몸아! 저기, 저기, 쳐다봐라. 유화, 물감으로, 그려진, 행복이, 액자, 속에, 담겨, 있고, 이제, 막, 기쁨의, 사. 카. 린. 이. 강. 물. 처. 럼. 네. 피. 속으로, 들어가고, 있구나. 누군가, 살아있냐. 묻거든, 머리를, 깨부수고, 촉, 수, 를, 보여, 줘, 라.
　잠
　　꼬
　　　대
　　　　만
　　　　　하
　　　　　　는
　　　　　　　앓
　　　　　　　　는
　　　　　　　　　몸
　　　　　　　　　　아
　　　　　　　　　　　!

－「전염병자들아－숨차게」 전문 (『아버지가 세운 허수아비』)

이 시에서 쉼표를 빈번하게 사용한 스타카토식 끊어진 구문은 소통의
단절을 의미하고 있다. 억압의 상황이 부제의 '숨차게'처럼 나의 말이 숨
이 막힐 정도로 급박한 언어로 표현되고 있다. 단어를 한 글자씩 해체하
여 화자와 청자 사이의 소통할 수 없는 단절을 극명하게 보여준다.

"전신을, 파, 먹는, 구,더,기,"들이 존재하는 현실 상황에서 여성들의
몸은 "모오두, 나눠" 주고 "앓는, 몸"만 남아 있다. "살아있다살아있다,
외쳐, 대."고, "머리를, 깨부수고, 촉, 수, 를, 보여, 줘, 라"고 말한다. 이
몸은 억압 속에서 사라져갈 몸이 아니다. 이 여성의 몸은 "생명이, 나
갔다가 들어오고, 출발했다가도착하며, 생, 명, 을, 부렸다가다시, 지고,
또, 다, 시, 달려, 나가는," 몸, 그러나 "앓는, 몸"이다.

이처럼 김혜순이 사용한 단절의 언어들은 여성들에게 전염병처럼 번져
있는 답답하고 암울한 현실세계를 드러내서 고발하기 위해 시도된 시적
언술방식이다.

> 6년전오늘내남자친구들은퍼마셨고나도덩달아퍼마셨다. 그날내남자친
> 구들은머리를깎았고나는깎지않았다. 6년전전오늘그들은뒤엉켜일어나軍歌
> 부르며흩어졌고나도흩어졌다. 뿔, 뿔, 이. 뿔뿔이흩어져가다가나를을지로
> 2가쯤에서부처를하나보았다. 길가에버려져있었다. 제법컸다. 그러나줍지
> 않았다. 어가다가생각하니그부처가나를비웃은것같다. 다시돌아와들여다
> 보니그렇지도않다. 그저묵묵하다. 버스를타고가다가생각하니분명히그부
> 처가소리내어웃었다. 다시그자리로돌아와들여다보니그저잠, 잠하다. 나는
> 걸어가다가뒤돌아봤다. 부처를머리에이고집으로왔다. 책상위에올려놓고
> 곯아떨어졌다. 꿈인지생신지이부처가다시웃는다. 웃는다. 그러나다시들
> 여다보면묵묵잠잠. 6년전오늘미칠것같았다. 참을수없었다. 그누구라도참
> 을수없었을거다.나는정말견딜수없어옷을몽땅벗고머리를빡빡밀고팔뚝
> 을지지려고몸부림쳤다. 그러다가족들몰래줄행랑을쳤다. 그망할놈의
> 부처를피해서맹렬히.
>
> —「出家記」 전문 (『또 다른 별에서』)

여성들의 언술방식은 쉬지 않고 말하는 수다로도 나타난다. 김혜순의 이 시에서도 수다의 양상이 드러난다. 수다는 막혔던 감금의 언어들이 봇물처럼 터져나와 여성의 의식들을 표현한다. 뿔뿔이 흩어져 군입대를 한 남자친구들의 머리를 닮은 부처를 발견한다. 부처는 나를 비웃는 것 같고, 소리 내어 웃는 것도 같은 부처를 두고 나는 쉬지 않고 중얼거린다.

소란스런 외면의 길을 떠나 "그망할놈의부처를피해서맹렬히" "가족들몰래줄행랑을" 친다. 수다는 드디어 '출가기'를 기록하고, 한 편의 시를 완성한다.

> 어디서 접시 깨어지는 소리를 들었다.
> 언제나 그 소리가 들렸다.
> 옆에서 죽은 여자의 전신이 망가진 기계처럼 흩어졌다.
> 꺼어먼 뼈 사이로 검은 독충들이 기어나왔다.
>
> 내가 한 마리 독충을 들고 웃는다.
> 혹은 말을 걸어 보고 싶다.
> <내 진술은 여기서부터 더듬기 시작>
> 바, 방에는 검은 독충들이 더, 듬, 으, 며, 흩어지고
>
> 어리고 섬찟한 금을 긋는다
> 내가 죽은 여자의 입술을 주어서 담배를 물려 준다.
> 그러다가 이내 뺏아가고 다시 물려 준다.
> 불이 우는 것 같다. 어디서 복숭아 냄새가 난다.
>
> 詩 속에 사닥다리라는 말을 넣고 싶다.
> 사닥다리를 든 내가 계단에서 서성거린다.
> 창문이 열리고 흰 스카프를 쓴 죽은 여자의 얼굴이 걸려 있다.

아, 아직도 접시 깨어지는 소리가 들린다.
　　　　　－「담배를 피우는 屍體」 전문 (『또 다른 별에서』)

　여성들의 억압상황들은 여성의 글쓰기에서 더듬거리는 방식으로도 표출된다. 이 시에서 보이는 구절들도 "바, 방에는 검은 독충들이 더, 듬, 으, 며, 흩어지고"라고 더듬거리고 있다. "접시 깨어지는 소리를 들"리는 그 곳에서 "죽은 여자의 전신"인 "꺼어먼 뼈 사이로 검은 독충들이 기어나오"고 있다. 시인은 이제 더듬거리기 시작하면서 시를 쓴다.

　화자는 "죽은 여자의 입술을 주어서 담배를 물려" 주고 이내 시체는 담배를 피운다. 여자의 길은 여자가 대물림하고 있으니 시체가 곧, 화자이고, 화자가 곧 시체가 된다. 시속에서 사닥다리를 타고 현실 상황을 벗어나고 싶지만, "흰 스카프를 쓴 죽은 여자의 얼굴"이 여전히 걸려 있고, 접시 깨지는 폭력의 소리는 아직도 들린다.

　　　　촉감 연습 시간이야
　　　　눈을 감고 열 손가락으로 빚어
　　　　만들고 느끼는 거야
　　　　자 지금 이 순간 시궁창으로부터
　　　　이것을 집어
　　　　올려봐
　　　　그것을 두 손에 들어 네 품에 안았다고 상상해봐
　　　　눈썹이 없는 아이
　　　　피돌기가 피부 밖에서도 들여다보이는
　　　　투명한 아이
　　　　발은 있지만 발가락이 없는 아이
　　　　머리칼은 없고 손톱도 없는 아이

눈은 보일락말락하고 입술도
있을락말락하고 입술도
있을락말락하고
자세히 들여다보면 바늘귀보다 작은
콧구멍으로 숨을 쉬는 아이
배꼽으로 숨을 쉬는 아이
그리고
그리고 그 작은 아이를 이끌고 열 길
지옥으로 걸어드는 한 여자
네가 마다한
여인.
－「판토마임 강사」 전문 (『아버지가 세운 허수아비』)

억압된 현실상황에서 여성화자들의 언술은 감각에 의지한 방식으로
도 나타난다. 이 시에서처럼 판토마임으로 세계를 표현하기도 한다. 대
사 없이 몸짓과 표정만으로 내용을 전달하는 판토마임 강사에 의해
"지옥으로 걸어드는 한 여자"가 표현되고 있다. 김혜순의 언술은 남성
의 언어세계에서 다양한 방법들을 모색한다. 김혜순의 치열한 시의식
은 말이 아닌 무언의 행위로 표현되는 시적 언술방식을 시도한다.

2) 환유적 언술을 통한 탈주의 글쓰기

김혜순은 실재하는 세계와 부재하는 세계를 넘나들면서 흔들리는
동거, 탈주하는 공간 속에서의 새로운, 괴로운 탈주42)를 시작한다고 말
한다. 바리데기 신화43)처럼 이러한 경계의 자리에서 자신의 텍스트를
완성하고자 시도한다.

김혜순은 몸으로 시쓰기를 실천한 시인으로서 곧 몸에 관해서 노래하지 않고 직접 몸으로 노래한다. 김혜순의 몸시는 몸의 언어화라는 실천적인 방법으로 다언어 전략을 구사한다. 이는 기존의 남성언어가 여성의 몸을 제대로 드러낼 수 없다는 인식하에 그 언어의 중심성을 해체하여 다양화하는 것이다. 이로 인해 환유적인 부유성을 가진 여성의 몸은 그 존재성을 획득하게 된다.[44] 이와 같은 몸으로 글쓰기는 김혜순의 핵심적인 전략이며, 90년대 이후 한국 현대시에서 가장 활발하게 전개된 담론 중 하나이다.[45]

이처럼 김혜순의 시에서 억압의 상황을 극복하고자 탈주를 모색하는 글쓰기는 여성 고유의 몸을 절단, 파편화, 분해하여 환유적으로 부유하는 기법과 무한의 프랙탈 도형이나 게임처럼 즐기는 언어유희 등을 주로 사용한다.

> 그는 어느 날 白紙 위에 네모를 그리고
> 무인도라 이름 붙였다
> 무인도 가장자리엔 꽃씨를 뿌리고
> 피리를 불었다
> 소리 먹은
> 꽃들이 부지런히 피었다
>
> 어느 심심한 날, 그는 네모 안에
> 쉼표를 하나 그리고 달이라 불렀다
> 꽃들도 잠시 수그린 황혼녘
> 그는 한 발자욱 떨어진 곳에
> 물음표 두 개를 그려 놓고
> 다시 피리를 불었다
> 어느덧 밤이 오고

쉼표가 달빛을 내뿜자
물음표 두 개가 가만히 일어섰다
네모 안의 우리 두 의문 부호가
내게서 그대까지 얼마만큼?
손을 가만히 내밀어 보았다
- 「우리 두 사람」 전문 (『또 다른 별에서』)

　김혜순은 낯익은 이미지나 언어의 서술 구조를 거부함으로써 시적인 의미의 방식을 교란시키거나 전복시킨다. 그리하여 새로운 시의 내용과 언어의 질감을 구성한다.[46] 이 시에서도 네모, 쉼표, 물음표 등 추상적인 기호들이 '무인도', '달', '내게서 그대까지'로 의미들이 위치 전도 되고 있다. 추상화를 보는듯한 회화적 상상력은 추상적 기호에 언어의 이름을 붙임으로써 구체적인 모습으로 존재를 드러내고 싶은 시인의 욕망이 표출된 것이다.

　김혜순의 언어는 남성의 언어가 아닌 여성의 새로운 언어로 표현하기 위한 상상력의 일환이다. 곧 언어들의 교체와 혼합이 보이는 경계의 언어인 것이다. 남성과 여성인 우리 두 사람은 무인도의 달빛 속에서 새롭게 태어나고자 하지만, 완고한 인습의 현실은 경계의 의식을 떨쳐버리지 못하고 두 개의 의문 부호로 일어서고 있다.

　　(…전략…)

　이 길은 짓부수어 고명으로 얹어 먹을 수도 있다.

　이 길은 물에 올려놓고 두 시간 이상 살캉하게 삶아 먹을 수도있다.
　가슴 아픈 이 길은 삼삼하게 절여
　고춧가루 끼얹어 마늘까지 곁들여 먹을 수도 있다.

길은 어떻게든 먹어주어야만 또 자란다.
모든 길 잡수시고 주무시는 할머니 무덤 위 잔디들 더 짙푸르듯이.

나, 오늘 우리 외할머니와 함께 만들었던 길
찬찬히 풀어내어
짠 눈물 양념 방울 떨어뜨리며
 할머니, 이승의 봄밤을 마음껏 드셔보세요
「길을 주제로 한 식사 5 딜리셔스 포에트리」부분
(『불쌍한 사랑기계』)

길을 주제로 한 식사는 모두 5편의 연작으로 되어 있다.[47] 이 연작들은 내 몸의 기억들을 길로 불러내어 요리를 하고 있다. 그중에서도 위의 시는 "진달래 화전" "숭늉" "수제비국" "참기름에 볶은 잡채" "시래기국"을 만들어 할머니께 "한 상 가득 차"려 드리고 있다. 이 요리의 이름들은 할머니의 손맛이 들어가야 제 맛이 나는 우리의 전통 음식들이다. 부제에서도 보여주고 있듯이 맛있고 아름다운 시가 되는 이 음식들은 할머니와의 각각의 추억들이 아름답게 배어 있다.

그러나 할머니가 살다 간 길은 가슴 아픈 고통의 길이었기에, 시인은 이 길들을 오래도록 잊지 않고 간직하고 싶어한다. 그래서 마침내 "딜리셔스 포에트리"로 한 상 가득 차려서 이승의 봄밤에 저승의 할머니를 청한다. 옛 여성들이 걸었던 억압의 긴 길들을 짓부수어 고명으로 얹어 먹고, 불에 올려 오랫동안 삶아 먹고, 삼삼하게 절여 김치로 담가서 먹겠다고 한다.

모든 길은 걷기 위해 존재한다. 행복의 길이든 고통의 길이든 주어진 상황의 모든 길들을 묵묵히 수용한 "할머니 무덤 위 잔디들 더 짙푸르"다. 시인은 억압의 경계에서 고통으로 지내온 여성의 길들을 해체하여

"짠 눈물 양념 방울 떨어뜨리며" 전통 음식을 재현해 내고 있다.

(…전략…)

2. 말의 긴장

다시 말할 수 있어요? 초, 록, 초, 록 냉장된 내 말이 지하실 윤전기 속에서 도는 것, 봐요.

마당에 입 대고 말해요. 네 잎 크로바가 사방 연속 무늬로 피어나고 말에는 시간 꽃이 피어요. 파도에 입 대고 말해요. 배들이 항구를 떠나고 갈매기떼 높이 그대 말이 뛰어오를 거예요.

냉동된 우리의 말에 주사 놓지 말아요. 주사 맞은 말들이 어디로 가는가 숨어서 보지 말아요.

－문득 벨 소리－

－대포 소리－

－모두 아, 하고 입 벌려－

3. <아>字 처음 피어나는 소리

우리 물 속에서라도 말을 해 봐. 초록색 뱀장어 한 마리 물 뱉는 소리 들리지? 우리 뱀장어처럼 속삭여 봐.

죽은 사람들의 대답을 듣고 싶어. 죽은 사람들의 말이 불을 켜고 떠나며 우들을 간질러, 물 먹은 그 말들이 세모만 만들며 뛰어다니던 파도가 높아.

진초록 세모벽은 갯벌에 부서지고, 부서지는데 우리들의 목울대는 터지지 않아. 초록색 뱀 한 마리 물 속에 우두커니, 우리를 봐.

우리, 불을 켜고 돛단배라도 띄울까? 어서 입을 벌려 봐. 파도 소리,
돛단배 떠나는 소리. 초록, 초록 물 한 방울, 말 한 마디. 초, 록, 뱀, 한
마리. 세모꼴 부서지는 소리. 「아」「아」「아」입이라도 벌려 봐.
   (…후략…)

-「말」 부분 (『또 다른 별에서』)

이 시는 대화체로 되어 있으며, 의문과 명령 등 다양한 종결어미를
포함하고 있다. 「말」이라는 제목에서처럼 여성의 말들에 대한 내력을
보여주는 이 시는 "마지막 말의 모양", "말의 긴장", "<아>字 처음 피
어나는 소리", "소나기 말씀" 등의 소제목으로 이루어져 있다. 이를 통
해 시인은 남성 언어들 속에서 사라져가는 여성의 말들을 새로운 언어
로 만들어 내고 있다. "마지막 말의 모양"에서 "누군가 내 말을 지우고
있"다. 그러나 여성화자는 말한다. "모두 아, 하고 입 벌려!" 이렇듯 사
라져가는 여성의 언어는 "말의 긴장"을 통하여 다시 말을 배운다. "마
당에 입 대고", "파도에 입 대고" 여성의 말하기를 독려한다.

그러나 경계에 서 있는 여성언어는 "냉동된 우리의 말" "주사 맞은
말들"이 되어 사라지려 한다. 이러한 말들에게 화자는 끊임없이 생명
력을 불어 넣는다. "모두 아, 하고 입 벌려"라는 명령으로 언어를 소생
시키려 안간힘을 쏟고 있다. 드디어 세모처럼 "<아>字"가 처음 피어
나고 있다. 독려하며 격려하면서 여성의 말이 되살아나고 있다.

그 말들에는 "하늘나라 조상들"의 말까지도 소나기 쏟아지듯 시작
된다. 김혜순은 어느 대담에서 여성언어의 유통 방식에 대하여 토론하
면서 "일단 여성 언어의 폭발적 증가 후에 생각"[48]해 보자고 말한 바

있다. 난해하게 여겨지는 여성의 언어들은 여성의 언어가 전무한 상황에서 당연한 일이다. 난해한 언어의 소통방식보다도 시인은 남성언어와 동등한 여성언어의 활성화에 초점을 맞추고 있다.

여성의 말의 역사는 여성 자신의 역사와 같다. 드러내지 못하는 여성의 정체성은 당연히 언어로 표현될 수 없기 때문이다. 주술적 언어들이 마녀사냥으로 처형당하는 상황은 이분법적 사유의 극단을 보여준다. 그러나 이제 김혜순은 귀신들과의 대화도 가능한 조상들의 말들을 성실히 되살리고, 실추된 여성성을 찾아내고 있다.

> 모니터 화면에 등장하는
> 잔잔한 수면
> 나는 '꿈'의 키를 누르고
> 빠져 들어간다
> 키를 누르자마자
>
> 세모의 산에서
> 네모의 산으로
> 사선의 폭풍들 사이로
> 다시 원들의 회오리
> 넘어가는 책갈피 속에서
> 책갈피의 파도를 다
> 넘지 못하고
> 제어 불능의 큰 파도 속으로
> 수천 권의 책들이 날개를 푸드덕거리며
> '꿈'을 던지며 내리치며
>
> 나는 나를 들여다본다
> 나는 눈인가 모니터인가 단자인가

주서기 속에 들어갔을 때처럼
혹은 하수구 속으로
쏠려 들어가는 머리채처럼
그러나 부서져 가루가 되지 않으면서
꼬리까지 감추지도 못하면서
심연을 향하여 심연을 향하여
그러나 이곳은 바닥이 없고
벽이 없고 천장이 없는
물 속 한가운데
움직이는 기하학 도형의 소용돌이 한가운데
아무도 통제할 수 없는
규칙적, 불규칙적 바람 한가운데

두 발에 추를 매단 것처럼 무거운 내가
광속보다 빠르고 햇볕보다 더 가벼운
움직이는 그래프 한가운데로
내동댕이쳐지며 돌아가며
그러나 나는 나를 '삭제'하지 않는다

건질 순 없어도 지울 순 있는
전자파도 한가운데
　　　　　　－「컴퓨터 심연」 전문 (『우리들의 陰畵』)

　전자파도 한가운데 있는 화자의 몸은 "물 속 한가운데 / 움직이는 기하학 도형의 소용돌이 한가운데" 놓여 있다. "규칙적, 불규칙적"인 프랙탈 도형처럼 "심연을 향하여 심연을 향하여" "움직이는 그래프 한가운데로" "내동댕이쳐지며 돌아"간다. 그러나 결코 "삭제"하진 않는다. 하나이면서 무한 창공을 포함하는 만다라 같은 몸이다. 우주적 질서를 여성의 몸속에서 구현시키려는 작가의 의도가 내포된 시이다. 세상 속에 몸담고 사는 사람들에게 세상을 읽어내려는 방법을 제시한다.

혼합되고 변덕이 심한 해석할 수 없는 세상에서 시의 무늬들, 파동들 속에 거주하면서 화자는 복수주체인 자신을 바라보며 나라는 인식주체를 해체한다.49)

유리문을 열고 들어가면 또 유리문이 나온다. 유리문 안쪽엔 출구라고 씌어 있고, 바깥쪽엔 입구라고 씌어 있지만 그러나 나가든 들어가든 언제나 너는 어떤 몸의 내부에 속해 있다. 마치, 난자가 만난 정자가 그녀의 집에 영원히 체포되듯 너는 거기에 속해 있다. 내부의 사람이면 누구나 유리문을 밀고 나가 또 하나의 유리문을 향해 걸어가야 하며, 그곳을 나와서도 또 하나의 유리문을 열어야 한다. 밤이 오면 어떤 유리문들은 네온사인을 달고 여기가 정말 출구예요 말하는 듯하지만 그러나 어디에도 출구는 없다. 어떤 유리문을 열면 거기 매맞은 얼굴들이 한 방 가득 들어 있고, 어떤 유리문을 열면 죽은 네 어머니가 웬일이냐 돌아앉으신다. 어떤 유리문을 열면 길 잃은 파리가 윙윙거리는 방안에 허벅지를 드러낸 여자들이 뒤엉켜 누워 있고, 어떤 방문을 열면 네 시신 위로 구더기들이 한없이 쏟아져나온다. 어떤 유리문은 빗속을 맹렬히 달려 너는 젖은 머리칼을 흔들며 죽어라 그 문을 향해 뛰기도 해야 하고, 어떤 유리문은 지하 깊숙이 미로를 개설하기도 한다. 지하 미로의 매달린 문들의 이름을 믿지 마라. 어떤 문엔 친절하게도 오류역이라 적혀 있기도 하고, 혹은 어떤 문엔 십리를 더 가라고 적혀 있기도 하지만, 그 말을 믿지 마라. 이곳의 람은 아무도 출구를 모른다. 설탕병에 빠진 개미처럼. 일생의 시간을 다 풀어내어 만든 실뭉치 속에 숨어든 파리처럼. 이곳 가슴의 미궁은 그리 넓지 않아 새벽 네 시경, 두 시간이면 동쪽 끝에서 서쪽 끝까지 주파할 수 있지만 몸 밖으로 출구를 찾은 사람은 아직 없다. 가슴속 투명한 미궁의 주인은 오늘 또 세간을 몽땅 싣고 정읍에서 올라온 다섯 식구를 접수한다. 그들도 이제 들어왔으므로 출구를 모르리라. 미궁의 유리문들이 점점 늘어난다. 길 위에 길이 세워지고, 물길 아래 물길이 세워진다. 너는 늘 떠나지만 멀리 가지 못하고 늘 제자리로 돌아온다. 새로운 길을 개척해보려 하지만, 늘 역시 그 자리로 돌아오고야 만다. 벙어리 네 그림자는 말하리라. 땅바닥에 누워 네바짓 가랑이를 잡고 늘어져서 말하리라. 이 길로 가서는 안 돼요. 그림자 언제나 길은 틀렸어요 말한다. 날마다 복선이 증가한다. 유리벽에 뭘 새길 수 있단 말인가. 그러나 너는 유리벽에 매달려 뭔가 새기려 하고 있구나. 꿈속에 있으면서 꿈속에 전령을 내리고, 헛되이 허공중에 고운 얼굴을 새기고 있구나. 미로는 날마다 골목 끝에 유리문을 세운다. 이 몸을 깨뜨리고 어떻게 밖으로 나가지? 내 몸 밖에서 누가 나를 아직도 부르고 있는데……

－「서울」 전문 (『나의 우파니샤드, 서울』)

이 시는 몸을 깨뜨리고 밖으로 나가고 싶은 상상력을 보여준다. 몸의 경계를 허물고 싶은 것이다. 그러나 "미로는 날마다 골목 끝에 유리문을 세"우기 때문에 화자는 유리문 밖으로 나갈 수가 없다. 미로에 갇힌 유희 놀이가 "떠나지만 멀리 가지 못하고 늘 제자리로 돌아온다." 이는 곧 여성화자 자신이 공간 속에서 존재의 깊이를 확장해 가고 있는 것이다. 그것은 불연속적이고 비선형적이며, 무한대의 프랙탈 도형처럼 끊임없이 그 형태를 바꾸는 흐름50)인 것이다.

이렇듯 김혜순은 경계에 선 여성의 언어를 유희 놀이로 치환하여 공간의 확장과 존재의 깊이를 모색한다. 모든 미로는 몸으로 연결되고, 몸의 곳곳은 유리문으로 세워져 있다. 이 미로에서 오랫동안 길을 잃을수록 몸의 길들은 자신을 훤히 드러내는 유리벽이 되어 서로의 사유들을 소통할 수 있을 것이다.

서울은 사람들이 부딪히고 갇히는 문명의 대표 도시이다. 꿈속에서 꿈을 꾸는 서울은 여성의 몸의 미로와 같다. 무한 증식되는 몸의 언어는 유희의 길처럼 확실한 출구가 보이지 않는다. 그러나 갇히기를 원하는 타인들과는 다르게 정작 여성화자는 "이 몸을 깨뜨리고 어떻게 밖으로 나가지?"를 궁리한다.

> 잠들려고 하면 내 몸 속의 계단을 올라오는 발자국 소리 들린다 불을 끄다 말고 화들짝 놀라는 집들, 흐린 불빛 사이로 보이는 대문들, 눈을 반쯤 감은 대문들 팩맨이 계단을 올라온다 미로 속의 점선을 먹어치우며 팩맨이 걸어온다 육체로 된 비디오 드롬 속을 올라온다 잠의 수평선이 더욱 아래쪽에 그어진다 수평선 아래로 내 생애의 집들이 수몰된다 음침한 두 뇌의 미로 속엔 끝내 나를 모두 먹어치우고 땅속에서 솟아오를 파리들이 잠기어 있고, 몇억 년을 쉬지 않고 나타나 하늘의 계단을 오르던 태양도 물 속에 잠기어 있다 무법자 팩맨이 잠의 수평선 위로 뛰어오른다 팩맨이여 출구를 찾아라 출구를 찾아내면 이 게임은 끝난다 팩맨이 물 속으로 다시 들어간다 들어가다 말고 방문을 열어제친다 옷을 벗은 어린 내가 오들오들 떤다 기적 소리를 내며 기차가 역으로 들어온다 그곳에 내가 보이지 않는 바리케이드를 친다 저지선을 뚫고 팩맨이 달려든다 그가 발걸음을 옮길 때마다 불컨 상자처럼 내 몸의 방들이 환해졌다 어두워졌다 한다 단풍 환한 방이 닫히고 폭설의 방이 열린다 눈물샘이 환해진다 배꼽이 불을 켠다 팩맨의 검은 칼이 가슴에 걸렸는지 내 두 손이 가슴을 싸안고 돌아눕는다 이불이 발치로 떨어지고 잠의 수평선이 내 몸 위로 솟아 오른다 VTR처럼 시간이 나를 돌린다 팩맨을 가둔 채 내가 커튼을 젖힌다 불컨 상자 속에 갇힌 내가 아직도 어두운 서울을 내려다본다
>
> ─「출구를 찾아라」, 전문 (『나의 우파니샤드』)

이 시에서 팩맨은 시적 화자의 "몸 속의 계단을 올라오"고 있다. 무법자인 팩맨은 화자의 "잠의 수평선 위로 뛰어" 올라 탈출구를 찾고 있다. 팩맨의 탈출구 찾기는 쉽게 이루어지지 않는다. "출구를 찾아내면 이 게임은 끝난다." 그래서 화자는 외친다. "팩맨이여 출구를 찾아라." 팩맨은 여성을 억압하는 남성이다. 화자는 자신의 출구를 긴박하

게 찾고 있다. 삶의 출구 찾기를 팩맨의 게임 유희처럼 서술하고 있다.

팩맨이 방문을 열어젖히자 "옷을 벗"고 있는 어린 화자는 "오들오들 떤다." 일상의 생활들이 익숙하지 않은 어린 여성임에도 불구하고 남성 세계의 현실은 가혹하다. 또한 팩맨의 이동 경로에 따라 화자의 "몸의 방들이 환해졌다 어두워졌다 한다." 하지만 "폭설의 방"은 눈물샘과 배꼽이 환해지는 여성성의 방이다. 눈물샘과 배꼽은 남성과 여성의 몸에 공통되는 몸의 일부로써 이 몸들이 환해지는 것은 여성성이 곧 긍정의 인간을 지향하기 때문이다.

그러나 이내 "잠의 수평선이" 화자의 "몸 위로 솟아" 출구를 찾고 있다. "불켠 상자 속에 갇힌" 화자는 "아직도 어두운 서울을 내려다" 보고 있다. 팩맨은 숨막히는 삶을 살아가는 여성화자 자신인 것이기도 하다.

> 1
> 이 몸의 스크린만 찢고 나면
> 내 몸에서 홀로그램이 터져나온다
> 그리고 나는 너에게 갈 수 있다
> 내가 직접 가지 않아도
> 나는 여기 있고, 또 거기 있을 수 있다
>
> A는 B에게, B는 C에게, C는 D에게, D는 A에게
> 달려가서 환하게 터지고 싶어!
> 너무나 괴로운 나머지, 괴로움도 잊은 B!
> 밥 먹던 사람들을 향해 38구경을 들이대고
> 순식간에 빈 밥그릇에 피가 낭자한 화면!
> 그 화면을 향하고
> 비상구 하나 없는 몸통들이
> 두 눈 부릅뜨고 가득 앉아 있다

2

남자에게 차 안에서 여자가 말한다. 토마토 케첩을 몸에 뿌리고 총 맞은 사람처럼 쓰러져 행인들을 놀래키는 C 있잖아. 그 행동은 가짜지 만, 뭐가 있긴 있어. 고독하다든가 뭐 그런 거. 왜 안 터지지? 그런 거. 몸통이 너무 부담스러워 하면서 몸을 비비꼬는 거 말이야, 그랬더니 남 자는 뭐 자기는 벌써부터 그런 느낌으로 살아오고 있대 나! 그래서 5분 만 한 자리에 앉아 있으면 몸이 비비꼬인대나 어쩐대나. (들은 척도 안 하고) 여자는 또 아무도 없는 한밤중에 문닫은 남의 상점에 들어가 강 제로 손님에게 물건 팔고, 머리 감기고 그러는 C 있잖아. 남의 상점에 불켜놓고 상점도 마음이 있다고 떠들면서 말이야. 그건 Z, 그 사람이 자 기 영화에 대해서 말하는 걸 거야. 어두운 극장에 불켜놓고 남의 물건 자꾸 진열하는 영화 말이야. 그랬더니 남자는 또 그래 나라는 자동차(마 음) 안에 니가 들어와 앉은 거랑 같은 상황이지, 하면서 가죽 벗은 돼지 마사지 하는 C, 남의 남자 침대 위에서 두 다리 비비꼬는 D, 까만 스타 킹 빵꾸 난 거, 정말 죽여주더라, 나도 그런 요염한 여자가 맨날 나 없 을 때 와서 내 방 청소해준다면 얼마나 짜릿할까 그런다.

3

모든 영화는 말한다
현대판 천사는 마피아(대문자로 씌어진)들이라고
마피아의 빽줄이 있어야 밤에도 환한 상점을 거머쥘 수 있다라고
동서양의 영화는 또 말한다
현대판 천사는 우리의 예정된 죽음 앞에 미리
검은 상복을 입어주는 예의바른 분들이라고
이 일엔 감정이 없어야 해! 당당히 말하며
총부리를 들이대는 고마운 분들이라고
오늘 나의 일용할 천사님들은
블루, 화이트, 브라운, 오렌지, 핑크라는 가명을 쓰는
다섯 까마귀였다
이놈들아 깨부술 테면 빨리 빵꾸내줘라

> (바닷속에서 물방울이 하나 터져나오려고
> 바다전체가 일렁이며 몸부림치듯
> 몸통 속에서 눈물이 한 방울 터져나오려고
> 수천의 거북이떼 뱃속에 알을 품고
> 바다를 급히 달려나와 모래 언덕을 까맣게 오르고
> 차창 밖으로 빗방울 하나 툭 떨어졌다)
> ―「타락천사」 전문 (『불쌍한 사랑 기계』)

홀로그램은 무한 자동반복된다. 특히 사유와 정서의 경험이 어우러진 여성의 몸이 발산하는 파동은 홀로그램처럼 반복된다. 이 홀로그램이 터지면, "나는 너에게 갈 수 있"다. 또한 누구에게든 "달려가서 환하게 터지고 싶어!"라고 외친다. 그러나 아직 스크린은 찢어지지 않았다. 그럼에도 불구하고 홀로그램의 내용은 키치로 가득하다. 이 영화에서 여성화자는 일상에서 흔하게 접하는 남성들의 세계를 중얼거리듯 남자에게 말한다. 대화체 속에서의 수다들이지만, 남성세계의 비열한 일상들을 들려준다.

나의 홀로그램은 "모든 영화"가 되고, "동서양의 영화"가 되어 "말한다." 현대판 천사는 "다섯 까마귀" 같은 속 검은 타락천사들이다. 여성의 억압된 언어들은 스스로 영화자막이 되어 수평적인 여러 장면들이 환유적으로 인용되고 있다. 이 시는 여성적 글쓰기의 방법적 모색이 돋보이는 시이다.

여성들의 언어는 "몸통 속에서 눈물이 한 방울 터져나오"듯이 스크린 속에서 홀로그램이 터져 나오기를 기대한다. 그러나 아직은 "차창 밖으로 빗방울 하나 툭 떨어"질 뿐이다.

> 화장을 지우고 나자 구멍이 걸어 들어왔다
> 나는 소파에 앉아 팬티스타킹을 벗으며

그 구멍을 바라보았다
일 미터 육십 센티 정도 되는 구멍이었다
구멍은 밥도 잘 짓는다 하고
구멍에서 아기가 튀어나온 날도 있다 했다
그러나 구멍은 속에다 침을 치익 갈겨도 잘 모른다 하고
몇십 년째 검은 구름 한 마리가 넓적다리에 걸터앉아 있어도
아랑곳하지 않는다 했다
멍청한 것 같으니라구, 걸어다니는 연옥 같으니라구
나는 구멍 속에다 먹다 남은 미역국을 홱 쏟아 부었다
(…후략…)

　　　　　　　　　　　　　　　－「구멍」 부분 (『한 잔의 붉은 거울』)

○

세상에 이렇게 징그러운 구멍이 있다니!
나의 털 난 구멍들!
위장엔 주름
콧구멍엔 섬모
작은 창자엔 융모
사랑엔 음모
구멍 안으로 솟은 털들이 수초처럼 물결친다.
김이 피어오르는 배 속에 차곡차곡 겹쳐진 구멍들.
세상에서 제일 치명적인 축축한 독사들이 헐떡거린다.
채워다오! 우리에게 밖을 채워다오!
그 맛있는 밖을!
난민 구호 빵 트럭을 향해 뻗은 손가락들처럼 털들이 징징거릴 때
누군가 하늘을 향해 금관악기를 들어 푸르름을 찬양하여 울부짖는다.
세상의 구멍들이여, 뚜껑을 열고 짖어라!
(…후략…)

　　　　　　　　　　　　　　　－「맨홀 인류」 부분 (『슬픔치약 거울크림』)

1
내 몸의 구멍 참 많다
망양정 정자 위에 높다랗게 올라서면
동해 바다가
내 구멍을 채우러
들어온다
내 온몸엔 마구 흘러다녀도 될
구멍 참 많다
바다는 빈 구멍마다
들어와 샌다
흐른다
(…후략…)

– 「구멍 散調」 부분 (『우리들의 陰畵』)

문학 전통에 있어 여성의 위치는 구멍과 돌출부라는 조잡한 지형학
으로 표현되었다.[51] 그러나 위의 세 시에 등장하는 구멍들은 여성의
경험과 상징을 생성해 내고 있다. 늘 채워지지 아니하고 빠져나갈 수
없는 구멍들은 끊임없이 존재를 찾아 미로 속에 놓이게 된다. 몸이 시
가 되는 방법으로 다언어 전략[52]을 구사하여 환유[53]적인 부유성을 가
진 여성의 몸을 통하여 여성존재의 정체성을 찾고 있다. 이 시들에서
보이는 환유적 구멍들은 서로 인접하여 교환이 가능한 구멍들이다.

첫 번째 시 「구멍」에서는 결핍과 상처의 구멍을 드러내 보이고 있
다. "구멍의 입속엔 구멍을 못 견디는 빨간 혀가 숨어서 / 오오오 소리
반죽을 만들 줄도 안다는" 것이고, "침대에 오래 누워 있으면 구멍은
더 악화"되기 때문이다.

두 번째 시 「맨홀 인류」는 구멍의 환유들로 아우성치며 절규한다.
"세상에 이렇게 징그러운 구멍이 있다니!"에서 웅성거리는 구멍들은

"내 구멍의 정체, 내 구멍의 고독. 내 구멍의 중독"을 찾으며 절규한다.

세 번째 시 「구멍 산조」에서는 많은 구멍들을 다양한 방법으로 연주하듯 묘사한다. 동해 바다가 내 구멍을 채우러 들어오고, "바다는 빈 구멍마다", "들어와" 새고, "흐른다." 구멍은 여성의 존재 그 자체가 된다. 구멍을 통해 자아와 세계, 의식과 무의식, 시간과 공간, 현존과 부재가 서로 부딪히고 교차하면서 흘러가[54]고 있다.

이 시들에서 보이는 환유적 언술방식은 "인접 관계 속에서 낱말을 대용하는 비유 형식"[55]으로써 하나의 구멍에서 파생되어 다른 구멍으로 옮겨가는 말잇기 놀이와도 같다. 여기에서 언어유희의 무한 탈주 모습을 보여주고 있다. '어머니의 이름으로' 줄기차게 시를 써온 김혜순은 비천하고 위협적인 구멍으로서의 어머니만이 수행할 수 있는 저항과 횡단과 해체의 언어[56]를 다양하게 변주한다.

이상에서 살펴보았듯이 다양한 여성 언술방식의 특징들은 남성들이 만든 '논리적인 말의 규칙'에 일치되지 않음을 표시하기 위한 저항의 전략[57]들이다. 여성의 글쓰기는 남성지배사회에서 억압 받고 있는 자의식에서 시작한다.

여성의 언술방식이 지향하는 해방의 힘은 언술행위가 억압되고 있는 그 지점에서 분출하며 억압의 위치 곧, 주변 그 자체의 공간적 속성에서 나온다. 자아의 주변성을 의식하는 여성주체는 언어의 상징화로 억압의 상황을 치유하지 않고, 남성언어의 권위와 논리를 초월한 다양한 소리들의 열린 공간으로 나아간다. 여성의 주체성은 한 상태에서 다른 상태로 전이해 나가는 과정이므로 고정된 틀에 넣기 어려운 모호한 변경이다.[58] 여성의 언술행위는 변화와 해방의 실천이라는 통과의례적인 속성을 보여준다.

주석

1) 김혜순, 『여성이 글을 쓴다는 것은』, 문학동네, 2002, p.107.

2) 최동호 외 편, 『한국문학전집 1900~2000 시』, 문학과지성사, 2007, p.1058.

3) 이송희, 「김혜순 시의 몸 상상력과 의미구조」, 『호남문화연구』 제36집, 호남문화연구소, 2005, pp.170-171.

4) 엘레인 쇼왈터, 「황무지지에 있는 페미니스트 비평」, 김열규 외 역, 『페미니즘과 문학』, 문예출판사, 1988, p.37.

5) 엘렌 식수, 박혜영 역, 『메두사의 웃음 / 출구』, 동문선, 2004, p.13.

6) 권오룡, 「조화와 이상의 방법적 시」, 김혜순, 『아버지가 세운 허수아비』 해설, 문학과 지성사, 1994, p.147.

7) 이송희, 앞의 논문, p.172.

8) 김용희, 『페넬로페의 옷감짜기』, 문학과지성사, 2004, pp.33-34.

9) 박혜경, 「시, 혹은 여성성의 잃어버린 영토」, 『오르페우스의 시선으로』, 문학과지성사, 2007, p.260.

10) 권오룡, 앞의 글, p.135.

11) 김영옥, 「눈 / 깃털 / 바다 / 별 / 바이러스, 그리고 활자로 내리다」 : 김혜순, 『달력 공장 공장장님 보세요』 해설, 문학과지성사, 2000, pp.153-154.

12) 김영옥, 위의 글, pp.164-165.

13) 김영옥, 위의 글, p.166.

14) 김혜순 · 이광호 대담, 「소용돌이치는 만다라」, 『문학과 사회』, 1997년 여름호, p.748.

15) 최동호 외 편,『한국문학전집 1900~2000 시』, 문학과지성사, 2007, p.1058.

16) 박혜경, 앞의 글, p.258.

17) 김혜순,『여성이 글을 쓴다는 것은』, 문학동네, 2004, p.86.

18) 김혜순, 위의 책, pp.212-213 참조.

19) 박혜경, 앞의 글, p.257.

20) 박상수,「상처받은 주체의 치유, '몸'과 '세계'의 이중 억압을 넘어서-『달력공장 공장장님 보세요』를 중심으로 본 김혜순의 시세계」,『현대문학』, 2004.6, p.271.

21) 김혜순, 앞의 책, p.45.

22) 권오룡,「조화와 이상과 방법적 시」, 김혜순,『아버지가 세운 허수아비』해설, 문학과지성사, 1994, p.138.

23) 김혜순, 앞의 책, p.218.

24) 위의 책, p.219.

25) 위의 책, p.171.

26) 위의 책, p.82.

27) 이광호,「나, 그녀, 당신, 그리고 첫」,『당신의 첫』해설, 문학과지성사, 2008, pp.164-165.

28) 김혜순, 앞의 책, p.85.

29) 김혜순, 위의 책, p.181.

30) 나희덕,「다성적 공간으로서의 몸 : 김혜순론」,『현대문학의 연구』, 한국문학연구학회, 2003, p.314.

31) 김혜순, 앞의 책, p.232.

32) 김영옥, 앞의 글, p.158.

33) 김혜순, 앞의 책, p.233.

34) 윤항기, 앞의 논문, p.139.

35) 김영옥, 앞의 글, p.161.

36) 김혜순·이광호 대담, 「소용돌이치는 만다라」, 『문학과 사회』, 1997년 여름호, p.748.

37) 김혜순, 앞의 책, p.6.

38) 백지연, 「불온한 시, 어머니의 노래」, 『문학과 사회』, 1997년 여름호, p.734.

39) 김성례, 「여성의 자기 진술의 양식과 문체의 발견을 위하여」, 『여자로 말하기, 몸으로 글쓰기』, 또하나의문화, 1992, p.119 참조.

40) 권오만, 「김혜순 시의 기법 읽기」, 『전농어문연구』 제10집, 서울시립대 국어국문학과, 1998, p.14.

41) 권오룡, 앞의 글, p.145.

42) 김혜순, 앞의 책, pp.153-154.

43) 바리데기 신화를 남성의 역사속에서 유리된 여성이 상상의 공간을 제시해, 자신의 몸과 영적 능력과 지적 능력을 최대한 드러내어 자신의 정체성을 찾아가는 과정을 그린 신화라고 김혜순은 정의한다(김혜순, 위의 책, p.159).

44) 이재복, 「몸과 프랙탈의 언어」, 『현대시학』, 2000.1, pp.224-225.

45) 나희덕, 앞의 글, p.308.

46) 이경호, 「돌연한 상상력의 두 가지 특징─김혜순의 시세계」, 『문학과 사회』, 1997년 여름호, p.721.

47) 정과리는 『불쌍한 사랑기계』 해설에서 「너와 함께 쓴 시」도 「길을 주제로 한 식사」의 연작 2로 보고 있다(정과리, 「망가진 이중나선」, 『불쌍한 사랑 기계』 해설, 문학과지성사, 1997, p.157).

48) 김영옥 편, 『"근대", 여성이 가지 않은 길』, 또하나의문화, 2001, p.121.

49) 김혜순, 앞의 책, pp.126-228.

50) 이재복, 앞의 글, p.243.

51) 엘레인 쇼월터, 앞의 글, p.53.

52) 다언어 전략이란 기존의 언어가 남성 위주의 언어이기 때문에 여성의 몸을 제대로 드러낼 수 없다는 인식하에 그 언어가 가지는 중심성을 해체하여 좀 더 다양화하자는 것이다(이재복, 앞의 글 p.225 참조).

53) 환유의 인접성은 하나의 대상에서 인접한 다른 대상으로 옮아가는 데 필요한 접면의 다른 표현이며, 환유라는 이름이 품은 교환가능성은 인접한 대상 사이에 변환이 가능하고, 호환된다(권혁웅, 『시론』, 문학동네, 2010, p.354).

54) 이재복, 앞의 글, p.227.

55) 나카무라 유지로, 양일모 외 옮김, 『공통감각론』, 민음사, 2003, p.198.

56) 남진우, 「거울의 꿈」, 『문학동네』 2004년 가을호, 문학동네, 2004, p.147.

57) 김성례, 「여성의 자기 진술의 양식과 문체의 발견을 위하여」, 『여자로 말하기, 몸으로 글쓰기』, 또하나의문화, 1992, p.122.

58) 김성례, 앞의 글, pp.127-128 참조.

문정희와 김혜순 시의 젠더의식 비교

이제까지 문정희와 김혜순의 시세계를 가부장적 체제에 대한 현실인식, 여성의 몸, 언술방식이라는 세 가지 틀로 분석해 보았다. 이를 토대로 문정희와 김혜순 시의 페미니즘적 젠더의식을 좀 더 포괄적으로 살펴보고, 두 시인의 시적 태도를 비교하겠다.

1. 양성성의 발견과 상생의 가능성

페미니즘은 사회구조와 밀접하게 연관되어 있는 여성의 억압상태에 주목하고, 인간적인 사회를 위하여 이러한 억압상태를 타파해야 한다는 인식을 말한다. 지금까지 가부장제는 사랑, 모성, 순결 등의 개념을 빌어서 여성들의 종속적인 위치를 은폐시키는 가장 견고하고 지능적인 방법으로 여성을 지배해 왔다. 문학이란 구속의 상태에서 자유를 꿈꾸는 것인데도, 기존의 문학은 구속된 상태에서 겪게 되는 여성의 고통과 부자유에 대하여 의도적으로 침묵해 왔다.

모성과 사랑이라는 제도는 자녀를 낳고 보살피는 것만이 아니고, 남녀 간의 다정함과 성적인 사랑만을 의미하지 않는다. 모성과 사랑에 대한 경험은 남성에게 이로운 방향으로 이용되어 왔다. 제도화된 이성 관계에서 보면 여성들은 위험하고 부정(不淨)하며 욕정의 화신이라는 이야기를 들었고, '열정적이지 않다', '냉담하다', '성적으로 수동적이다'라는 말을 들었다. 제도화된 모성은 여성에게서 지적 능력보다는 모성 '본능'을, 자아실현보다는 이타심을, 자아창조보다는 타인과의 관계를 우선시한다. 이렇게 제도화된 형태로 모성과 이성관계가 유지되지 않는 한 가부장제는 지탱될 수 없다.[1] 이러한 가부장적 체제의 현실에서 문정희와 김혜순은 여성이 처한 불평등한 억압을 적나라하게 파헤쳐서 여성으로 하여금 부조리한 현실을 깨닫고 인식하게 하는 페미니즘 시들을 과감하게 펼쳐 보이고 있다.

먼저 가부장적 체제의 현실에서 문정희는 「식기를 닦으며」, 「작은 부엌 노래」 등의 시를 통해 가사노동 속의 여성의 억압을 절감하며, 현실을 인식하고 자아를 찾기 시작한다. 또한 「파를 다듬으며」, 「진짜 시」를 통하여 시댁이라는 공간에서 겪는 부조리한 현실을 적나라하게 드러낸다. 그리고 「그 많던 여학생들은 어디로 갔는가」, 「나의 아내」, 「황진이의 노래 1」에서는 불합리한 제도에서의 습관화된 젠더를 파헤쳐서 여성해방을 추구하고 있다.

반면에 김혜순은 「엄마의 식사 준비」, 「또 하나의 타이타닉 호」, 「레이스 짜는 여자」를 통하여 결혼을 통한 가부장적 모순의 실상을 보여주고, 「참아주세요」, 「프로베르의 아침식사에 대한 나의 저녁식사」, 「어쩌면 좋아, 이 무거운 아버지를」에서는 가부장적 질서에 대한 유쾌한 반란을 일으키면서 인습의 악습을 탈피하라는 메시지를 전달한다.

이처럼 가부장적 체제에서 여성의 억압을 경험한 문정희와 김혜순은 젠더의식을 확장시키면서 현실을 극복하고 있다. 그 극복의 방식에 있어서도 두 시인은 적지 않은 차이를 보인다. 문정희는 경계를 해체시키면서 양성성을 모색하고, 김혜순은 생명의 에너지를 통해 상생의 가능성을 노래한다.

문정희 시에서의 양성성은 버지니아 울프의 여성주의의 핵심인 양성성의 상상력과 맥락이 닿아 있다. 버지니아 울프는 『자기만의 방』에서 "위대한 정신은 양성적"임을 강조하였는데, 위대한 정신이란 어느 한 성에 치우치지 않는 남성적 여성 또는 여성적 남성이 되어야 하며 그것으로부터 창조성이 생겨나고 마음 전체가 활짝 열려 있는 상태[2]를 말하고 있다. 양성성은 자아를 버리고, 가부장적 관습에 의해 씌워진 껍질을 벗겨내고, 제도화된 모성에서 벗어난 상태에서 조화를 이루어 공존하게 한다.[3] 「찬밥」, 「평화로운 풍경」, 「오빠」, 「사랑해야 하는 이유」, 「한계령을 위한 연가」를 보면 남녀 사이의 경계를 적대시하는 남성이 아닌, 남성 예찬으로 과감하게 해체시키며, 젠더의 차별성이 없이 공생과 행복을 추구하는 양성성을 드러내 보이고 있다.

반면에 김혜순은 「지구를 베고 잠들어 보면」, 「어머니 달이 눈동자 만드시는 밤」, 「아수라, 이제하, 봄」을 통하여 현실 속에서 여성의 위치를 인식하고 여성의 정체성을 찾으려는 욕망이 여성성과 결부되어 드러난다. 또한 「참 오래된 호텔」, 「눈」, 「여자들」을 통하여 김혜순은 여성성을 발견하며 건강한 삶을 모색하며, 「환한 걸레」, 「슬픈 서커스」에서는 흔하고 볼품없는 물건들을 매개로 여성성이 밝음으로 확장된다. 그리고 「나의 우파니샤드, 서울」은 가부장제의 갈등이 해소되고 상생의 화해가 이루어진다. 이처럼 김혜순은 경계를 해체시키면서 생명의 에너지로서의 끊임없는 여성성의 생성과 이분법적 사고를 초월하는 상생의 가능성을 드러내 보인다.

2. 모성적 신체공간과 에로스적 신체공간

여성과 남성은 성적으로나 육체적으로 다르다. 자궁이 있는 여성은 월경을 하고 아이를 낳을 수 있는 반면 페니스가 없다. 남성은 자궁은 없지만 페니스가 있다. 그런데 이 '있음'의 표시들이 여성성이나 모성성의 이름으로 억압의 원인을 제공해 왔으며, 페니스가 없다는 '없음'의 표시 역시 여성이 열등하다는 기제로 작용해 왔다. 즉, 여성의 몸에 각인된 성차는 생물학적 차이를 열등한 것으로 개념화해온 남성중심의 역사를 보여준다.[4]

1970년대와 1980년대를 지나면서 페미니스트들은 여성의 몸이 사회적 권력관계 속에서 차지해 온 방식과 내용에 주목하기 시작했다. 몸이 자연적으로 주어진 것이 아니라 특정 시대, 특정 장소의 문화적 사회적 요소들로 구성된 것이라고 본 것이다. 대표적으로 푸코는 규율권력이 개인의 몸에 대한 지식을 증가시킴으로써 이 몸들을 길들이고, 이를 통해 개인들을 자기 몸을 스스로 감시하고 다스리는 주체로 만들었다[5]고 보았다. 페미니스트들도 생물학적 특징들은 사회적으로 구성된 것이며, 이처럼 체현의 성별화를 낳는 방식으로 권력이 몸에 투입되고 몸을 통하여 행사된다고 주장한다.

그러나 실재하는 몸과 이데올로기적으로 구성된 몸을 구분하기보다는 실재하는 몸 자체를 사회의 권력체계들이 각인되고 생산되는 지점으로 보아야 한다. 몸은 수동적인 대상이 아니라 주체에 의해 체험된 것이며, 따라서 여성의 몸은 여성의 자기결정권이 이루어지는 적극적 장소이자 지배와 저항이 맞물리는 생생한 장소가 된다.

여성의 언어가 지닌 해방의 힘은 주체적 언술행위가 억압되고 있는 바로 그 지점에서 분출한다. 이 주변 공간은 억압과 침묵의 공간이지만 여성적 자아에 대한 자의식을 배태하는 공간이기도 하다. 이 공간에서 여성적 주체는 성급하게 언어의 상징화라는 무기로 억압의 상황을 치유하지 않는다. 오히려 남성 언어의 권위와 논리를 초월한 다양한 목소리들의 열린 공간으로 나아간다.[6]

여성의 몸은 근대의 모든 욕망과 가부장제의 억압과 정치적 권력의 기획들이 기술되어 있는 텍스트이다.[7] 여성의 몸 중에서 고유한 여성성을 담보해 낼 수 있는 공간은 자궁, 유방, 피부, 입술 등이다. 이러한 몸의 공간들은 여성의 정체성 확인을 위한 기제로 작용하면서 여성적 젠더공간을 형성하게 된다. 문학연구에 있어서도 젠더는 남성과 여성의 생물학적 성의 특질을 규정할 뿐 아니라 여성 / 남성의 인성, 권력에 관한 상상적이고 사회적인 임무를 함축한다.[8]

모성적 신체공간은 그동안 아이를 낳는 재생산의 기능으로 존재해 왔지만, 임신과 출산을 통해 여성만이 경험할 수 있는 고유한 곳이다. 그리고 에로스적 신체공간은 관능의 대상으로서 여성들이 숨기거나 수치스러워하고 드러내지 못했던 장소들이다. 이런 이유로 이 공간들이 여성성의 젠더의식을 연구하기에 적합하다고 본다. 문정희와 김혜순의 시 속에 나타나는 몸의 언어 중 모성적 신체공간에서는 자궁을 중심으로, 에로스적 신체공간에서는 생식기, 입술을 중심으로 젠더의식을 살펴보았다.

먼저 모성적 신체공간을 보면, 여성의 고유한 육체경험 중에서 탄생과 관련된 공간이 자궁이다. 성과 수태의 장소로서 자궁은 생명을 배태하는 곳이기도 하지만 세계 내 존재로서의 여성의 정체성을 내포하는 근원적인 몸이다. 그런 의미에서 여성의 시 쓰기에 등장하는 자궁은 육체적 자궁일 뿐만 아니라, 심리적 자궁, 정신적 자궁이기도 하다. 육체적 공간으로서의 자궁은 여성이 남성 중심적인 질서를 벗어나 여성 자신의 상징적 질서를 만들어가는 자리가 되기도 한다. 곧 현대 여성시에서 자궁은 여성의 정체성 추구와 사회적 발언의 무대가 되는 것이다.9)

문정희는 「지금 장미를 따라-프리다 칼로의 집에서」의 시를 통해 고통의 자궁을 직시하면서, 「머리 감는 여자」를 통하여 생산과 다산과 풍요에 이르는 자궁을 꿈꾼다. 그리고 「감자」는 생산성이 극대화된 자궁의 이미지를 보여 주고 있으며, 「몸이 큰 여자」는 왕성한 산욕의 욕망이 유방의 젖샘과 맞물려 건강한 모태이기를 바란다.

반면에 김혜순은 「신파로 가는 길 2」, 「참혹」을 통하여 여성이 부재하고 오직 남성만이 존재하는, 그래서 참혹한 여성들의 상처와 절규가 고통스럽게 다가오는 부재와 균열의 자궁을 드러내고 있다. 또한 「딸을 낳던 날의 기억」, 「붉은 가위 여자」, 「월출」, 「껍질의 노래」, 「내가 모든 등장인물인 그런 소설 1」에서도 부유하며 파열하는 여성의 신체를 드러내어 부재와 균열을 나타내고 있다.

다음으로 에로스적 신체공간을 보면, 섹스의 원초적인 목적은 생식과 종족 번식이다. 그러나 인간은 동물들과 달리 성적 목적을 다양하게 확대해 나갔다. 인간은 섹스를 법적 관계와 사회적 위상을 가늠하는 척도로, 정서적 친밀감과 애정을 표현하는 수단으로, 감각적 쾌락과 육체적 만족을 획득하는 도구로 삼았다. 그리고 관습과 약속과 질서와 금기의 근간으로 삼았다. 따라서 성은 인간의 욕망에 그 뿌리를 두고 사회 제반 양상에 영향력을 행사해왔다.10) 오랜 역사 속에서 여성의 성은 남성의 의해 통제 되어 왔고, 여성에 대한 남성의 폭력은 증대하였다.

그러나 오늘날의 섹슈얼리티는 혁명적인 변화, 뿌리에서 흔들리는 변화를 겪고 있다.[11] 섹슈얼리티는 미리 정해진 자연적 조건으로서 수용해야 하는 것이 아니라, 우리 각자가 계발해 나가는 것이다. 이렇듯 섹슈얼리티는 신체와 자기정체성, 그리고 사회 규범이 일차적으로 연결되는 지점으로서, 자아의 성형 가능한[12] 부분인 것이다.

이러한 변화의 한 가운데에 문정희는 「사랑하는 사마천 당신에게」, 「다시 남자를 위하여」, 「남자를 위하여」 등을 통하여 육체와 정신이 건강한 인간, 야성에 번득이면서도 웅혼한 품위를 지닌 성숙한 남성을 그리워한다. 또한 「물을 만드는 여자」에서는 여성의 생식기를 대지와의 에로스로 확장시킨다. 그리고 「길에서의 키스」, 「두 조각 입술」에서 보여주듯이 육체로부터 소외시킨 가부장적 제도에서 벗어나 여자들의 육체와 정신을 일치시킨다. 이렇듯 문정희의 에로스적 공간은 삶의 가장 비밀스럽고 부끄러운 금기와 위반의 욕망을 대담하게 담론화하고 있다.

김혜순은 여성은 몸을 경전으로 삼아야하고, 여성이 몸을 여는 것은 에로스 그 자체에게 열 뿐이라고 말한다. 「다시, 불쌍한 사랑기계」, 「입술」은 에로스적 여성언어의 생성을 드러낸다. 그리고 「환한 걸레」, 「유화」 등도 인습으로 굳어진 여성성 자체를 드러내어 복원시킨다.

이처럼 두 시인에게 여성의 육체는 모성적 공간과 에로스적 공간으로서 여성성을 드러내는 데 핵심적인 역할을 한다. 여성의 몸은 가부장제의 억압과 근대의 욕망이 기술되어진 공간이며, 이러한 몸을 통하여 두 시인은 이념은 공유하면서도 시세계의 특징에서는 차이를 보이기도 한다.

3. 은유적 사유와 환유적 언술

문정희의 언술방식은 억압의 상황에서는 간결하고 직설적인 화법이 주로 사용되고, 경계와 탈주의 글쓰기 방식으로는 구어체인 말하기와 은유적인 수사법이 사용되고 있다. 아울러 김혜순은 억압의 상황에서는 대화체인 연극적 형식의 유희화가 주로 사용되고, 경계와 탈주의 글쓰기로는 언어들이 무한 반복되고 해체되는 환유적인 기법들이 사용되고 있다.

두 시인은 여성이라는 공동 주제 속에서 여성성을 진지하게 다루면서 가부장제에 대한 비판적인 언술방식을 다루고 있다. 그러나 두 시인의 시적 언술방식의 차이점은 문정희는 기존의 남성 언어와 차별화를 보이지는 않지만, 서정적, 직설적 화법, 은유적인 방식으로 당당한 여성성을 표현하고, 김혜순은 여성 고유의 여성성에 천착하여 여성의 언어를 창조하고 있다는 점이다. 특히 김혜순의 여러 시들에서 보이는 문체와 몸은 페미니즘 시에서 중요한 시사점을 제시한다.

글쓰기의 역사는 이성의 역사였고 그것은 스스로 만족해하는 남근 중심주의 그 자체였다. 이런 까닭에 여성은 자신의 육체로부터 격리되었던 만큼 글쓰기로부터도 격리되었다. 그렇지만 이제 여성은 여성 자신을 글로 써야하고, 글쓰기를 생활화해야 한다. 여성 속에는 항상 타자, 특히 다른 여성을 생산하는 힘이 있고, 그 스스로가 자신의 어머니이면서 자신의 딸이며, 자매이다. 여성은 잠재적으로 채비된 샘이 있으며, 어머니 또한 은유인 것이다. 여성 속에는 항상 어머니의 모유가 남아 있고, 그렇기에 여성은 흰 잉크로 글쓰기가 가능한 것이라고 엘렌 식수는 말한다.[13)]

울프는 엄격한 가부장제 사회에서 여성이 자신이 본 그대로의 사물을 왜곡시키지 않고 그려낸다는 것은 대단한 재능과 용기와 성실성을 요구하며, 우리는 혼자서 나아가야 하고 남자와 여자의 세계만이 아니라 더 큰 리얼리티의 세계에 우리가 관련을 맺고 있다는 사실을 인식하라고 말한다. 아울러 인간을 억압하는 지식의 틀, 언어의 틀을 바꾸고, 가부장적 사회에서는 남성들이 전쟁에 관한 것을 즐겨 쓰듯이 주제에서부터 여성의 글쓰기는 차이가 나며, 문체에서도 남녀의 차이는 나타날 수밖에 없다고 강조한다.[14)

"남성의 마음의 무게와 속도, 보폭은 여성과 너무 다르기 때문에 여성은 실속 있는 어떤 것을 그들로부터 성공적으로 따올 수는 없습니다. 너무 멀리 떨어져 있으므로 모방해 터득할 수 없는 것이지요. 아마 그녀가 펜을 종이에 대자마자 발견하게 될 첫 번째 사실은 그녀가 사용할 수 있는 공통의 문장이 없다는 것입니다."[15)라고 울프는 말하며 여성 글쓰기와 관련하여 몸으로 글쓰기를 제안한다. 이는 가부장적 사회에서 여자가 방해받는 속에서도 글을 쓸 수 있고 읽을 수 있어야 함을 지적한 것이다. 이는 여성들이 여자로, 몸으로 글을 쓰면 기존의 남성적 문학형식을 넘어서는 새로운 형식을 만들어 낼 것이기 때문이다.

이러한 상황에서 여성이 자기의 이야기를 하는 여성의 언어는 공식화된 표현방식인 시나 소설, 사사로운 문학 형태인 일기나 편지, 일상적 생활 속의 수다의 방식 등 모든 이야기하는 행위들을 일컫는다. 이 다양한 언술방식들은 여성이 가부장적 지배질서 안에서 받는 억압에 대해 적응하고, 인식하며, 저항하는 전략들이다.[16)

문정희는 남성적인 이데올로기에 대항하는 발언들을 대담하게 쏟아내며 서정적인 편지 형식과 간결하고 직설적인 화법, 은유, 아이러니,

패러디 등의 언술전략을 통하여 한국사회의 가부장적 이데올로기에 도전하고 있다. 반면에 김혜순은 대화체 언술방식, 유희적 태도, 연극적 형식, 환유적 언술 등 다양한 언술전략을 사용하여 기존의 남성적 지배언어가 아닌 여성만의 언어를 새롭게 창조하고 있다.

먼저 문정희의 시에서 억압된 침묵의 상황에서 힘든 현실에 저항하는 언술방식은 서정적인 편지형식과 간결하고 직설적인 화법, 독백 형식과 반어적 기법, 서사적 방식을 사용한다. 「소포」, 「딸아, 미안하다」, 「물을 만드는 여자」는 편지형식의 언술방식을 잘 보여준다. 「응시」는 간결한 문장으로 직접적이고 강렬한 메시지를 전달한다. 「부자가 되고 싶다」는 독백의 형식을, 「소」는 반어적 기법을 사용한다. 그리고 「아아, 사인(死因)」, 「눈 오는 날의 가족사진」, 「나의 집은 어디에」에서는 서사적 언술방법을 사용하여 가부장제의 희생물로 살아온 여자들의 내력을 담담하게 이야기한다.

김혜순의 시에서 억압과 감금의 언어형식은 고통의 극단을 유희화하는 방법, 반복과 대화체의 언술사용, 그로테스크한 이미지, 단절의 언어, 고백, 대화, 더듬거리기, 독백, 수다, 감각 등에 의한 방식으로 나타난다. 「내 시를 드세요」, 「어느 별의 지옥」에서는 삶의 고통스러움을 유희화한다. 처참한 상황의 극단에서 고통을 끌어안는 방법으로 천진무구한 어린 아이처럼 놀이를 즐기는 것이다. 또한 「그녀, 요나」, 「몰매」, 「연기의 알리바이」, 「告白」에서 보여주듯이 남성만의 공간에서 여성의 닫힌 공간을 벗어나 소통하기 위하여 대화체 언술을 사용한다. 그리고 「마주 보며 사라지기」, 「불면」에서는 연극적 형식과 유희화의 언술전략을 사용한다. 「홍수」에서는 그로테스크한 이미지를 반영하고, 「전염병자들아─숨차게」는 스타카토식 끊어진 구문으로 단절의 언어를 표현한다. 「출가

기」는 쉬지 않고 말하는 수다로, 「담배를 피우는 시체」는 더듬거리는
방식으로, 「판토마임 강사」는 감각에 의지하는 언술방식으로 표출한다.

　다음으로 억압의 상황에서 탈출을 모색하는 언술방식으로 문정희는 은
유, 동음이의어의 언어유희, 패러디, 구어체의 대화와 말하기로 나타나고
이를 통해 현실세계와 소통하고 풍자하며 탈출을 모색한다. 「문어」, 「학
문을 닦으며」, 「먼 길」은 비슷한 말소리로 두 개의 어휘를 결속시키는
동음이의어의 언술방식을 사용한다. 이러한 동음이의어는 유사성을 통
해 차이를 가로지른다는 저에서 은유적인 성격이 강하다. 「딸의 소식」
은 구어체의 대화로, 「풍선 노래」는 능동적인 주체가 되어 명령하는
어조의 구술방식으로 언어유희를 즐기며, 「"응"」은 대화의 기법을 사
용한다. 그리고 「학문을 닦으며」, 「먼 길」, 「보석의 노래」에서는 은유적
언술을 통해 사유의 언어를 구사하고 있으며, 「비극 배우처럼」, 「부부」
에서는 패러디 기법을 사용한다.

　김혜순의 시에서 억압의 상황을 극복하고자 탈주를 모색하는 글쓰
기는 여성의 몸을 절단, 파편화, 분해하여 환유적으로 부유하는 기법과
무한 프랙탈 도형이나 게임처럼 즐기는 언어유희를 주로 사용하고 있
다. 먼저 「우리 두 사람」은 회화적 상상력으로 추상적 기호에 언어의
이름을 붙인다. 이는 여성의 새로운 언어로 표현하기 위한 상상력의
일환이다. 「길을 주제로한 식사 5 - 딜리셔스 포에트리」는 몸의 기억들
을 불러내어 요리를 한다. 「말」에서도 남성 언어들 속에서 사라져가는
여성의 말들을 새로운 언어로 만들어 낸다. 김혜순의 경계해체와 탈주
를 모색하는 언술방식은 소통의 방식보다 남성언어와 동등한 여성언
어의 활성화에 초점을 맞추고 있음을 알 수 있다. 「컴퓨터 심연」, 「서
울」, 「출구를 찾아라」, 「타락천사」에서는 무한대의 프랙탈 도형이나

게임처럼 즐기는 언어유희를 사용한다. 특히 「타락천사」는 사유와 정서의 경험이 어우러진 여성의 몸이 발산하는 파동이 홀로그램처럼 반복된다. 또한 「구멍」, 「맨홀 인류」, 「구멍 산조」에서는 환유적인 부유성을 가진 여성의 몸을 통하여 몸이 시가 되는 언술방식으로 탈주의 언어를 구사한다.

유사성을 은유적 대체로, 인접성을 환유적 결합으로 설정한 로만 야콥슨의 관점을 확대해석하면, 은유는 세계를 해석하려는 인간의 의지를 반영하고, 세계의 사물성에 대해 인간이 투사하는 의미를 강조한다. 이러한 수직적 의미론은 그 의미론 바깥의 세계를 배제하는 효과를 지닌다. 반대로 환유는 세계의 사물성 자체에 관심을 보인다. 그것은 은유에 비해 상대적으로 의미를 덜 개입 시킨다. 환유는 의미를 지우고 사물들의 인접한 실제적 관계로 축소시키려는 경향을 보인다.17) 이런 관점에서 문정희는 정확하게 드러내는 은유적 글쓰기를 하고 있으며, 김혜순은 무한의 프랙탈 도형처럼 부유하고 탈주하는 환유적 시적 전략을 구사한다.

언어는 근본적으로 남성적 산물이며 아버지의 규범이기 때문에 여성은 자신의 소망을 발화하려 할 때 말을 온전하게 구사할 수 없다. 그래서 여성은 가부장적 체제에서 주변인으로서 말을 하고, 글을 쓴다. 여성은 '나'를 지우고, 나를 억압하는 절대적 주체의 말로, 그의 시선대로 고통을 표현하며 생존하지만, 이러한 겸양과 순종, 인내와 체념의 이면에는 욕망과 영웅적 과시, 정열과 분노의 진정한 언어가 숨어 있다.18) 더 나아가 여성 주체의 언어를 새롭게 창조하려는 페미니스트의 각고의 노력이 있다. 그런 노력의 결과 여성들은 자신들만의 언어를 다시 만들어 다양한 언술방식으로 현실 속에서 자신의 여성성을 표현할 수 있게 되었다.

주석

1) 아드리엔느 리치, 김인성 역, 『더 이상 어머니는 없다』, 평민사, 1995, pp.47-49 참조.

2) 서미선, 「버지니아 울프의 양성적 페미니즘 연구 : 『자기만의 방』과 『3기니』」, 국민대 석사논문, 2013, p.21.

3) 서미선, 위의 논문, p.21.

4) 김양선, 「소비자본주의 사회와 여성의 몸」, 『새 여성학 강의』, 동녘, 2010, p.122.

5) 이하 몸에 대한 이론적 논의는 이 책에서 참조함(김양선, 위의 글, pp.124~126 참조).

6) 김양선, 위의 글, pp.127-128 참조.

7) 김용희, 「김혜순 시에 나타난 여성 신체와 여성 환상 연구」, 『한국문학이론과 비평』 제22집, 한국문학이론과비평학회, 2004, p.311.

8) 강금숙, 「젠더(Gender)공간 구조로 본 서사체 연구」, 1989, 이화여대 박사학위논문, pp.1-2 참조.

9) 최명주, 「현대 여성시에 나타난 자궁 이미지」, 계명대 대학원 석사학위논문, 2011, p.2.

10) 맹문재 외 편, 『페미니즘과 에로티즘 문학』, 월인, 2002, p.313.

11) 앤소니 기든스, 배은경 외 역, 『현대 사회의 성·사랑·에로티시즘』, 1996, p.23.

12) 앤소니 기든스, 위의 책, p.45.

13) 엘렌 식수, 박혜영 역, 『메두사의 웃음 / 출구』, 동문선, 2004, pp.9-22 참조.

14) 한정아, 「버지니아 울프의 『자기만의 방』」, 『여자로 말하기, 몸으로 글쓰기』, 또하나의문화, 1992, pp.343-350 참조.

15) 한정아, 위의 글, pp.349-350에서 재인용.

16) 김성례, 앞의 글, pp.116-117.

17) 이장욱, 「로만 야콥슨(2) : 기호와 예술」, 『서정시학』, 2004, pp.137-140 참조.

18) 김성례, 앞의 글, p.117.

젠더의식과 여성시의 미학

　지금까지 문정희와 김혜순의 시에서 여성의 젠더의식이 어떻게 형성되고 표현되는지 비교·분석해 보았다. 특히 한국 페미니즘 시문학의 양대 경향을 대표하는 문정희와 김혜순은 문단 선후배이면서도 문학적 경향에 있어서 서로 대조적인 점이 많다. 그래서 두 시인의 시 세계를 페미니즘 1세대와 2세대의 차이에 주목하였다.

　가부장적 체제에 맞서 서구에서 페미니즘 운동이 일기 시작한 것은 18세기 무렵이지만, 한국에서는 1920년대에 페미니즘적 인식이 맹아를 보이기 시작했다. 그 후로 점진적인 진전을 보이다가 한국의 페미니즘 시가 본격화된 것은 1980년대였다. 1990년대에 이르면서는 한국 여성시의 발전이 중심적인 문화현상으로 부각되었다. 그리고 2000년대 이후 한국 페미니즘 시는 매우 다양한 모습으로 여성적 정체성을 형성해가고 있다.

　문정희 시인은 페미니즘 시의 선두세대로서, 가부장적 사회의 폭력에 대한 예리한 성찰을 보여주었으며 건강한 관능을 통해 여성적 정체성을 탐구해왔다. 그 다음 세대인 김혜순 시인은 '또하나의문화' 동인으로 활동하면서 여성적 글쓰기에 관한 새로운 인식과 언술방식을 보여줌으로써 한국 페미니즘 시의 질적 전환을 가져왔다. 문정희와 김혜순의 이러한 시적 탐구는 한국 여성시의 풍요로운 지반을 형성하는 데 중요한 기초가 되었다. 이처럼 두 시인은 여성시의 뚜렷한 문제의식과 뛰어난 시적 성취를

보여주고 있다. 또한 두 시인은 페미니즘의 이념을 공유하면서도 젠더의
식을 드러내는 시세계의 특징에서는 차이가 두드러지게 나타났다.

문정희는 한국 현대시에서 페미니즘을 본격화한 선두세대이다. 문정
희 시의 내용적 변화는 시대에 따라 뚜렷하게 나타나는 편이다. 그러
나 시적 형식이나 언술방식의 측면에서는 기존의 남성 언어와 분명한
차별화를 보이지는 않는다. 비교적 서정시의 전통에 친연하며 현실인
식을 명료한 언어로 전달하기 때문이다. 또한 환유적 언술방식을 극대
화한 탈주적 글쓰기보다는 은유적 언술방식을 통해 사유를 전달하는
쪽을 선호한다. 이 점에서는 여성적 글쓰기의 독자적인 언술방식에 천
착하는 김혜순과 차이를 보인다.

김혜순의 시들은 페미니즘적 인식 못지않게 여성의 육체에서 흘러
나오는 새로운 언어를 발견하는 데 관심을 기울인다. 김혜순은 시적
화자를 기존의 서정시적 문법이나 관습적 틀에 집어넣는 것이 아니라
자아의 변경에서 끊임없이 이동시킨다. 결국 부재의 지점으로까지 나
아가는 역동적 과정 속에서 몸으로 글쓰기가 이루어지는 것이다. 이것
은 몸에 관한 글쓰기가 아니라 몸 자체를 쓰는 것이며 현재 진행형의
자기 진술이다. 이처럼 '몸으로 글쓰기'라는 독특한 시적 인식과 언술
방식은 김혜순의 초기시부터 일관되게 나타난다.

문정희의 시는 한국 페미니즘 시가 본격화된 1세대로서 가부장적
체제와 삶의 현장에서 얻어진 경험적 현실인식이 두드러지게 나타났
으며, 언술방식의 독자성보다는 현실인식을 전달하는 언술내용에 초점
을 두고 있었다. 이 점에서 여성적 글쓰기의 언술방식을 탐구하는 데
집중하는 김혜순의 시와 대조적인 특징을 보이고 있었다. 이러한 언술
내용 중심의 글쓰기는 서구의 페미니즘 1세대에 해당하는 영미 페미

니즘 문학비평과 그 역할과 맥락을 같이 한다. 이처럼 한국의 1세대 페미니즘 시가 서구의 1세대 페미니즘 문학비평의 흐름과 유사한 양상을 드러내는 것은 자연스러운 현상이다. 동양에서든 서양에서든 페미니즘 1세대는 가부장적 현실에 맞서 여성의 독립적인 삶과 인식을 우선적으로 얻어내야 했기 때문이다.

김혜순의 시는 한국 페미니즘 시의 2세대로서 1세대의 현실인식에 기초한 언술내용보다는 언술방식이 단연 돋보인다. 김혜순의 시는 독창적인 여성적 글쓰기의 언술방식이 주류를 이루고 있다. 이는 문정희의 여성적 글쓰기와 대조적인 특징을 보인다. 이러한 언술방식은 서구 페미니즘 문학이론에서 2세대의 이론인 프랑스 페미니즘 문학비평과 맥락을 같이한다. 이를 통해 2세대 페미니즘 문학 또한 한국과 서구의 페미니즘 흐름이 동일한 양상을 보이고 있음을 알 수 있다.

이와 같이 문정희와 김혜순은 한국 페미니즘 시의 1세대와 2세대로서 각자의 개성적인 젠더의식을 보여주고, 서로 다른 시적 전략을 구사한다. 이러한 차이를 비교·분석하기 위해 이 책은 두 시인의 젠더의식을 크게 세 가지 차원에서 고찰하였다. 여성의 현실인식, 몸에 관한 인식, 그리고 시적 형식과 언술방식이 그에 해당한다.

먼저 여성의 현실인식과 젠더의식에서 문정희는 가부장적 체제에 대한 가사노동의 억압을 과감하게 드러내 보이며 여성해방을 외치고 있었다. 또한 여성성의 당당함을 넘어 페미니즘의 아름다운 경지를 펼쳐 보이며, 공생과 상생과 행복을 추구하는 양성성의 젠더의식이 표출되고 있었다.

반면에 김혜순은 무례하고 비도덕적인 남성들의 폭력성을 유쾌한 반란으로 반전시키면서, 몸 스스로 시를 행하고 있었고, 여자들의 몸속에 만물을 살리는 여성성이 근본적으로 내장되어 작동되는 생성의 힘과 상생의 여성성을 드러내고 있었다.

그리고 여성의 몸과 젠더의식에서 문정희는 모성적 신체공간을 통하여 당당하고 아름다운 여성의 가치를 새롭게 발견해 내고 있었고, 이러한 여성성의 생명력과 재생을 통하여 다산과 풍요를 추구하고 있었다. 또한 에로스적 신체공간에서는 왜곡된 남성성을 거침없이 질타하면서 이상적인 남성상을 요구하였고, 감추어진 성을 담론화하여 금기와 위반의 섹슈얼리티를 욕망하는 대담한 여성성을 드러내고 있었다.

반면에 김혜순은 모성적 신체공간에서 부유하며 파열하는 여성의 신체를 드러내고 있으며, 이러한 여성성은 결핍이 아니라 흘러넘치는 부재와 균열을 나타내고 있었다. 아울러 에로스적 신체공간에서는 인습으로 굳어진 여성성을 복원시켜 새로운 여성의 언어를 생성하고 있었다.

마지막으로 여성의 언술방식과 젠더의식에서는 문정희는 억압의 상황에서는 간결하고 직설적인 화법의 서정적 진술을 사용하였다. 이러한 시적 언술방식을 통하여 지배와 피지배의 불합리한 양성관계가 아닌 깨어 있는 의식을 통한 진정한 소통을 시도했다. 또한 은유적 사유를 주로 사용하여 시인은 현실세계와 소통하고 풍자하며 탈출을 모색하고 있었다.

반면에 김혜순은 서정시적 특성의 경계를 무너뜨리고 기존의 서정시에 대한 고정관념과 관습적 인식에 대항하고 있었다. 김혜순은 억압의 상황에서는 고통의 극단을 유희화하는 대화체의 언술, 고백, 더듬거리기, 독백, 수다 등 연극적 유희 방식으로 나타났다. 또한 경계와 탈주의 글쓰기에서는 기존의 남성언어로는 여성의 몸을 제대로 드러낼수 없다는 인식하에 몸의 언어화라는 다언어 전략으로 언어들이 무한반복되고 해체되는 환유적인 기법들이 사용되고 있었다.

문정희와 김혜순의 시에서 여성의 젠더의식을 비교·분석해 본 결과 분명하게 드러난 사실은 가부장적 사회에서 여성의 현실인식과 언술방식은 불가분의 관계라는 것이다. 다만 구체적인 모색과정에 있어서 문정희는 여성의 인격적 주체로서의 권리에 대한 인식 변화를 우선으로 하고 있었고, 김혜순은 여성적 글쓰기의 새로운 언술방식을 보여주었다.

특히 문정희는 은유적 사유의 남성적 언어의 틀을 크게 벗어나지는 않았지만, 활달한 사유의 언어로서 페미니즘 시에 대로를 개척하였고, 김혜순은 은유적 사유를 벗어나 환유적 기법으로 여성만의 독특한 문체와 언술방식을 창안했다. 이러한 차이에도 불구하고 여성의 내면과 육체를 독자적 주체로 복원시키고 여성적 글쓰기의 전범을 보여주었다는 점에서 두 시인은 한국 여성시의 새로운 미학적 지평을 열었다고 평가할 수 있다.

▌참고문헌

• 기본자료

김혜순, 『또 다른 별에서』, 문학과지성사, 1981.

_____, 『아버지가 세운 허수아비』, 문학과지성사, 1994.

_____, 『어느 별의 지옥』, 문학과지성사, 1988.

_____, 『우리들의 음화』, 문학과지성사, 1990.

_____, 『나의 우파니샤드, 서울』, 문학과지성사, 1994.

_____, 『불쌍한 사랑기계』, 문학과지성사, 1997.

_____, 『달력 공장 공장장님 보세요』, 문학과지성사, 2000.

_____, 『한 잔의 붉은 거울』, 문학과지성사, 2004.

_____, 『당신의 첫』, 문학과지성사, 2008.

_____, 『슬픔치약 거울크림』, 문학과지성사, 2011.

_____, 『여성이 글을 쓴다는 것은』, 문학동네, 2002.

문정희, 『새 떼』, 민학사, 1975.

_____, 『혼자 무너지는 종소리』, 문학예술사, 1984.

_____, 『아우내의 새』, 랜덤하우스, 2007.

_____, 『찔레』, 도서출판 북인, 2008.

_____, 『별이 뜨면 슬픔도 향기롭다』, 미학사, 1993.

_____, 『남자를 위하여』, 민음사, 1996.

_____, 『오라, 거짓 사랑아』, 민음사, 2001.

_____, 『양귀비꽃 머리에 꽂고』, 민음사, 2004.

_____, 『나는 문이다』, 뿔, 2007.

_____, 『지금 장미를 따라』, 뿔, 2009.

_____, 『다산의 처녀』, 민음사, 2010.

_____, 『카르마의 바다』, 문예중앙, 2012.

_____, 『운명아 비켜라 내가 간다』, 동화출판사, 1992.

_____, 『당당한 여자』, 둥지, 1996.

_____, 『눈물』, 집현전, 1997.

_____, 『사포의 첫사랑』, 세계사, 1998.

_____, 『문학의 도끼로 내 삶을 깨워라』, 다산북스, 2012.

• 국내저서

– 단행본

권명아, 『맞장뜨는 여자들』, 소명출판, 2001.

김경수 편, 『페미니즘 문학비평』, 프레스 21, 2000.

김선우, 『물밑에 달이 열릴 때』, 창작과비평사, 2002.

김선희, 『과학기술과 인간정체성』, 아카넷, 2012.

김양선, 『한국 근·현대 여성문학 장의 형성』, 소명출판, 2012.

김영옥 편, 『근대, 여성이 가지 않은 길』, 또하나의문화. 2001.

김용희, 『페넬로페의 옷감짜기』, 문학과지성사, 2004.

김 현, 『젊은 시인들의 상상세계 / 말들의 풍경』, 문학과지성사, 1992.

김혜영, 『메두사의 거울』, 부산대출판부, 2005.

나병철, 『모더니즘과 포스트모더니즘을 넘어서』, 소명출판, 2001.

또하나의문화 편, 『열린 사회, 자율적 여성』 제2호, 평민사, 1986.

_____, 『여성해방의 문학』 제3호, 평민사, 1987.

_____, 『주부, 그 막힘과 트임』 제6호, 또하나의문화, 1990.

_____, 『여자로 말하기, 몸으로 글쓰기』 제9호, 또하나의문화, 1992.

_____, 『새로 쓰는 결혼 이야기·1』 제11호, 1996.

_____, 『새로 쓰는 결혼 이야기·2』 제12호, 1996.

맹문재 외 편, 『페미니즘과 에로티즘 문학』, 월인, 2002.

문정희 외, 『제11회 소월시문학상 수상작품집』, 문학사상사, 1996.

부산대 여성연구소, 『왜 아직도 젠더인가?』, 부산대학교 출판부, 2011.

송명희, 『페미니즘 비평』, 한국문화사, 2012.

(사)한국여성연구소, 『새 여성학 강의』, 동녘, 2005.

서강여성문학연구회 편, 『한국문학과 모성성』, 태학사, 1998.

신동욱 편, 『한국 현대문학사』, 집문당, 2004.

심진경, 『여성, 문학을 가로지르다』, 문학과지성사, 2005.

이경수, 『불온한 상상의 축제』, 소명출판, 2004.

이상경, 『한국근대여성문학사론』, 소명출판, 2002.

이정호 편, 『페미니즘과 영미문학 읽기』, 서울대학교 출판부, 1996.

이혜원, 『생명의 거미줄』, 소명출판, 2007.

이화어문학회, 『우리 문학의 여성성·남성성(현대문학편)』, 월인, 2001.

정끝별, 『천 개의 혀를 가진 시의 언어』, 하늘연못, 1999.

정순진, 『한국문학과 여성주의 비평』, 국학자료원, 1987.

정영자, 『한국 페미니즘 문학 연구』, 좋은날, 1999.

조애리, 『19세기 영미소설과 젠더』, L. I. E., 2010.

최동호 외 편, 『한국문학선집 1900~2000 시』, 문학과지성사, 2007.

한국영미문학페미니즘 학회, 『페미니즘, 어제와 오늘』, 민음사, 2000.

한국프랑스철학회, 『프랑스 철학과 문학비평』, 문학과지성사, 2008.

한국미학예술학회 편, 『예술과 자연』, 미술문화, 1997.

－논문 및 평론

강금숙, 「젠더(Gender) 공간 구조로 본 서사체 연구」, 이화여대 박사학위논문, 1989.

강석주, 「2000년대 한국 여성시인으로서의 김민정 읽기－시적 언어의 페미니 즘적 전
    유」, 서울대 석사학위논문, 2013.

구명숙, 「문정희 시의 양성평등의식 연구」, 『한국사상과문화』, 한국사상 문화학회, 2012.

권오만, 「김혜순 시의 기법 읽기」, 『전농어문연구』 제10집, 서울시립대 국어국문학과,
    1998.

권오룡, 「조화와 이상과 방법적 시」, 김혜순, 『아버지가 세운 허수아비』, 문학과지성
    사, 1994.

권혁웅, 「물의 노래를 들어라」, 문정희, 『카르마의 바다』, 문예중앙, 2012.

김명원, 「한국 현대시의 에코페미니즘 연구」, 성균관대 박사학위논문, 2006.

김미현, 「여성, 말하(지 못하)는 타자－여성 언어의 자궁과 배꼽」, 『판도라상자 속의
    문학』, 민음사, 2001.

_____, 「육체의 글쓰기」, 이화어문학회, 『우리 문학의 여성성·남성성』, 월인, 2001.

_____, 「한국 근대 여성소설의 페미니스트 시학」, 이화여대 박사학위논문, 1995.

김선희, 「여성의 범주와 젠더정체성의 법적 수행」, 『이화젠더법학』 제4권, 이화여자대

학교 젠더법학연구소, 2012.

김승희, 「상징질서에 도전하는 여성시의 목소리, 그 전복의 전략들」, 『여성문학연구』 2호, 한국여성문학학회, 1999.

_____, 「한국 현대 여성시에 나타난 제국주의 남근(phallus) 읽기」, 『여성 문학연구』 7호, 한국여성문학학회, 2002.

김양선, 「소비자본주의 사회와 여성의 몸」, (사)한국여성연구소, 『새 여성학 강의』, 동녘, 2010.

김영옥, 「너와 함께 마시는 붉은 거울」, 『서평문화』 제55집, 2004년 가을호.

_____, 「눈 / 깃털 / 바다 / 별 / 바이러스, 그리고 활자로 내리다」, 김혜순, 『달력공장 공장장님 보세요』, 문학과지성사, 2000.

_____, 「한국 현대 여성시의 공간 상징 연구」, 중앙대 박사학위논문, 2008.

김영주, 「여성 중심의 글쓰기-강은교, 문정희 시인을 중심으로」, 『어문논총』 12집, 청주대학교, 1996.

김용희, 「근대 대중사회에서 여성시학의 현재적 진단과 전망」, 『대중서사연구』 10집, 대중서사학회, 2003.

_____, 「김혜순 시에 나타난 여성 신체와 여성 환상 연구」, 『한국문학이론과비평』 제22집, 한국문학이론과비평학회, 2004.

김임미, 「에코페미니즘의 논리와 문학적 상상력」, 영남대 박사학위논문, 2004.

김정란, 「하염없이 터져 흐르는……」, 『현대시』, 1996년 9월호.

김주연, 「소통의 갈구, 물길 트기-김혜순의 최근 시」, 『문학과 사회』, 1994년 가을호.

김향라, 「한국 현대 페미니즘시 연구-고정희 최승자 김혜순 시를 중심으로」, 경상대 박사논문, 2010.

김현미, 「현대시에 나타난 여성적 글쓰기-고정희, 문정희, 김혜순을 중심으로」, 경희대 교육대학원 석사학위논문, 2010.

김혜순·이광호 대담, 「소용돌이치는 만다라」, 『문학과 사회』, 1997년 여름호.

나희덕, 「다성적 공간으로서의 몸-김혜순론」, 『현대문학의 연구』 20집, 한국문학연구학회, 2003.

_____, 「전봉건의 전쟁시에 나타난 은유와 환유」, 『인문학연구』 제43집, 조선대인문학연구원, 2012.

남진숙, 「에코페미니즘적 관점에서 본 여성 주체의 태도와 인식」, 『한국사상과문화』, 한국사상문화학회, 2010.

남진우, 「거울의 꿈」, 『문학동네』, 2004년 가을호.

김혜순·서동욱 대담, 「몸 속의 물을 깨워내기」, 『문학동네』, 2004년 가을호.

문정희, 「외줄타기와 곡비」, 『시와 시학』, 2004, 여름호.

문혜원, 「어머니의 이름으로 시간 앞에 우뚝 서다」, 『시와 시학』, 2004년 여름호.

민경숙, 「주디스 버틀러의 젠더 이론 어떻게 읽을 것인가?」, 『자연과학연구소논문지』 16집 1호, 용인대학교 자연과학연구소, 2011.

박상수, 「김혜순 시의 히스테리적 상상 체계 연구」, 명지대 박사학위논문, 2010.

_____, 「상처받은 주체의 치유, '몸'과 '세계'의 이중 억압을 넘어서 : 『달력 공장 공장장님 보세요』를 중심으로 본 김혜순의 시세계」, 『현대문학』, 2004년 6월.

박주영, 「실비아 플라스와 최승자 시에 나타난 여성 분노의 미학적 승화」, 『비교한국학』, 국제비교한국학회, 2012.

박찬일, 「현실원칙에서 이상원칙으로」, 『시와시학』 제54호, 시와시학사, 2004년 여름호.

박혜경, 「시, 혹은 여성성의 잃어버린 영토」, 『오르페우스의 시선으로』, 2007.

백지연, 「불온한 시, 어머니의 노래」, 『문학과 사회』, 1997년 여름호.

서진영, 「사랑, 마음 문에 홍등 걸기-문정희론」, 조선일보 2003년 신춘문예 문학평론 당선작.

성민엽, 「몸의 시학, 역동적인 에로스」, 『나의 우파니샤드, 서울』, 문학과지성사, 1994.

성은주, 「문정희 시의 변모양상」, 한남대 석사학위논문, 2010.

신익호, 「현대시의 모방적 패러디 소고」, 『한국언어문학』 52집, 한국언어문학회, 2004.

양은창, 「문정희 시에 나타난 여성 신체어 성격」, 『한국문예창작』 5집 1호, 한국문예창작학회, 2006.

엄경희, 「상처받은 가이아의 복귀 : 여성시에 나타난 에코페미니즘」, 『한국근대문학연구』 4집 1호, 한국근대문학회, 2003.

오생근, 「육체의 시대와 육체의 시학」, 『동서문학』, 1997년 여름호.

오정국, 「한국 현대시의 설화수용 양상 연구」, 중앙대 박사학위논문, 2002.

윤영옥, 「최명희 소설에 나타난 젠더의식」, 『현대문학이론연구』 33권, 현대문학이론학회, 2008.

윤향기, 「한국 여성시의 에로티즘 연구」, 경기대 박사학위논문, 2009.

이경호, 「돌연한 상상력의 두 가지 특징-김혜순의 시세계」, 『문학과 사회』, 1997년 여름호.

이광호, 「나, 그녀, 당신, 그리고 첫」, 김혜순, 『당신의 첫』, 문학과지성사, 2008.

이명희, 「현대 여성시에 나타난 고전 속 여성신화의 전복적 양상-김혜순, 김승희, 문정희 시인을 중심으로」, 『온지논총』 32집, 온지학회, 2012.

이송희, 「김혜순 시의 몸 상상력과 의미구조」, 『호남문화연구』 제36집, 호남문화연구소, 2005.

이유림, 「현대 여성시의 여성의식 연구―김승희, 김혜순, 최승자를 중심으로」, 계명대 교육대학원 석사학위논문, 2009.

이장욱, 「로만 야콥슨(2) : 기호와 예술」, 『서정시학』 14집 4호, 2004.

이재복, 「몸과 프랙탈의 언어―김혜순론」, 『현대시학』, 2000년 1월.

이주영, 「김혜순 시의 몸 이미지에 대한 고찰」, 중앙대 석사학위논문, 2000.

이태동, 「문정희 시의 에코페미니즘 연구」, 고려대 석사학위논문, 2006.

이혜원, 「보석, 빛이 된 어둠」, 문정희, 『나는 문이다』, 뿔, 2007.

장석주, 「가부장제 이데올로기의 담론 위를 가로질러 오는 여성시들―박서원, 허혜정, 허순위의 근작시들을 중심으로」, 『현대시』, 1996년 7월호.

장영우, 「바람과 불, 그리고 사랑―문정희론」, 『현대시』, 1996년 3월호.

정과리, 「망가진 이중 나선」, 『불쌍한 사랑기계』, 문학과지성사, 1997.

정영자, 「문정희 시세계」, 『신라대학교 논문집』 제40집, 신라대, 1995.

정영주, 「고정희시의 탈식민주의 페미니즘에 관한 고찰 : 『모든 사라지는 것들은 뒤에 여백을 남긴다』를 중심으로」, 『한국문예창작』 5집 1호, 한국문예창작학회, 2006.

정종민, 「한국 현대 페미니즘 시 연구―사적 전개 양상을 중심으로」, 성균관대 박사학위논문, 2008.

정지현, 「회화의 표현방식으로서의 은유와 환유 : 여성성과의 관계를 중심으로」, 홍익대 석사학위논문, 2002.

조현준, 「다리 위가 편한 퀴어의 눈으로 바라보기」, 『여성문학연구』 16권, 한한국여성문학회, 2006.

최명주, 「현대 여성시에 나타난 자궁 이미지」, 계명대 석사학위논문, 2011.

한명희, 「시의 산맥을 향한 대장정」, 『시와시학』, 2004년 여름호.

한성철, 「20세기 이탈리아 문학에 나타난 성과 젠더 연구―모라비아와 파솔리니를 중심으로」, 『세계문학비교연구』 6집, 세계문학비교학회, 2002.

황현산, 「딸의 사막과 어머니의 서울―『나의 우파니샤드, 서울』까지의 김혜순」, 『말과 시간의 깊이』, 문학과지성사, 2002.

·번역서 및 국외 저서

니콜러스 로일, 오문석 역,『자크 데리다의 유령들』, 앨피, 2007.

레나 린트호프,『페미니즘 문학이론』, 인간사랑, 1998.

로즈마리 통, 이소영외 역,『21세기 페미니즘 사상』, H.S.MEDIA, 2010.

마리아 미스·반다나 시바, 손덕수 외 역,『에코페미니즘』, 창작과비평사, 2000.

메기 험, 심정순 외 역,『페미니즘이론사전』, 삼신각, 1995.

벨 훅스, 박정애 역,『행복한 페미니즘』, 큰나, 2002.

빅터 E 테일러·찰스 E 윈퀴스트 편집, 김용규 외 역,『포스트모더니즘백과사전』, 경성대학교 출판부, 2007.

아드리엔느 리치, 김인성 역,『더 이상 어머니는 없다』, 평민사, 1995.

앤소니 기든스, 배은경 외 역,『현대 사회의 성·사랑·에로티시즘』, 새물결, 1996.

엘레인 쇼왈터 외, 김열규 외 역,『페미니즘과 문학』, 문예출판사, 1988.

엘렌 식수, 박혜영 역,『메두사의 웃음/출구』, 동문선, 2004.

이시하라 치아키 외, 송태욱 역,『매혹의 인문학 사전』, 앨피, 2009.

제인 프리드먼, 이박혜경 역,『페미니즘』, 이후, 2002.

조세핀 도노번, 김익두 외 역,『페미니즘 이론』, 문예출판사, 1993.

조셉칠더즈·게리헨치 편, 황종연 역,『현대 문학·문화 비평 용어사전』, 문학 동네, 1999.

조안 러프가든, 노태복 역,『진화의 무지개』, 뿌리와이파리, 2010.

쥬디스 버틀러, 김윤상 역,『의미를 체현하는 육체』, 인간사랑, 2003.

_____, 조현준 역,『젠더 트러블』, 문학동네, 2008.

진 시노다 볼린, 조주현 외 역,『우리 속에 있는 여신들』, 또하나의문화,1992.

캐롤린 머천트, 허남혁 역,『래디컬에콜로지』, 이후, 2001.

토릴 모이, 임옥희 외 역,『성과 텍스트의 정치학』, 한신문화사, 1994.

팸 모리스, 강희원 역,『문학과 페미니즘』, 문예출판사, 1997.

헬레나 미키, 김경수 역,『페미니스트시학』, 고려원, 1992.

페미니즘의 이론과 유형

페미니즘(Feminism)[1]의 근본목표는 여성은 물론 남성도 다 함께 존중받고, 상호간의 존엄성이 확보되는 양성평등사회에서 인간다운 삶을 살도록 이끄는 데 있다. 페미니즘은 그 자체의 사상과 역사 그리고 실천을 가진 분야이며, 이들은 통합된 것이 아니고 끊임없이 논쟁 중에 있다.[2]

이러한 페미니즘에는 여러 유형이 존재하는데, 이는 여성운동 자체의 역사와 관련이 깊다. 여성들의 집단적 움직임이 일어난 것은 동서양을 막론하고 근대 사회로 접어들면서였다. 18세기 서구에서 시작된 중세신분사회로부터 근대사회로의 본격적인 전환은 자유·평등사상을 불러 일으켰고, 그 가운데 여성들도 남성과 같은 동등한 인간의 권리를 주장하였다. 여성 차별적인 교육제도나 법률, 관습에 대한 항의를 중심으로 한 자유주의적 흐름은 지금까지도 진행 중이지만, 여성 참정권이 확보되는 20세기 초·중엽까지 여성운동의 중요한 한 축을 이루었다.

한편 산업혁명 이후 노동계급의 급성장과 아울러 사회변혁 운동이 활성화되면서, 여성운동에도 마르크스주의를 비롯한 사회주의 운동과 맥을 함께하는 흐름이 생겨났다. 이들은 종전의 자유주의 여성운동과는 달리 남녀차별만이 아니라 경제적 억압을 포함한 여성들의 상황 전반에 관심을 기울이고 사회구조의 근본적인 변화를 추구하였다. 또한 서구의 산업화와 더불어 시작된 제국주의적 식민지 경영과 식민지사회에서 일어난 민족해방운동 역시 여성운동은 사회주의적인 성격을 띠면서도 특수하게는 민족해방의 이념과 결합하게 된다.

여성의 참정권이 확보되고 식민지의 대부분이 독립한 20세기 후반, 서구의 경우는 1960년대 말 미국과 유럽에서 일어난 학생운동을 비롯한 사회운동을 계기로 여성운동이 급성장한다. 참정권 운동 이후 다시 활성화되었다 하여 이를 흔히 여성운동의 '제2의 물결'이라고 부른다. 이러한 가운데 급진주의나 사회주의라 불리는 새로운 조류들이 생겨나고 제3세계 국가들에서는 새로이 신식민주의의 극복이 과제로 등장하고 여성운동도 사회운동과 연대하며 여성노동운동도 활발하게 전개되었다.[3] 이러한 여성운동의 역사를 바탕으로 페미니즘 이론은 20세기 후반부터 최근에 이르기까지 사회, 문화, 정치, 경제의 각 분야에 확산되고 있다.

조세핀 도노번[4]은 역사의 중요한 부분들은 수세기에 걸쳐 발전되어온 페미니스트 이론의 광범위한 영역을 형성하고 있다고 말하면서, 페미니즘의 갈래를 계몽주의적 페미니즘, 문화적 페미니즘, 페미니즘과 마르크시즘, 페미니즘과 프로이트주의, 페미니즘과 실존주의, 래디컬 페미니즘 등으로 분류한다.

로즈마리 통[5]은 페미니즘은 평등사회를 위해 분투하는 모든 인간, 즉 여성, 남성, 그리고 어린이들에 대한 것이며, 페미니즘 사상의 풍요로운 다양성은 인간평등이라는 기본 메시지를 전파한다고 말하면서, 성별상의 불평등에 대한 각각의 관점들에 따라 페미니즘 사상을 자유주의, 급진주주의, 마르크스주의/사회주의, 정신분석, 돌봄 중심, 복합

문화 / 전 지구 / 포스트식민주의, 에코페미니즘, 포스트모던 / 제3의 물결 페미니즘과 같은 칭호들로 구분한다. 이 칭호들은 페미니즘이 거대하거나 닫힌 이데올로기가 아니고, 페미니스트들이 모두 다 똑같은 생각을 하는 것이 아니라는 점을 말해주며, 이렇듯 페미니즘 사상은 조직적이고 계통이 선 학파로 분류되는 것이 아니라 학제적이며 교차적이고 상호 맞물려 있다고 말한다.

이 외에도 제1의 물결, 제2의 물결로 분류6)되기도 하는 등 다양한 이론들로 나누어진다. 이러한 이론들을 바탕으로 한 페미니즘의 유형에는 자유주의 페미니즘, 급진적 페미니즘, 마르크스주의 페미니즘, 사회주의 페미니즘, 정신분석학적 페미니즘, 실존주의 페미니즘, 포스트모던 페미니즘, 에코페미니즘, 탈식민주의 페미니즘 등이 있다.

먼저 자유주의 페미니즘은 18세기의 자유주의 철학에서 시작되었고, 페미니즘으로서는 가장 오래된 역사를 가지고 있다. 1792년 메리 울스톤 크래프트의 『여성의 권리의 옹호』7)와 1869년 존 스튜어트 밀의 『여성의 예속』은 개인의 자율성과 자기실현이라는 전통적인 자유주의 개념에 중점을 둔 텍스트였다. 또한 페미니즘 문학의 개척자인 버지니아 울프(Virginia Woolf)는 여성이라는 의식과 관점을 초월하고, 예술적인 형상화를 통해 원망과 유감을 모두 융해하고 소진하는 방법으로 양성적 지성을 작가의 이상으로 삼았다.8)

전미여성기구(NOW : the National Organization for Women)로 대표되는 20세기 후반의 자유주의 페미니즘은 여성을 위한 동등한 권리, 동등한 기회, 동등한 보수를 옹호하고 법률, 경제, 사회면에서의 공정성을 위해 활동하며 교육, 입법, 소송 같은 방법을 사용하고 있다.9) 최근 들어 비자유주의 페미니스트들은 자유주의 페미니즘 사상의 주요원칙(모든 인간은 합리적이고 자유로우며, 기본적인 권리들을 공유하고, 누구나 동등하다)이 반드시 모든 여자들의 이해관계를 향상시키지는 않는다고 비판한다. 그러나 현재 시민으로서, 교육에서, 직업에서, 자녀 출산에서 여자들이 누리고 있는 많은 권리들은 자유주의 페미니스트들의 운동 때문이다.10)

급진적 페미니즘(Radical Feminism)은 1960년대 후반에 일어나 1967년과 1971년 사이에 절정에 달한 운동이다. 시민권운동11)가와 뉴 레프트12) 활동가들이 여성이 한 계급으로서 당하는 억압에 대응하지 못했다는 것이다. 급진적 페미니즘 그룹에는 '페미니스트(The Feminist)' '뉴욕 급진파 여성(New York Radical Women)' '레드스타킹즈(Redstockings)'와 그 밖의 많은 집단이 있었다. 다른 급진파들과 비슷하게 급진적 페미니스트들은 혁명과 대중운동 조직에 투신하고 있었지만 다른 좌파들과 달리 계급이 아니라 파이어스톤이 말한 '성의 변증법'을 모든 억압의 원인이라고 보았다.

급진적 페미니스들은 공공 영역에서의 변화를 추구하는 동시에 "개인적인 것은 정치적인 것이다"라는 표현을 퍼뜨렸는데, 그 표현의 의미는 결혼, 가사노동, 육아, 이성애(heterosexuality) 등은 사사로운 활동이 아니라 가부장제(patriarchy, 家父長制)13) 제도이며 정치적 행동주의에 추가된 표적이라는 것이다. 그래서 그들의 운동은 공중시위에서부터 '의식발양그룹'에까지 걸쳐 있었다. 급진적(아울러 자유주의적) 페미니즘의 유산에는 여성 건강관리운동, 아동위탁 센터(day care center), 여성 보호시설, 합법적 낙태가 포함된다. 1970년대 들어 급진적 페미니즘은 문화적 페미니즘이라고 불리는 것에 밀려났다. 문화적 페미니즘은 계급으로서의 여성에 초점을 맞춘 급진적 페미니즘의 작업을 다듬어 여성문화와 여성공동체에 대한 찬양으로 이끌었다.14)

마르크스주의 페미니즘(Marxist Feminism)과 사회주의 페미니즘(Socialist

Feminism)의 이론들은 젠더 불평등과 여성의 억압을 자본주의 생산체계나 분업체계와 연관시킨다.15) 그러나 실제로 이 두 이론을 구분하기는 어렵다. 전자는 남녀차별주의보다 계급차별주의가 여성 억압의 근본 억압이라고 보는 반면에, 후자는 여자들이 생산적인 작업장으로 진입했어도 일터나 가정에서 동등한 자격을 획득한 것은 아님을 문제시 한다.16) 마르크스주의 페미니즘의 목적은 여성 종속의 유물론적 근거를 설명하고, 생산 유형과 여성 지위의 관계성 및 여성과 계급 이론들을 가족의 역할에 적용시키는 것이다. 그 예로 일(생산)과 여가(소비)의 분리가 남성을 위해 존재하는 구분임을 보여주는데, 가정을 일의 세계로부터 피난처로 받아들이는 사회적 개념에는 노동의 성적 차별이 감춰져 있다. 이 점은 가정에서의 노동을 신비화시키고, 가정에서의 노동이 자본주의와 가부장 제도를 재산출하는 데 도움이 된다는 사실을 모호하게 해 버린다. 이들은 여성의 사회적 불평등에 대한 이론을 일관되게 창출한다.17)

이런 이유들과 연관지어 사회주의 페미니스트들은 "인종 / 민족성 또는 성적 경향과 같은 정체성의 다른 양상들뿐만 아니라 계급과 성을 통합하는 일관성 있고 체계적인 방식으로 여자들의 예속을 이해"하고자 노력한다.18) 이들은 생산수단 소유권뿐만 아니라, 사회적 체험까지도 바꿔야할 필요가 있다고 주장한다. 여성 억압의 근거가 자본주의 경제체제 전반에 깔려 있기 때문이다. 사회주의 페미니즘에서는 남성들이 여성 지배에 유물론적으로 구체화된 관심을 보이고 있고, 따라서 이러한 지배를 영속시키기 위해서 다양한 제도상의 배열을 구조화한다는 것이다. 즉 '경제'에 대한 의례적 정의를 넘어서 화폐교환에 포함되지 않은 행위를 고려하는데, 그 예로 가정의 출산 및 성행위를 포함시키는 것이 그러하다. 모든 형태의 생산 활동을 분석하면서 사회주의 페미니

즘에서는 성이라는 분석도구를 계급이라는 도구와 접합시킨다.[19]

지금까지 살펴본 각각의 유형은 사회의 정치적, 경제적 구조나 인간의 성적 관계, 출산 관계, 역할, 실천에 뿌리박혀 있는 여성 억압에 대한 페미니즘의 역사와 유형들이었다. 그러나 이와는 대조적인 방식에서 정신분석학적 페미니즘이 등장한다.

정신분석학적 페미니즘은 프로이트의 『섹슈얼리티 이론에 대한 세 가지 공헌』을 이론적 기초로 한다.[20] 정신분석 페미니스트들은 여자들의 행동방식에 대한 근본적인 설명이 여자들의 정신, 특히 여자로서의 자기 자신에 대한 사고방식에 깊이 뿌리박고 있다고 주장한다. 그들은 오이디푸스 이전 단계나 오이디푸스 단계와 같은 프로이트의 복합개념에 의존하여, 성별 정체성, 그리고 더 나아가 성별 불평등이 일련의 유아기와 초기 아동기의 경험에 뿌리박고 있다고 주장한다. 이들의 판단에 의하면, 대체로 정신분석을 통해서만이 접근할 수 있는 이 경험들은 개인이 자기 자신을 남성적 또는 여성적 견지에서 간주하고 자기 자신을 남자아이 또는 여자아이로 생각하는 원인이다. 더욱이 바로 이 경험들이 사회가 여성적인 것보다 남성적인 것에 더 많은 특전을 부여하는 원인이다. 정신분석 페미니스트들은 비-가부장적 사회에서 남성성과 여성성이 다르게 구성되는 동시에 가치부여도 다를 것이라는 가설을 설정하고서, 우리의 유아기와 초기 아동기의 경험들을 바꾸든지 아니면 좀 더 과격하게 우리 자신을 남자 또는 여자로 생각하게 만드는 언어구조를 변형시킴으로써 그런 비-가부장적 사회를 향하여 나아갈 것을 권고한다.[21]

실존주의 페미니즘은 시몬 드 보봐르(Simone de Beauvoir)의 『제2의 성』을 적극 수용하여 남자와 여자 사이의 차이점들은 자연적인 것이 아니라 사회, 문화적인 차원이므로 변화될 수 있고, 변화될 것이라고 본다.

그들은 여성의 타자성에 주목하는데, 즉 남성은 '자아'이기에 자신의 존재를 스스로 정의 내릴 수 있는 자유롭고 능동적인 존재이나 여성은 비본질적인 '타자'로 취급되고 스스로들은 그것을 내면화하기에 자기 자신으로 존재하는 것이 아니라 남자가 정의한 대로 인식한다는 것이다. 때문에 여성은 '여성으로 태어나는 것이 아니라, 여성으로 길러진다'는 결론에 도달한다. 그리고 남성은 여성에 관한 신화를 통해 여성을 효과적으로 통제하려고 한다. 여성을 자연처럼 변덕스러운 카멜레온으로 파악하거나 그 반대로 자기희생적인 여성을 이상화 혹은 우상화함으로써 여성의 본성을 애매모호한 것으로 파악하는 것이 그 예이다. 이에 대해 보봐르는 '여자에게는 이미 정해져 있는 본질이 없기 때문에 자신의 자아를 스스로 창조할 수 있는 능력이 있다'고 말한다.[22]

페미니즘 사상의 본질주의에 대한 비판은 분석 범주로서 '여성들'이라는 용어를 사용하는 것이 가능한지 또는 바람직한지에 관한 논쟁을 가져 왔고, 페미니스트들은 포스트모던 및 후기구조주의 이론 속에서 이러한 도전에 대한 해답을 탐구했다. 그것은 차이의 문제를 제기하고 여성들의 경험 및 정체성에 관련된 문제들에 접근하는 대안을 제공한다. 이런 맥락에서 후기구조주의 페미니즘과 포스트모던 페미니즘은 남녀 간의 차이 또는 여성들 간의 차이뿐만 아니라, 여성 주체 내부의 차이와 구성 또는 '여성 내부'의 차이도 고려한다. 이 흐름들은 고정된 여성 주체라는 개념을 거부하고, 이런 방식으로 다른 페미니즘들이 직면해야 했던 본질주의라는 문제들을 극복해야 한다고 믿는다.[23]

새로운 종류의 생태학적 윤리학인 에코페미니즘은 여성운동, 평화운동, 환경운동 등 1970년대 말에서 1980년대 초반까지의 다양한 사회운동으로부터 성장했다.[24] 자본주의 가부장제[25] 혹은 근대 문명은 현실을 구조적으로 양분하고 이 양자를 위계화하여 서로 적대시하는 우주론과 인류학에 근거를 두고 있다. 그리하여 자연은 인간에게 종속되고, 여성은 남성에게, 소비는 생산에, 지역적인 것은 전 지구적인 것에 종속되어 왔다. 이러한 현상들은 생명체와 문화의 다양성이 지니는 풍부한 잠재력에 대한 이해를 방해하고, 대신 이를 분열적이고 위협적인 것으로 경험하게 한다. 이에 대하여 에코페미니즘은 자연 속의 생명이 협력과 상호 보살핌, 사랑을 통해 유지된다는 점을 인식하는 새로운 우주론과 인류학의 필요성을 제기하며 이러한 목표를 위해 '세계를 새로 짠다', '상처를 치유한다', '망(web)을 새로이 서로 연결한다'는 등의 은유를 사용한다. 에콜로지[26]와 페미니즘의 결합인 에코페미니즘은 자연의 파괴와 여성의 억압이 밀접하게 연관된 문제라고 보며 자연해방과 여성해방을 동시에 추구한다. 또한 에코페미니즘은 생물적 문화적 다양성과 상호 연관성을 생명의 기반이자 행복의 원천으로 본다.[27] 에코페미니즘의 대표적인 이론가는 밸 플럼우드, 마리아 미즈, 반다나 쉬바가 있다.

또한 제3세계 여성들의 문제인 탈식민주의 페미니즘은 식민지 여성들은 백인이 아니며 하위계층에 속하는 동시에 여성으로 존재한다는 사실의 인식에 주목한다. 이에 그들은 필연적으로 제국주의와 자본주의적 모순과 성차별적인 모순을 겪는다.

가야트리 스피박은 탈식민주의 페미니즘의 대표적인 이론가이다. 스피박은 인도에서 태어나 백인 주류 사회인 미국에서 공부한 제국주의와 식민지의 경계에 위치해 있는 인물이다. 그녀는 논문 「세 여성의 텍스트와 제국주의에 대한 비판」에서 탈식민주의 페미니즘 시각으로 여성작가들의 텍스트를 읽어냈다. 스피박이 집중적인 관심을 가지고 논의하는 부분은 식민지 여성들에 대한 '재현'의 문제이다. 그람시(Antonio Gramsci)의 용어인 '하위주체'(subaltern)를 원용28)하면서 인도 여성들의 사회적 상황을 분석한다. 그는 남성주의자들이 말하는 여성에 대한 담론은 식민주의와 가부장제가 만들어 낸 것이지 하위주체 여성들의 직접 발화가 아니라고 하면서 하위주체는 결코 스스로 말할 수 없고, 스스로를 재현할 수 있는 '유기적 지시인'으로서의 지식인 여성의 역할을 강조한다. 탈식민주의 페미니즘은 정치적인 실천을 요구하는데 이는 탈식민주의나 페미니즘 이론이 모두 다 정치적 상황과 긴밀하게 연결되어 있기 때문이다.

이 외에도 흑인 페미니즘이 있는데, 이 페미니스트들은 서로 맞물려 있는 억압형태들에 대한 연구의 일환으로 특정한 그룹의 여자들의 삶과 문제들에 주목한 연구조사와 글쓰기 작업에 몰두한다.29)

주석

1) "페미니즘(Feminism)은 그동안 우리 사회에서 여러 가지 용어로 번역, 사용해 왔다. 1970년대 중반 페미니즘 도입기에는 '여권론', 1980년대에는 '여성해방론', 1990년대 중반을 넘어서는 '여성주의' 또는 페미니즘이라는 원문 그대로 쓰는 것이 일반적이다. 어떤 용어로 사용되든, 그 개념에는 기본적으로 모든 성차별과 억압에 반대하고 남녀평등을 지향하는 정신이 관통한다. 단지 각 용어가 사용되는 시대적 상황과 배경에 따라 페미니즘을 통해 드러내고자 하는 것, 혹은 주안점이 달라지면서 용어가 달라졌을 뿐이다." 한국여성연구소, 『새 여성학 강의』, 동녘, 2005, p.18. "페미니즘이라는 용어의 역사를 살펴보면 '페미니즘'이라는 용어보다 '페미니스트'라는 용어가 먼저 사용되었다. 1871년 프랑스에서 출간된 한 의학서적에서 남성 환자들의 성기관과 성징 발달상의 정지를 묘사하기 위해 처음 사용되었던 것으로 보인다. 이 남성 환자들은 몸이 여성화되는 고통을 겪고 있다고 여겨졌다. 이 용어는 그 다음에 프랑스의 작가이자, 공화론자이며 반페미니스트인 알렉상드르 듀마 피스에 의해 채택된다. 듀마는 1872년에 쓴 간통을 주제로 다룬 남성−여성이라는 제목의 팸플릿에서 남성적이라고 여겨지는 방식으로 행동하는 여성들을 묘사하기 위해 이 용어를 사용했다. 페미니즘은 의학용어로는 남성의 여성화를 위해 사용됐지만, 정치적 용어로는 여성의 남성화를 묘사하기 위해서 처음 사용되었다. 이렇듯 페미니스트라는 용어는 처음에는 여성들에 의해 자기 자신이나 자신의 행동을 묘사하기 위해 사용되지 않았다. 그 이후 1840년대 미국에서 '여권운동'이 시작되었다. 영국에서도 1840년대부터 여성 참정권 운동이 나타났다. 그러나 조직화된 참정권 운동이 나타나기 전에도 여성들은 사회적 상황의 불평등과 부정의에 대해 글을 쓰고 그것을 변화시키기 위해 노력했다. 매리 윌스톤 크라프트는 1792년 『여성권리의 옹호』를 출간했고, 프랑스에서도 여성들이 프랑스혁명이 약속한 권리들을 여성에게도 확대하기 위해 투쟁했다. 여권운동의 발전을 19세기 중반부터 추적할 있다. 그러므로 페미니즘이라는 용어는 여성들이 자신들의 열등한 지위에 의문을 품고 사회적 위치의 개선을 요구하기 시작한 뒤에 등장한 것이다. 페미니즘이라는 단어가 만들어지고 난 뒤, 1960년대 말과 1970년대 초의 여권운동 조직들조차도 자기 자신을 페미니스트로 부르지 않았다. 페미니즘이라는 용어는 특정한 관심과 특정한 집단과 관련해 한정적으로 쓰였던 것이다."(제인 프리드먼, 이박혜경 역, 『페미니즘』, 이후, 2002, pp.18-20 참조)

"1960년대 이래 여성 해방운동의 과정에서 '페미니즘'이라는 말이 성차별의 극복이라는 넓은 의미를 가지게 되었고, 여성의 해방 없이는 동반자인 남성의 해방도 없다고 생각하는 '여성에 의한 인간해방주의'라는 정의가 내려진 이래로는 남녀를 불문하고 그러한 주장을 하는 사람을 '페미니스트feminist'라고 부르게 되었다."(이시하라 치아키 외, 송태욱 역,『매혹의 인문학 사전』, 앨피, p.416.)

2) 제인 프리드먼, 앞의 책, p.21.

3) (사)한국여성연구소,『새 여성학 강의』, 동녘, 2009, pp.37-38.

4) 조세핀 도노번, 김익두·이월영 역,『페미니즘 이론』, 문예출판사, 1993, p.9.

5) 로즈마리 통, 이소영·정정호 역,『21세기 페미니즘 사상』, HS MEDIA, 2010, p.1.

6) 제인 프리드먼, 앞의 책, p.22.

7) "이 책은 영국과 미국 역사상 최초의 본격적인 페미니즘 선언서로서 공인받고 있다. 울스톤 클프트는 여성을 남성을 위한 향락의 대상으로 양육하고 취급하는 당시의 성 이데올로기에 강력하게 반발하며 이 책을 출간했다. 여기에서 여성도 남성과 같이 지성과 신체를 개발하고 단련할 권리와 의무가 있고, 여성도 독립된 인격체로서 결혼 생활에서 동등한 파트너가 되고 경제적 능력과 권리를 갖고 사회생활에 참여할 수 있어야 함을 강조했다."(서지문,「영미 페미니즘의 대모들」,『페미니즘의 어제와 오늘』, 민음사, 2000, p.17.)

8) "이 '양성론(Androgyny)'은 자신의 고통을 가장 뼈아프게 회피하지 않고 감당한 다음 거기서 터득한 통찰력을 모든 인간에 대한 이해로 확대하고 그래서 성차나 계급차 등 모든 특수성을 포괄하면서 초월하여 인간의 모든 상황에 대한 가장 명징하고, 가장 투철한 직관과 이해를 가능케 하는 지성과 심성으로서, 인간 존재의 구원과 고양의 토양이 되는 것이다. 그녀는 많은 글에서 여성의 정체성에 대한 질문을 제기하고 여성의 창조적 가능성이 발휘되는 것을 방해하는 남성 중심 가부장제 사회를 비판했다. 울스톤 크래프트가 여성에 대한 물리적이고 제도적이고 명백한 억압과 차별에 대해 강력한 항거를 하여 페미니즘 기초를 닦았다면, 울프는 그와 아울러 그보다 덜 명백하지만 아주 교묘하고 음험하게 여성을 얽어매고 여성을 심적으로 압박하는 인간관계의 역학을 분석하여 여성들이 그것에 대해 저항하고 방어하는 것을 도와준다."(서지문, 위의 책, p.47.)

9) 조셉 칠더스·게리 헨치 엮음, 황종연 역,『현대문학·문화비평 용어사전』, 문학동네, 1999, p.258.

10) 로즈마리 통, 앞의 책, p.66.

11) 시민권운동(civil rights movement) : 1950년대와 1960년대에 미국에서 전개된 인종차별철폐운동.

12) 뉴 레프트(New Left) : 1960년대부터 1970년대에 걸쳐 특히 미국에서 활발히 일어난

급진적 좌파 운동.

13) "가부장제는 남성이 문화적 사회적 경제적 제도를 통제함으로써 달성하고 유지하는, 여성에 대한 남성의 체계적인 지배를 말한다. 가부장제 아래서는 남성과 연관된 속성이 존중되는 반면에 '여성적'이라고 말해지는 것은 폄하되며, 이러한 가치체계는 인간의 생물학적 성질의 '자연스런' 결과라고 옹호되는 것이 보통이다. 사회과학에서 남성의 특권과 계통에 따라 조직된 사회를 기술하는 데에 오랫동안 쓰인 가부장제라는 용어는 현대 페미니즘 분석에서 중심을 이루면서 다양하게 특정화된 의미로 사용되고 있다. 『가족, 사유 재산, 국가의 기원』(1884)에서 프리드리히 엥겔스는 가부장제가 사유재산의 출현과 그에 이어진 여성의 사유재산화와 함께 시작되었다고 암시했다. 시몬 드 보부아르의 『제2의 성』(1949)은 가부장제하의 여성은 타자(other)로 간주되는 반면 남성은 '인간적인 것'을 대표한다고 설명했다. 그러나 가부장제라는 용어는 1960년대 후반부터 일반적으로 통용되기 시작했다. 당시 급진적 페미니스트들은 가부장제가 자본주의, 인종차별주의, 제국주의 등의 구조들과 공조하기는 해도 그것들과 분리되어 있는 여성 억압 구조의 기초라고 인식했다. 1970년에는 케이트 밀렛이 가부장제는 그 보편성으로부터 권위를 획득할 뿐만 아니라 여성에 대한 제도화된 폭력을 통해 권위를 강화한다고 『성의 정치학』에서 주장했다."(조셉 칠더스 · 게리 헨치 엮음, 황종연 역, 앞의 책, pp.321-322.)

14) 조셉 칠더스 외 엮음, 황종연 역, 위의 책, p.358 참조.

15) 제인 프리드먼, 이박혜경 옮김, 『페미니즘』, 이후, 2002, p.24.

16) 로즈마리 통, 앞의 책, pp.135-136 참조.

17) 메기 험, 심정순 외 역, 『페미니즘 이론사전』, 삼신각, 1995, p.104.

18) 로즈마리 통, 앞의 책, p.136.

19) 메기 험, 앞의 책, pp.143-144 참조.

20) 로즈마리 통, 앞의 책, p.183.

21) 로즈마리 통, 앞의 책, p.182.

22) 김향라, 「한국현대 페미니즘시 연구―고정희 초승자 김혜순 시를 중심으로」, 경상대 박사학위논문, 2010, p.23.

23) 제인 프리드먼, 이박혜경 역, 『페미니즘』, 이후, 2002, p.158.

24) 마리아 미스 외, 손덕수 외 역, 『에코페미니즘』, 창작과비평사, 2000, p.25.

25) "가부장제의 사고양식은 여자들과 자연 모두에게 해를 끼쳤다. 여자는 자연화되

었고, 자연은 여성화되었다. 워렌은 여자들이 "암소, 여우, 병아리, 뱀, 암캐, 비버, 늙은 박쥐, 새끼고양이, 고양이, 새머리, 토끼머리" 등과 같은 동물 용어로 묘사될 때 "자연화"된다고 말한다. 이처럼 "그녀"인 자연도 남자들에 의해 겁탈 당하고, 길들여지고, 정복되며, 지배당하고, 침범되고, 위압되고, 파괴될 때, 또는 "그녀"인 자연이 모든 사람들의 가장 숭고한 "어머니"로 존경을 받거나 심지어는 추앙될 때, 자연은 "여성화"된다. 만일 남자가 자연의 주인이고, 통치권이 주어졌다면, 남자는 자연뿐만 아니라 인간 유사물인 여자에 대해서도 지배권이 있다. 남자는 여자에게 행하는 일이면 무엇이든지 여자에게도 행할 수도 있다."(로즈마리 통, 이소영 외 역, 『21세기 페미니즘 사상』, 2010, p.336.)

26) "1873년 독일 과학자 어네스트 헤켈이 생태학 ecology 명칭을 최초로 사용하였다. 생태학이라는 용어에서, 에코eco의 어원은 '가정' 또는 '가계'를 의미하는 그리스어오이코스oikos에서 나왔다. 여성들은 가정에서의 일상생활을 통하여 환경문제를 신속하게 감지할 수 있다."(이귀우, 「에코페미니즘」, 『여성연구논총』 13호, 서울여대, 1998.)

27) 윤혜옥, 「에코페미니즘과 시적 상상력」, 조선대 석사학위논문, 2010, pp.1-2.

28) "그람시가 이탈리아 민중들의 상황을 논하면서 사용하였던 '하위주체'라는 용어는 노동자, 농민, 도시빈민은 물론이고 하급관리, 일부 지식인까지도 포함하는 말이었다. 스피박의 '하위주체'도 이와 흡사하게 인도의 하층민 여성에서 엘리트 여성 일부까지 포함한다."(이수라, 「페미니즘 문학비평 이론」, 고은미 외 『여성문학의 이해』, 태학사, 2007, p.111.)

29) 로즈마리 통, 앞의 책, p.404.

▸ 찾아보기

저자 ▮ 윤혜옥

광주에서 태어나 조선대학교 국어국문학과를 거쳐 동대학원 석·박사과정에서 현대시를
전공하였다. 석사논문 「에코페미니즘과 시적 상상력」(2010)으로 생태 여성주의를 분석하
였고, 박사논문 「문정희와 김혜순 시에 나타난 젠더의식 연구」(2014)로 현대시의 여성성
의 미학을 규명하였다. 이를 계기로 현대시와 여성성에 관련된 시론에 큰 관심을 갖고 지
금도 공부하고 있다. 광주여성문학회 <시누대>에서 시창작 활동 중이다. 현재 조선대 국
문학과 초빙교수이며, 동신대에서도 강의하고 있다.

현대시와 젠더의식

초판 인쇄　2015년 12월 11일
초판 발행　2015년 12월 21일
지은이　윤혜옥
펴낸이　이대현
편 집　오정대
디자인　이홍주
펴낸곳　도서출판 역락
　　　　　서울시 서초구 동광로 46길 6-6(문창빌딩 2F)
　　　　　전화 02-3409-2058(영업부), 2060(편집부)
　　　　　팩시밀리 02-3409-2059
　　　　　이메일 youkrack@hanmail.net
　　　　　역락블로그 http://blog.naver.com/youkrack3888
　　　　　등록 1999년 4월 19일 제303-2002-000014호

ISBN 979-11-5686-196-6 93810

정 가 20,000원

* 파본은 구입처에서 바꾸어 드립니다.

이 도서의 국립중앙도서관 출판예정도서목록(CIP)은 서지정보유통지원시스템 홈페이지(http://seoji.nl.go.kr)와 국
가자료공동목록시스템(http://www.nl.go.kr/kolisnet)에서 이용하실 수 있습니다.(CIP제어번호 : CIP2015015806)